ALANA SCOTT

I WILL BE YOUR ROMEO

ROMAN

© 2021, HarperCollins France.

Tous droits réservés, y compris le droit de reproduction de tout ou partie de l'ouvrage, sous quelque forme que ce soit.

Toute représentation ou reproduction, par quelque procédé que ce soit, constituerait une contrefaçon sanctionnée par les articles 425 et suivants du Code pénal.

Cette œuvre est une œuvre de fiction. Les noms propres, les personnages, les lieux, les intrigues, sont soit le fruit de l'imagination de l'auteur, soit utilisés dans le cadre d'une œuvre de fiction. Toute ressemblance avec des personnes réelles, vivantes ou décédées, des entreprises, des événements ou des lieux, serait une pure coïncidence.

HARPERCOLLINS FRANCE
83-85, boulevard Vincent-Auriol, 75646 PARIS CEDEX 13.
www.harlequin.fr

ISBN 978-2-2804-4109-4 — ISSN 2271-0256

Prologue

Léo

Je grimpai dans ma camionnette et allumai le GPS. Mon client habitait dans le 2e arrondissement de Lyon, il ne me faudrait pas plus de quinze minutes pour arriver là-bas.

Après avoir indiqué l'adresse, je pris la route en direction du quartier de Bellecour. Ne voulant pas perdre de temps à chercher une place où stationner, j'allai me garer dans un parking souterrain situé à une centaine de mètres de chez M. Lambert.

Je récupérai ma caisse à outils dans le coffre et profitai de mon trajet à pied jusque chez lui pour fumer une petite clope.

Arrivé à destination, je sus que M. Lambert devait avoir de la thune. Parce que, pour habiter en plein centre de Lyon, à quelques pas de la place Bellecour et dans un immeuble haussmannien, il en fallait.

Après avoir passé une main dans mes cheveux châtains ébouriffés, je sonnai à l'Interphone.

— Oui ?

Une voix féminine. Était-ce sa femme ?

— Bonjour, madame, je suis le plombier envoyé par la société Plomberie Nico.

— Ah, vous êtes là, parfait ! Je suis au deuxième étage.

La porte émit un petit clic, et je sus que je pouvais entrer.

Il n'y avait pas d'ascenseur, mais cela m'était égal. J'étais assez sportif, et monter deux étages était aussi facile pour moi que de respirer.

Sur le bon palier, je repérai rapidement le nom *Lambert* près d'une porte et y frappai.

La femme qui vint m'ouvrir était jeune, la vingtaine, et vraiment belle. La silhouette plutôt voluptueuse, elle portait un ensemble tailleur gris accompagné d'escarpins. Les lunettes noires et carrées qu'elle avait sur le nez lui donnaient un air sérieux mais très sexy. Ses cheveux étaient blond foncé, ondulés, et lui arrivaient à hauteur des épaules. Quant à ses yeux marron, ils me détaillaient avec attention.

Visiblement, je l'intéressais un peu plus que le simple plombier que j'étais. Pourtant, vêtu de ma salopette grise et de mes grosses bottes, je n'étais pas vraiment à mon avantage. À moins que cette charmante jeune femme n'ait un petit faible pour les ouvriers en tenue de travail…

Lorsqu'elle eut fini son inspection, son regard croisa mes iris noirs, et elle sembla soudain se souvenir de la raison de ma présence.

— Je vous en prie, entrez, dit-elle en s'écartant.

— Merci.

Par chance le couloir était suffisamment grand pour que je puisse passer sans la toucher.

Faut dire qu'avec mon mètre quatre-vingt-deux et mes quatre-vingts kilos je n'étais pas tout fin.

I Will Be Your Romeo

— Vous avez un problème avec votre baignoire, c'est ça ? demandai-je.

— Euh oui, répondit-elle d'une voix un peu décontenancée. Depuis quelques jours, l'eau met du temps à se vider.

Je lui jetai un coup d'œil et retins un petit sourire en voyant à quel point je la troublais.

Bien sûr, je savais que mon physique plaisait beaucoup, mais de là à déstabiliser une femme à ce point et après seulement quelques minutes, c'était probablement mon record.

Je remarquai également qu'elle ne portait pas d'alliance. Mais, étant quelqu'un de très professionnel et puisque je me trouvais au bon endroit, je m'abstins de lui poser toute question quant à son identité. Après tout, peut-être que mon frère – le patron de la société dans laquelle je bossais – s'était tout simplement trompé et qu'il s'agissait d'une « Mme Lambert ».

— La salle de bains est au fond du couloir à droite, ajouta-t-elle en passant nerveusement la main dans ses cheveux.

Je me rendis dans la pièce le premier, « Mme Lambert » sur les talons.

— Vous avez coupé l'eau ? l'interrogeai-je en la regardant.

Elle eut l'air inquiète.

— Non… J'aurais dû ?

Je secouai la tête et allai m'asseoir dans la belle baignoire d'angle.

— Il faut déjà que je voie le problème pour remonter jusqu'à sa source, lui expliquai-je en tournant la manette.

Alors que je m'attendais à ce que l'eau sorte du robinet devant moi, celle-ci jaillit brusquement par le pommeau de douche accroché au mur et face à « Mme Lambert » qui cria.

J'eus le réflexe de couper rapidement l'eau, mais son visage tout comme ses vêtements furent quand même trempés. Et, si elle ne le savait pas encore, son haut blanc était devenu complètement transparent…

— Je suis sincèrement désolé, dis-je en tentant de ne regarder que ses yeux.

Mais l'image indécente de sa lingerie bleu ciel restait gravée dans mon esprit.

« Mme Lambert » s'essuya le visage d'un geste de la main. Quoique, vu son état, c'était probablement plus pour essayer de conserver un semblant de dignité face à moi que par utilité…

Elle baissa le regard sur son corps, et ses joues rosirent instantanément.

— Je vais me changer, faites ce que vous avez à faire, répondit-elle seulement en tournant les talons.

Et c'est ce que je fis. Après avoir constaté par moi-même que les tuyaux étaient obstrués par quelque chose, je tentai dans un premier temps de le retirer à l'aide d'un furet. Par miracle, je réussis à atteindre ce qui posait problème : une boule de cheveux… Ou de poils. Charmant.

J'ouvris à nouveau le robinet et fus satisfait en remarquant que l'eau s'écoulait de façon tout à fait normale.

Je sortis de la baignoire, jetai le bouchon dans la poubelle et me lavai les mains au lavabo.

« Mme Lambert » réapparut au moment où je finissais de ranger mes affaires. Elle s'était changée et portait désormais un chemisier blanc et un pantalon cintré noir. Ses cheveux, en revanche, étaient encore humides.

— Tout est en ordre, lui indiquai-je.

Elle évita mon regard et hocha simplement la tête.

— Suivez-moi dans le salon, je vais vous payer.

J'hésitai un instant à lui demander si elle n'était pas curieuse de connaître la source du problème, mais jugeai que la lui révéler serait encore plus humiliant pour elle.

Son salon était spacieux, moderne et très lumineux. Les meubles étaient gris ou blancs, le canapé en cuir noir faisait face à un bel écran télé.

« Mme Lambert » s'avança vers un buffet, ouvrit un tiroir et sortit une liasse de billets.

— Combien vous dois-je ? m'interrogea-t-elle sans même me jeter un coup d'œil.

Je ne pus réprimer un petit sourire amusé.

Elle est vraiment adorable quand elle est embarrassée.

— Quel est le comble du plombier ?

Elle tourna enfin la tête vers moi, les sourcils haussés.

— De prendre la fuite ?

— Ah, vous la connaissez, dommage. Ça vous fera 35 euros.

Elle m'observa un instant, se demandant probablement pourquoi je lui avais fait cette blague stupide, avant de finalement me donner 40 euros en espèces.

Au moins elle avait cessé de penser à sa petite douche froide, tant mieux.

— Gardez la monnaie en pourboire, dit-elle.

— C'est aimable de votre part, mais je n'accepte pas les pourboires.

Je lui rendis ses 5 euros. Après tout, j'étais loin d'avoir besoin d'argent en ce moment.

— Passez une bonne journée, lui lançai-je en prenant le chemin de la sortie.

Et je ne me retournai pas une seule fois.

Oui, elle était belle. Oui, elle me plaisait. Mais cette femme et moi avions des vies diamétralement opposées. Et je ne faisais pas seulement allusion à mon métier de plombier à temps partiel…

Chapitre 1

Un mois plus tard

Camille

— Voilà la chambre, m'annonça Fabien, le chef de chantier.
Je relevai la tête de mes plans et analysai la pièce du regard.
D'apparence, tout était comme sur mes dessins, cependant dans mon métier d'architecte la précision était de rigueur.
Je pris mon mètre dans ma poche et mesurai la longueur des murs.
— Quatre mètres quarante-huit, constatai-je, il aurait dû en faire quarante-neuf.
Je rangeai le mètre et me retournai vers le chef de chantier, qui était âgé d'une cinquantaine d'années.
— Je suis vraiment navrée, mais il va falloir le refaire.
Ses yeux faillirent sortir de leurs orbites, et je crus l'espace d'un instant qu'il allait protester, mais il se contenta de hocher la tête en soupirant.
J'avais conscience que ma demande était difficile à encaisser,

à part ce centimètre de différence, ce mur était tout à fait correct, mais j'étais certaine qu'il comprenait que je ne pouvais pas donner dans l'approximation.

D'autant plus qu'il s'agissait du premier chantier que je gérais seule de A à Z, et que je ne pouvais pas décevoir le cabinet d'architecture qui m'avait recrutée il y a quelques mois.

Je continuai ma petite visite des lieux et approuvai le reste du travail de ses ouvriers. Une fois le chantier terminé, la villa serait très belle, j'en avais la certitude.

— Comme vous le savez, dis-je à Fabien, je suis en congé à partir de cet après-midi, et vendredi c'est le 1er mai, donc je repasserai probablement en début de semaine prochaine. Bien sûr, s'il y a le moindre souci, n'hésitez pas à me contacter.

Même si en général je ne répondais pas aux appels professionnels en dehors de mes heures de travail, pour ce chantier j'étais prête à faire une exception. C'était le début de ma carrière qui était en jeu. Tout devait être parfait, je n'avais pas le droit à l'erreur.

— Très bien, madame Dupont.

Je lui rendis son casque rouge et réajustai ma queue-de-cheval.

— Au revoir, lui dis-je.

— Au revoir.

Maintenant, je n'avais plus qu'à espérer que le reste des travaux se déroule bien et que de nouveaux murs n'aient plus à être démolis pour un centimètre…

Je grimpai à bord de ma Mercedes grise et quittai rapidement le quartier.

Il était bientôt midi, et je devais encore me changer et faire ma valise avant de partir chez mes parents, à Avignon.

Durant le trajet jusque chez moi, j'utilisai le kit mains libres et passai un coup de fil à Benoît.

— Coucou, bébé, dit-il en premier.
— Salut, toi, comment ça se passe au boulot ?
— Hum, je t'avoue que je suis sur une affaire assez complexe, alors je risque de finir tard.

J'aurais dû m'en douter.

— Donc j'appelle ma mère et je la préviens qu'on part demain matin ? demandai-je en réprimant un soupir.
— Non, toi, vas-y ce soir, ça fait longtemps que tu n'as pas vu tes parents. Je te rejoindrai demain.

OK, cela signifiait très clairement qu'il n'était pas près d'arriver.

— Très bien. Bon, bah, bonne soirée, dis-je un peu froidement.
— Camille ?

Évidemment, il avait deviné que j'étais un peu contrariée. Comme chaque fois qu'il faisait passer son travail avant notre vie privée…

Si cela ne m'avait pas trop affectée au début de notre relation, depuis que j'avais emménagé chez lui l'année dernière et qu'il restait souvent au bureau jusqu'à point d'heure en semaine, je ne pouvais nier que je commençais à me sentir de plus en plus seule à l'appartement.

J'avais la chance que Netflix et mon paquet de M&M's soient là pour me réconforter.

— Oui ?
— Désolé, bébé, mais tu sais que je ne peux pas faire autrement.
— Bien sûr, monsieur le procureur.

Il rit.

— Promis, je me ferai pardonner ce week-end. Je t'aime.

Heureusement que pour le sexe il était doué…

— Je t'aime aussi, répondis-je avant de raccrocher.

Je me garai dans la rue, non loin de mon immeuble, et me dépêchai de gagner l'appartement. Dans la chambre, je retirai mon blazer beige, ma jupe crayon noire taille haute et mon chemisier blanc, puis me rendis dans la salle de bains.

Étrangement, alors que cela faisait plus d'un mois, chaque fois que je me retrouvais face à la baignoire d'angle, je ne cessais de repenser à ce qui s'était passé avec le plombier.

Déjà que son charme m'avait troublée – suffisamment pour que j'en oublie l'existence de Benoît pendant quelques minutes –, il avait fallu que je me fasse arroser entièrement devant lui.

Mon Dieu, ce que cela avait été gênant… Rien que d'y repenser, j'en frissonnais encore.

Je retirai mes sous-vêtements et mon porte-jarretelles noir en dentelle, puis me glissai dans la baignoire.

Même si j'adorais prendre de longs bains, en raison de mon départ plutôt proche je ne traînai pas sous l'eau chaude.

Je retournai en serviette dans ma chambre et fis rapidement ma valise. Ma mère, que j'avais eue au téléphone la veille, m'avait indiqué que, bien qu'on soit seulement fin avril, il faisait déjà vingt degrés en journée. Je choisis donc d'emporter une robe de soirée, une paire d'escarpins, deux jeans, un polo, une jupe plissée et quatre petits hauts habillés. J'ajoutai également mes sous-vêtements, une nuisette blanche sexy en dentelle – la préférée de Benoît pour lui faire plaisir – et un pull en laine gris.

Il ne manquait plus que ma trousse de maquillage, et c'était terminé. Mais, avant ça, il fallait que je me prépare. Je décidai de partir avec une combinaison de couleur bordeaux et des baskets blanches aux pieds. Je bouclai mes cheveux blonds mi-longs, réajustai mon maquillage léger, puis fis mes adieux à mon petit chez-moi pour les quatre jours à venir.

Dans notre famille, il était coutume de passer le 1er mai chez mes parents, dans leur maison à Avignon. Tous deux s'étaient mariés un 2 mai et, comme le premier était férié, nous en profitions toujours pour célébrer leur anniversaire de mariage ce jour-là, en compagnie de ma sœur, Julie, mon oncle Richard et ma tante Lucille, ma cousine Charlotte et son mari, Paul, ainsi que mon cousin Charly.

Cependant cette année, le 1er mai tombait un vendredi, et mes parents avaient proposé à toute la famille de rester aussi le week-end à la maison. Bien évidemment, j'avais accepté, comme tout le monde, et après avoir préalablement obtenu l'accord de mes parents j'avais également pris mon mercredi après-midi et mon jeudi afin de bénéficier d'un petit séjour de quatre jours dans le sud de la France. À ma grande surprise, j'avais réussi à convaincre Benoît de faire de même, bien qu'en fin de compte je ne puisse le voir avant demain…

Je partis aux alentours de 14 heures et fis un arrêt sur une aire d'autoroute pour m'acheter un sandwich au poulet et une bouteille d'eau, et déjeuner.

J'en profitai également pour passer un petit coup de fil à ma meilleure amie, Laure, qui s'apprêtait à prendre l'avion avec Naël, son copain. Lorsqu'elle décrocha, le brouhaha que j'entendis autour d'elle me confirma qu'elle était bel et bien à l'aéroport.

— Coucou, ça va ? lui demandai-je entre deux bouchées de sandwich.

— Ça ira mieux lorsqu'on sera à Barcelone ! répondit-elle d'une voix exaspérée.

— Pourquoi ? Il y a un problème ?

Lorsque je l'avais eue au téléphone la veille, elle m'avait pourtant semblé très heureuse et excitée de voyager.

— Naël a oublié sa carte d'identité. Tu y crois, toi ? Comment a-t-il pu oublier ce qu'il y a de plus important et obligatoire pour voyager ?

Je me retins de rire. La situation me paraissait assez comique.

— Et du coup ?

— Et du coup, il est reparti à l'appartement la chercher. Et moi, je l'attends comme une conne en espérant qu'il revienne à temps et qu'on puisse encore embarquer.

Par chance, l'aéroport ne se trouvait qu'à une vingtaine de minutes de chez eux. Et, si mes souvenirs étaient bons, Laure m'avait dit que l'avion ne décollait pas avant 15 h 30.

— Ça devrait aller, dis-je pour essayer de la rassurer. Va t'acheter des KitKat Ball en attendant, ça te détendra.

C'était vraiment sa gourmandise préférée. Elle en mangeait chaque fois qu'elle était stressée ou qu'elle avait besoin de se remonter le moral.

— J'ai déjà fait le tour de l'aéroport pour en trouver, et il n'y en avait pas ! Tu te rends compte ? Je ne sais pas comment je vais tenir le coup. Et le pire c'est qu'un vendeur m'a proposé des Maltesers à la place parce que « ça se ressemble ». Encore un qui n'a jamais goûté les deux !

Cette fois-ci je pouffai. Elle dramatisait toujours les choses à l'excès !

— Allez, va prendre un peu l'air. Naël ne va pas tarder à arriver, ne t'inquiète pas. Moi, j'ai encore de la route à faire.

— Ah oui, excuse-moi, j'avais totalement oublié que tu allais chez tes parents aujourd'hui. Benoît est avec toi ?

Elle s'était enfin calmée.

— Non, il était débordé au boulot, comme d'habitude, soupirai-je, mais de toute façon je suis en bonne compagnie dans la voiture !

I Will Be Your Romeo

Cette fois, ce fut à Laure de rire. Elle avait absolument compris que je faisais allusion à ma playlist préférée.

— Je suis sûre que tu es même contente que Benoît ne soit pas là. Comme ça, tu peux écouter Patrick Bruel à t'en perforer les tympans !

— Il y a aussi Céline Dion et Jean-Jacques Goldman qui m'accompagnent, je crois qu'on va faire un concours de chant durant le trajet, mais on sait déjà tous qui va gagner, plaisantai-je.

— Toi, bien sûr. N'oublie pas de fermer les vitres, hein, sinon tu risques de faire peur aux conducteurs et de provoquer un accident.

— J'ai toujours su que tu étais jalouse de ma voix ! Allez, je te laisse, on se rappelle plus tard, bisous.

— C'est sûrement parce que tu étais trop douée qu'on t'a virée de la chorale de l'école en primaire, répliqua-t-elle. Sur ce, bonne route, Beyoncé !

Elle raccrocha avant que je puisse riposter. Quelle peste ! Jamais je n'aurais dû lui révéler ce secret de mon enfance.

D'autant que, si on m'avait demandé de partir, c'était seulement parce que je ne faisais que parler avec mes camarades de classe. Mais au fond ce n'était peut-être pas plus mal, car je devais sans doute chanter aussi faux qu'aujourd'hui !

Je retournai prendre le volant puis, après deux bonnes heures de voiture à m'égosiller, j'arrivai à destination.

Comme j'étais attendue, le large portail en acier menant à la résidence de mes parents était ouvert. Je m'y engageai, heureuse d'être enfin chez eux, et me garai le long de l'allée en gravier, à une dizaine de mètres de leur authentique bastide provençale. J'adorais cette maison. C'était l'endroit où j'avais grandi et passé les plus beaux moments de ma jeunesse.

Je n'eus pas le temps de sortir de la voiture que ma mère était déjà sur le perron. Elle portait une longue robe bohème à imprimé, des sandalettes et un chapeau de paille. Chaque fois que je la voyais, je ne pouvais m'empêcher de penser à ma sœur, qui lui ressemblait comme deux gouttes d'eau. Svelte, cheveux bruns, yeux verts. Je n'avais physiquement rien en commun avec elles, mais j'étais très heureuse de tenir mon nez droit, mes yeux marron et ma blondeur capillaire de mon père.

Je récupérai ma valise dans le coffre et la rejoignis.

— Ah, ma chérie ! Ça fait du bien de te voir ! s'exclama-t-elle en me serrant dans ses bras.

— Moi aussi, maman.

Je lui rendis son étreinte chaleureuse, puis nous nous écartâmes.

— Benoît n'est pas avec toi ? s'étonna-t-elle.

— Il avait du travail, il nous rejoindra demain.

Elle hocha la tête d'un air compréhensif. Si ma mère ne voyait pas souvent mon petit ami, elle savait quel travail il faisait, et à quel point c'était important.

Je suivis ma mère à l'intérieur. Ma dernière visite remontait à Noël, mais rien n'avait changé depuis. Le hall d'entrée était toujours aussi beau. Tout comme l'extérieur, les murs étaient en pierre. Le sol était en bois, et la pièce, qui donnait un accès direct sur l'autre côté de la maison, était décorée avec goût – meubles en marbre, sculptures en bronze, peintures de paysages. Je regrettais un peu de ne pas être revenue voir mes parents plus tôt, mais il y avait mon travail, la distance… Sans oublier que je profitais des week-ends pour passer du temps avec Benoît et me reposer.

— Où est papa ? demandai-je.

— Dans la piscine, il se prend pour un nageur professionnel, mais je vais lui dire que sa fille préférée vient d'arriver, ça devrait lui ramener les pieds sur terre.

Je haussai les sourcils.

— Sa fille préférée ? Julie serait contente d'entendre ça, plaisantai-je.

Ma mère m'adressa un sourire malicieux.

— Oh ! ne t'inquiète pas pour elle, je lui dis la même chose quand tu n'es pas là !

Je secouai la tête avec amusement, puis la suivis dans le jardin extérieur.

Ce dernier était immense. Après tout, mes parents avaient plus de deux mille mètres carrés de terrain. Sur ma droite se trouvait une terrasse avec cuisine d'été, tables, chaises et hamacs. Sur ma gauche une belle étendue d'herbe, avec un minigolf. Et face à moi se dressait une piscine rectangulaire de quinze mètres par quatre.

Ma mère s'approcha de la piscine et attendit que mon père ait terminé sa série de brasse coulée pour lui faire signe de sortir de l'eau.

— Quoi ? Qu'est-ce qu'il y a encore ? râla-t-il en retirant ses lunettes de plongée.

Il sembla m'apercevoir derrière ma mère, car un large sourire se dessina sur ses lèvres.

— Camille est là, annonça-t-elle. Tu veux bien arrêter de faire la grenouille et venir lui dire bonjour ?

Mon père ne lui répondit pas, mais regagna rapidement l'escalier. Il avait peut-être soixante-cinq ans mais, avec son corps de sportif, on aurait pu lui en donner cinquante.

— Comment ça va, ma chérie ? me questionna-t-il en s'approchant. Catherine, tu peux m'apporter ma serviette ?

— Tu m'as prise pour ta boniche ou quoi ? rétorqua-t-elle sans bouger d'un pouce.

— Tu sais que je pourrais attraper une pneumonie si je reste mouillé ?

— Eh bien, bien attrape-la, va !

Trente-neuf ans de mariage, et un amour toujours aussi profond l'un pour l'autre..., pensai-je avec ironie.

Ne voulant pas que mes parents s'entre-tuent avant l'arrivée de ma sœur et des autres invités le lendemain soir, j'allai récupérer le drap de bain de mon père posé sur la table derrière moi et le lui rapportai.

— Au moins ma fille se soucie de ma santé, marmonna-t-il en se séchant. Au fait, pourquoi mon gendre n'est-il pas avec toi ?

Ah, Benoît... Même si l'idée de m'appeler Mme Lambert ne me déplaisait pas, mon père prenait un peu trop ses désirs pour des réalités.

— Travail, soupirai-je avant de reporter mon attention sur ma mère. Il n'arrivera que demain, alors j'espère que tu n'as pas prévu trop de choses pour le dîner puisqu'on ne sera que trois.

— En fait, non, nous serons cinq, m'apprit-elle d'un air joyeux.

Je fronçai les sourcils. Mon oncle, ma tante et leurs enfants n'étaient censés nous rejoindre que demain soir, tout comme ma sœur.

— Comment ça ? Tu as invité des voisins ?

— Non, Julie sera là.

Je la fixai, perplexe. Julie m'avait pourtant dit travailler demain. Si j'avais su, et parce qu'elle habitait juste à côté de Lyon, nous aurions pu partir ensemble.

Consciente qu'il manquait encore une personne, j'observai ma mère avec impatience et curiosité.

— Ta sœur amène quelqu'un. Un homme !

Je m'étouffai presque avec ma salive. En vingt-six ans, Julie n'avait jamais présenté un seul homme à mes parents ! Bien sûr, je savais qu'elle avait déjà eu des relations, mais jusqu'à aujourd'hui aucune n'avait été assez sérieuse pour arriver jusqu'à la « rencontre familiale ».

Mais ce qui m'étonnait le plus dans tout ça était que son histoire la plus récente remontait au mois dernier, et que je n'avais jamais entendu parler de l'« homme » en question !

Julie était-elle devenue folle ? Ou bien, avait-elle eu un coup de foudre ?

— J'ai vraiment hâte de le rencontrer, ajouta ma mère, il paraît qu'il est chirurgien vasculaire !

Impressionnant...

— Et, elle est avec lui depuis... ? m'enquis-je.

— Trois semaines ! C'est vrai que ça fait peu, mais apparemment ils sont complètement fous l'un de l'autre ! On dirait que ta sœur a enfin trouvé l'homme de sa vie !

Cela confirmait donc mon hypothèse du coup de foudre. En tout cas, j'avais vraiment du mal à croire que ma mère en sache plus que moi à son sujet. Ça avait toujours été moi sa confidente. Je n'étais pas jalouse, bien sûr, juste très surprise.

— Ouais, ne t'emballe pas trop quand même, maman. Comme tu dis, ça ne fait que trois semaines, enchaînai-je en essayant de refréner un peu son enthousiasme.

— Oh ! Camille, ne sois pas rabat-joie ! En attendant qu'elle arrive, tu ne veux pas aller te baigner ?

— Elle est vraiment bonne, ajouta mon père en allant étendre sa serviette sur une chaise.

Je jetai un coup d'œil à la piscine. Même si elle était chauffée, je n'avais de toute façon pas emporté mon maillot de bain avec moi.

— Non, ça ira, merci. Je vais m'installer dans ma chambre.

— D'accord, rejoins-nous dans le salon quand tu auras fini, je vais faire du thé !

Je récupérai ma valise, que j'avais laissée près de la baie vitrée coulissante, et montai à l'étage.

L'escalier central donnait sur deux couloirs. L'un à gauche, dans lequel on pouvait trouver la suite parentale, deux chambres d'amis et une salle de bains. Et l'un à droite, permettant l'accès à ma chambre, qui était séparée de celle de ma sœur par une salle de bains commune, ainsi qu'à un bureau et une petite bibliothèque. Il y avait également une troisième chambre d'amis au rez-de-chaussée, dans laquelle dormaient toujours mon oncle et ma tante, car elle était la plus éloignée des autres et que cela nous évitait de supporter les ronflements incessants de Richard.

Je laissai ma valise près de mon grand lit double en bois massif. Ma mère l'avait acheté il y a deux ans, quand je lui avais enfin annoncé que j'étais en couple avec Benoît et qu'il m'accompagnerait lors de ma prochaine visite à Avignon.

Alors oui, pour moi aussi la présentation officielle d'un petit ami signifiait que cet homme allait – du moins je l'espérais – faire partie de ma vie pendant un long moment. Mais le changement de lit, quand bien même j'appréciais d'y dormir aux côtés de Benoît quand nous venions ici, avait été un peu précipité à mon goût.

Curieuse de voir si ma mère s'était autant emballée pour ma sœur et son prétendant que pour moi, je traversai la salle de bains et ouvris la porte de sa chambre.

En effet, le même lit que le mien, à l'identique, se trouvait en face de moi. Je secouai la tête, dépitée par cet achat superflu, puis rejoignis mes parents pour le thé.

I Will Be Your Romeo

Léo

Je jetai un coup d'œil à ma montre et constatai qu'il était déjà 16 h 30.

Merde, j'étais en retard, et ce n'était clairement pas dans mes habitudes. Mais, au moment où je partais, Marion m'avait appelé en panique pour me dire que Mathis avait oublié sa figurine Totoro[1] chez moi. Alors, parce qu'il s'agissait de mon fils et que je n'allais pas être sur Lyon le reste de la semaine, j'avais été obligé de faire un saut chez mon ex-femme pour le lui apporter.

Par chance, Corbas n'était pas très loin de Feyzin, et je réussis à gratter un peu de temps en passant par les petites routes que je connaissais bien.

Ma cliente m'avait donné rendez-vous devant la gendarmerie. Ce qui était assez ironique, étant donné que mon second métier était souvent considéré à tort comme de la prostitution et qu'en France le fait d'acheter un service sexuel pouvait être sanctionné sur le plan pénal. Heureusement, j'avais toujours été bien clair avec mes clientes. Je ne proposais aucune prestation de ce genre, et cela était indiqué dans tous mes contrats. J'étais un accompagnateur, pas un gigolo ni une pute.

Je me garai devant la gendarmerie, à quelques mètres de ma cliente qui était déjà arrivée, et descendis de mon SUV noir.

Julie Dupont avait vingt-six ans, soit trois ans de moins que moi. En général, mes clientes avaient plutôt la trentaine, voire la quarantaine. Qu'elles soient mariées, divorcées ou célibataires, elles réquisitionnaient souvent mes services dans un but professionnel,

---

1. Personnage emblématique du film d'animation japonais *Mon voisin Totoro* créé par Hayao Miyazaki.

c'est-à-dire lorsqu'elles avaient besoin de quelqu'un à leurs côtés pour un repas d'affaires, un séminaire ou un colloque.

Mais il arrivait de temps en temps que des femmes plus jeunes fassent appel à moi, notamment pour des raisons plus personnelles, comme c'était le cas avec Julie. Cette dernière m'avait demandé de l'accompagner pendant quatre jours dans sa famille et de jouer le rôle du « petit ami idéal ».

En toute sincérité, c'était probablement ce type de mission que j'appréhendais le plus, car il fallait avoir un très bon jeu d'acteur, de la complicité avec la cliente et, surtout, veiller à ne pas se faire démasquer. Mais quatre jours de travail à temps plein représentaient 3 200 euros de revenus. C'était une somme assez conséquente qui valait bien une petite prise de risque.

— Bonjour, lui dis-je avec un sourire amical.

Elle m'examina attentivement, et j'en fis tout autant.

C'était la première fois que je la voyais, et je devais bien avouer que son style vestimentaire m'étonnait un peu.

Afin que j'entre parfaitement dans la peau de mon personnage, Julie m'avait transmis une liste d'informations sur elle et sur sa famille. J'avais donc appris qu'elle était artiste peintre, que ses parents, tous deux à la retraite, avaient été propriétaires d'un hôtel-restaurant, qu'ils habitaient dans une immense maison en province, que sa sœur, Camille, était architecte et que son « futur beau-frère » était procureur. Sa famille était aisée. D'ailleurs, Julie m'avait attribué l'identité de Roméo Courtois, vingt-neuf ans, chirurgien vasculaire. Elle m'avait également demandé de me mettre sur mon trente et un, ce que j'avais fait en choisissant de porter une veste de costume et un pantalon en laine bleu marine, accompagné de chaussures noires et d'une chemise blanche. Ma tignasse châtain clair était coiffée en arrière, et ma barbe de trois jours était parfaitement taillée.

Or, Julie était vêtue d'un baggy en jean, d'un débardeur noir et de tongs. Ses cheveux bruns étaient tressés sous une casquette qu'elle avait mise à l'envers. Ma surprise s'accentua encore lorsque j'aperçus l'énorme tatouage qui couvrait tout son bras gauche : une tête de loup, certes très réussie, mais impressionnante.

Quand elle m'avait dit être artiste, je n'imaginais pas qu'elle porterait du *streetwear*.

— Tu devrais faire l'affaire, lâcha-t-elle soudain.

En apparence, nous n'avions rien à faire ensemble. On avait coutume de dire que les opposés s'attirent mais, pour le coup, je me demandais vraiment si sa famille allait croire à notre « histoire d'amour fusionnelle ».

— Hum, d'accord, très bien, répondis-je, un peu mal à l'aise.

Julie fit un pas vers moi et me tendit sa valise avec un petit sourire malicieux.

— Prêt à y aller, Roméo ?

3 200 euros, me répétai-je pour m'encourager.

— Allons-y.

Je récupérai sa valise et la plaçai à côté de la mienne dans le coffre.

Lorsque je retournai m'installer à l'avant, Julie s'était déjà assise et attachée.

— Tu as l'air assez nerveux, remarqua-t-elle en me scrutant du regard. Pourtant, tu fais ça depuis plusieurs années, non ? Accompagner des femmes à des événements ?

J'appréciais le fait qu'elle n'utilise pas le mot *escort*. Ce terme n'indiquait pas forcément qu'on s'adonnait à la prostitution, mais sous-entendait que je pouvais coucher avec mes clientes à l'is de mes rendez-vous, ce qui n'était absolument pas le cas. Ou, du moins, ce n'était plus vrai aujourd'hui.

— Ça fait trois ans que je suis à mon compte, oui, lui révélai-je. Pour être honnête avec toi, j'ai l'impression qu'on est un peu comme chien et chat tous les deux…

— Oh ! je vois, tu es le genre de gars qui juge d'après l'apparence des gens. Et tu penses que, parce que je ne suis pas une femme classe et raffinée, je n'ai rien à faire avec un homme beau et intelligent. Finalement, je crois que c'est peut-être mieux qu'on…

— Non, tu te trompes, la coupai-je aussitôt. Disons juste que, si tu m'avais demandé de jouer un musicien ou un écrivain et de porter une tenue un peu plus décontractée, notre fausse relation aurait été plus crédible selon moi.

Elle soupira.

— Écoute, Léo, je t'ai demandé de jouer le petit ami idéal, et pour moi c'est Roméo. Beau, classe, intelligent, gentil, attentionné, honnête, et j'espère que tu te souviens des autres adjectifs qu'il y a sur la liste. Si tu n'en es pas capable, dis-le-moi, et on arrête tout immédiatement.

Je la fixai avec intensité. Cette femme était plus intéressante que je ne le pensais.

— J'aime les défis, répondis-je en démarrant.

— Très bien, parce que moi aussi, répliqua-t-elle en se détendant sur son siège.

Tout en prenant la direction de l'autoroute du Sud, j'allumai le lecteur CD. Julie m'avait dit aimer Guns N'Roses, alors, pour lui faire plaisir, j'avais acheté l'un de leurs albums exprès.

— Bon, OK, tu sais plutôt bien te rattraper, me complimenta-t-elle d'un air ravi.

Elle se pencha en avant pour monter le volume, puis commença à chanter avec la musique.

Finalement, mon petit cadeau de voyage n'était peut-être pas une si bonne idée parce que, si elle avait participé à *The Voice*, je n'étais pas certain qu'un seul des quatre fauteuils se serait retourné…

Par chance, je réussis à tenir les deux heures et quelques de trajet jusqu'à Avignon. Julie passa un coup de fil à sa mère pour lui dire que nous arrivions, puis elle m'indiqua la route précise jusqu'à la résidence de ses parents. Je me garai derrière une Mercedes grise.

Je sortis du véhicule et admirai la belle bâtisse dans laquelle ma cliente avait grandi.

— Psss.

Je tournai la tête vers Julie et l'aperçus qui me faisait signe d'aller chercher nos affaires. Je venais à peine de refermer le coffre que la porte d'entrée s'ouvrit sur une femme d'une soixantaine d'années. Probablement sa mère.

Celle-ci portait une robe bohème très colorée, avec un châle vert et violet sur les épaules. Je compris alors de qui Julie tenait son côté un peu excentrique.

D'ailleurs, cette dernière ne m'attendit pas pour aller enlacer chaleureusement la maîtresse de maison. Je les rejoignis sur le perron, nos deux valises en mains. Lorsque toutes deux s'écartèrent, Mme Dupont m'observa avec un mélange de curiosité et d'admiration.

— Vous devez être Roméo, dit-elle avant d'adresser un regard complice à sa fille.

— Enchanté, madame, répondis-je en hochant la tête.

— S'il te plaît, appelle-moi Catherine.

Je lui offris un sourire charmeur.

— D'accord, Catherine.

Elle rougit légèrement, puis reporta son attention sur sa fille.

— Ta sœur et ton père font une partie d'échecs dans le salon, lui apprit-elle. Ils sont tellement concentrés qu'aucun des deux ne vous a entendus arriver !

Julie tourna la tête vers moi et me fit les yeux doux.

— Est-ce que tu peux aller poser nos affaires à l'étage, trésor ? demanda-t-elle d'une voix mielleuse. Ma chambre est la deuxième porte à droite de l'escalier ! Ne te trompe pas, la première est celle de ma sœur !

— Bien sûr, trésor, répondis-je avec un faux sourire niais.

— Merci !

Elle passa devant sa mère et partit presque en courant, probablement en direction du salon.

— Bon, eh bien, je vais aller poser ça à l'étage, annonçai-je à Catherine.

Ne voulant pas la bousculer avec nos deux valises, j'attendis patiemment qu'elle s'écarte de l'entrée, mais elle m'observa à nouveau avec intérêt.

— Vous sortez vraiment avec ma fille ? me questionna-t-elle à voix basse.

Voilà, qu'est-ce que je disais ! Les chiens ne vont pas avec les chats !

— Oui, répondis-je en essayant d'avoir l'air le plus convaincant possible.

— Pourtant, elle ne s'appelle pas Juliette, rétorqua-t-elle avant de s'esclaffer.

Je restai ahuri un instant, avant de me forcer à rire avec elle.

— Elle était pas mal du tout celle-là, Catherine, la complimentai-je.

Faux-cul que j'étais...

— Merci, Roméo, je suis contente que vous partagiez mon

humour. La plupart du temps, mes filles et mon mari ne comprennent même pas mes blagues, c'est désespérant !

Si elles étaient toutes dans ce goût-là, c'était normal…

Catherine s'écarta enfin du passage et me laissa pénétrer à l'intérieur.

— Rejoignez-nous lorsque vous aurez posé vos valises, le salon est juste là.

Elle me désigna les grandes portes en bois au fond du hall d'entrée. Et bon sang, quel hall ! Il y avait des tableaux sur les murs, des sculptures en bronze et un escalier central en chêne.

Catherine me laissa seul dans ma contemplation et partit retrouver les autres. Des bribes de conversation et des éclats de rire me parvinrent depuis le salon.

Bientôt, je les rencontrerais. Ce n'était pas la première fois que j'endossais le rôle d'un petit ami, mais je ressentais toujours une pointe de stress en début de mission. C'était le moment le plus important, celui où j'allais devoir donner le meilleur de moi-même pour faire bonne impression.

Si tout se passait bien dès le début, en général, la suite se déroulait sans problème. Dans le cas contraire, il faudrait que je redouble d'efforts pour ne pas décevoir ma cliente.

Je montai à l'étage, ouvris la seconde porte à droite et laissai nos deux valises près du lit. Je soulevai délicatement le drap et constatai qu'il n'y avait qu'un matelas deux places. Julie et moi n'avions pas abordé l'aspect *nuit* dans nos mails. Mais il était clair et net que je ne dormirais pas avec ma cliente. Même si ma mission de petit ami impliquait un minimum de contacts physiques devant les membres de sa famille, une fois que nous serions seule à seul, nous ne jouerions plus la comédie.

Enfin bref, on verra ça plus tard, songeai-je en quittant la chambre.

Je descendis l'escalier et ouvris les grandes portes permettant l'accès au salon. C'était une vaste pièce de style rustique. Les meubles étaient en bois, les deux canapés se faisant face en tissu marron. Je repérai un bel échiquier ainsi qu'un piano à queue. De hautes fenêtres donnant sur le jardin et des chandeliers suspendus au plafond rendaient l'endroit très lumineux et chaleureux.

La famille Dupont se tenait debout et discutait entre les sofas.

— Oh ! merde ! lâchai-je brusquement.

Tout le monde leva les yeux vers moi. Julie, Catherine, Philippe – le père – et leur fille cadette, Camille, à savoir la femme que j'avais accidentellement arrosée en réparant sa baignoire le mois dernier.

Oui, merde était le mot parfait pour décrire la situation dans laquelle je me trouvais actuellement.

Chapitre 2

Camille

Le plombier ? ! Mais que faisait-il ici ? !
Il avait beau avoir coiffé ses cheveux en arrière, taillé sa barbe au millimètre près et troqué sa tenue de travail contre un pantalon bleu marine et une chemise blanche moulant ses muscles à la perfection, je l'avais parfaitement reconnu.
— Tout va bien, trésor ? s'enquit Julie.
« Trésor » ?
Mes yeux firent des allers-retours entre le plombier et ma sœur.
Alors là, je ne comprenais plus rien. Son petit ami n'était-il pas censé être un chirurgien vasculaire ?
— Euh oui, s'excusa le plombier, j'ai juste… oublié la bouteille de vin que je comptais offrir à tes parents.
Il avait l'air anxieux, et il ne m'en fallut pas plus pour deviner qu'il y avait anguille sous roche.
— Oh ! si ce n'est que ça, ce n'est pas grave, Roméo ! le rassura ma mère.

— Et puis, ce n'est pas comme si on n'avait pas de cave à vin, ajouta mon père en s'avançant vers lui. Roméo, c'est ça ?

Il lui tendit la main.

— C'est ça, monsieur Dupont, approuva Roméo en la lui serrant.

— Appelle-moi Philippe. Tu sais jouer aux échecs ?

Et dire que mon père le tutoyait déjà !

— Je me débrouille, répondit Roméo.

— Parfait, viens donc me montrer comment tu te débrouilles.

— Une minute, papa, intervint Julie. Je ne lui ai pas encore présenté Camille !

— Eh bien, faites vite, j'ai une partie qui m'attend ! rétorqua-t-il en allant s'installer devant son échiquier.

— Roméo, voici Camille, ma petite sœur. Camille, voici mon petit ami, Roméo, énonça Julie d'un air satisfait.

Nos regards se croisèrent à nouveau. J'hésitai un instant à évoquer notre rencontre passée mais, en l'apercevant déglutir, je sus qu'il serait plus intéressant de jouer un peu avec notre secret.

— Enchantée, dis-je avec un faux sourire.

Il fronça légèrement les sourcils, se demandant probablement pourquoi je n'avais rien révélé, puis me rendit mon sourire.

— Moi de même.

— Parfait. Allez, maintenant, viens t'asseoir en face de moi, jeune homme ! lui lança mon père.

Roméo me fixa encore quelques secondes, puis finit par s'exécuter.

— Les filles, pendant que les hommes jouent entre eux, vous allez venir m'aider à mettre la table, nous ordonna ma mère en quittant la pièce la première.

— Oui, maman, répondit Julie.

Ma sœur passa un bras autour de mes épaules et m'entraîna sur ses talons.

— Alors, qu'est-ce que tu penses de Roméo ? me demanda-t-elle doucement. Il est parfait, hein ?

Vu l'état de stress dans lequel j'avais mis Roméo un peu plus tôt, Julie ne semblait pas au courant du métier qu'exerçait réellement son petit ami.

— Oui, il a l'air, répondis-je en me forçant à sourire.

Une part de moi avait envie de lui dire la vérité, pour son bien, et parce que ce menteur et manipulateur n'avait rien à faire dans sa vie ni dans notre maison. Cependant, avant de briser le cœur de mon adorable grande sœur, je me devais d'avoir une conversation avec lui. En attendant, le dîner risquait d'être fort intéressant…

Même si nous n'étions pas bien nombreux ce soir, ma mère avait décidé de dîner dans la salle à manger. Mes parents s'étaient assis aux extrémités de la table en bois à rallonge, Julie et Roméo avaient pris place en face de moi.

— J'ai cuisiné léger, nous prévint ma mère, salade de tomates en entrée, gigot d'agneau et pommes de terre, fromage, puis tarte aux pommes en dessert. J'espère que ça vous ira !

Et elle appelait ça « léger ». Je me servis un peu de salade, puis fis passer le plat à mon père. Lorsque tout le monde eut l'assiette remplie, nous commençâmes à manger tranquillement.

— Alors, reprit ma mère après une bouchée, comment vous êtes-vous rencontrés tous les deux ?

Je levai les yeux vers Roméo et Julie – les intéressés – et attendis impatiemment leur réponse.

— Lors d'un vernissage, lui révéla ma sœur, pas le mien malheureusement, mais nous avons beaucoup échangé sur l' des tableaux exposés. Nous avions des avis opposés quant signification de son œuvre, et notre petite conversation s'est finalement terminée autour d'un verre dans un bar.

— Comme c'est mignon ! s'enthousiasma ma mère, je ne savais pas que vous aimiez l'art, Roméo.

Ce dernier lui adressa un sourire charmeur.

— Eh bien, si, j'aime l'art, je suis d'ailleurs un grand passionné du romantisme et j'apprécie surtout les peintures de Caspar David Friedrich.

Alors comme ça, il connaissait cet artiste… Était-ce encore un mensonge ?

— Que pensez-vous de son tableau *Paysage d'hiver* ? l'interrogeai-je avec curiosité.

Roméo tourna la tête vers moi.

— C'est un de mes préférés, déclara-t-il avec sérieux.

Même si sa réponse était courte, le fait qu'il n'avait pas réfléchi quant à la réelle existence du tableau signifiait à mon avis qu'il l'avait déjà vu ou qu'il en avait déjà entendu parler. Cependant, en raison de son identité mensongère ou incertaine, j'avais toujours du mal à croire que cet homme était vraiment un passionné de l'art.

— Et *Nuit d'automne* ? demandai-je sans le quitter des yeux.

Cette fois, il prit le temps de réfléchir et me scruta avec intérêt.

Allait-il tomber dans mon piège ? S'il répondait qu'il l'appréciait ou ne l'appréciait pas, j'aurais la certitude qu'il mentait, puisque cette œuvre n'existait pas.

— En toute honnêteté, ce tableau ne me dit rien, finit-il par avouer d'un ton navré.

Je savais que j'aurais dû m'arrêter là mais, ayant un goût d'échec dans la bouche, je ne pus m'empêcher d'essayer de le rabaisser.

— Vous êtes admirateur de Caspar David Friedrich et vous

ne connaissez même pas tous ses tableaux ? fis-je en feignant l'indignation.

— Je t'avoue que ce tableau ne me dit rien non plus, intervint Julie. Tu es certaine du nom de l'œuvre au moins ?

Ma sœur me regardait avec un mélange d'agacement et d'incompréhension. Il est vrai que je lui avais dit juste avant le repas que son petit ami avait l'air parfait, et voilà que je tentais à présent de le faire passer pour un imbécile.

La situation était en train de se retourner contre moi, et je ne savais plus quoi dire pour me sortir d'affaire.

— Camille faisait peut-être allusion à *Tombeau hun à l'automne*, ajouta Roméo en me regardant malicieusement, un magnifique tableau d'ailleurs.

Et voilà que monsieur jouait le « gentil beau-frère » pour m'éviter l'humiliation totale. Quel connard !

— Oui, dis-je à contrecœur, ça doit être celui-là, désolée.

— Je sais qu'un architecte est également un artiste, énonça ma mère, mais je ne me doutais pas que tu t'y connaissais aussi en peinture romantique, Camille.

— J'avais fait un exposé sur lui au collège, expliquai-je en baissant les yeux sur mon assiette, mais ça commence à faire loin dans ma mémoire.

Autant la première partie de ma phrase était véridique, autant la seconde était fausse, car je me souvenais parfaitement de ce que j'avais appris au sujet de Caspar David Friedrich et de ses tableaux.

Je levai la tête pour observer discrètement Roméo et constatai qu'il me regardait également, comme s'il essayait de deviner ce que je comptais faire par la suite.

OK, monsieur s'y connaissait peut-être réellement en romantisme mais, s'il avait menti sur sa profession, j'étais certaine qu'il mentirait sur autre chose. Alors, je continuerais à jouer avec lui durant le dîner et, quand celui-ci prendrait fin, je l'allumerais comme jamais, et il finirait carbonisé !

Mon plan était par-fait.

Léo

Je n'avais qu'une seule et unique envie : que ce repas se termine, et le plus vite possible.

Mais nous n'en étions qu'au gigot d'agneau, et je savais que cette Camille n'en avait pas fini avec moi.

Allait-elle révéler à tout le monde que je n'étais pas chirurgien mais plombier ? Non. Si elle l'avait voulu, elle l'aurait fait dès le début.

Je trouvais ça assez étrange qu'elle n'en parle pas à sa sœur. Mais peut-être avait-elle d'abord envie de s'amuser avec moi et de me tester sur la véracité de mes propos. Cela pouvait d'ailleurs expliquer pourquoi elle avait essayé de me piéger avec son histoire de tableau.

Heureusement, je m'étais parfaitement renseigné sur Caspar David Friedrich pour cette mission. Je n'étais pas un accompagnateur bas de gamme et, quand une cliente me demandait d'incarner un rôle, je le faisais à la perfection.

— Hum, ce gigot d'agneau est vraiment excellent, Catherine, dis-je en passant délicatement la langue sur mes lèvres.

Évidemment, il fallut qu'au même moment mon regard croise celui de Camille. Cette femme qui avait, le mois passé, été déstabilisée par mon charme m'observait à présent avec une attitude glaciale.

— Merci, Roméo, ça me fait plaisir, répondit Catherine. Au fait, Julie nous a dit que tu étais chirurgien vasculaire, c'est ça ?

J'approuvai d'un hochement de tête.

— Et tu travailles dans quel hôpital ? s'enquit Philippe.

— Je suis à l'hôpital Édouard-Herriot sur Lyon, dans le service de chirurgie vasculaire.

— Vous débouchez les artères, c'est ça ? demanda Camille en découpant sa viande, l'air de rien.

Elle avait insisté sur le mot *débouchez*. Je retins un sourire amusé en comprenant son petit clin d'œil à mon métier de plombier.

— Je ne fais pas que ça, mais oui, ça m'arrive, répondis-je.

Elle releva la tête, les sourcils froncés.

— Julie nous a dit que vous aviez vingt-neuf ans… Pourtant, il me semble qu'il faut treize ans d'études pour devenir chirurgien vasculaire.

Je me demandais sérieusement où cette fille avait pu acquérir autant de connaissances sur tous les sujets.

— Je suis sortie avec un étudiant en médecine un jour, précisa-t-elle comme si elle avait lu dans mes pensées.

— Roméo a sauté trois classes, répondit Julie à ma place, deux en primaire si je ne me trompe pas, et la quatrième. Il est vraiment très intelligent.

Julie posa une main sur mon avant-bras et me caressa doucement la peau. Cette fille ferait une excellente actrice, j'en étais certain.

— Impressionnant, commenta Camille en observant le geste de sa sœur.

J'aperçus sa mâchoire se contracter et me demandai un instant si elle n'allait pas finir par cracher le morceau. Mais elle sembla prendre sur elle et continua de manger.

— Et sinon, vous avez des frères et sœurs ? m'interrogea Philippe.

Étant donné que les mensonges fonctionnaient mieux quand ils collaient au plus près de la vérité, et si cela ne posait pas de problème à la cliente, je restais assez honnête sur mes liens familiaux, sans trop en dire.

— Oui, j'ai un frère aîné qui s'appelle Guillaume, il est marié et a deux enfants.

— Oh ! félicitations à lui, me dit Catherine avant de tourner la tête vers sa cadette. Camille, tu es sûre de vouloir reprendre des pommes de terre ? Tu sais que l'été approche…

Camille resta figée un instant, la main au-dessus du plat, puis ignora sa mère et finit par se servir. Elle avait bien raison. Pourquoi se priver quand on en a envie ? D'ailleurs, Camille n'était peut-être pas aussi mince que sa sœur aînée, mais elle avait des formes et une poitrine que je trouvais très attrayantes. Catherine soupira, mais ne fit aucune remarque supplémentaire.

— Au fait, en parlant de famille, reprit Julie en entrelaçant les doigts aux miens, Charlotte est sûre de vouloir rester ce week-end ? Elle ne va pas tarder à accoucher, non ?

Si je ne me trompais pas, Charlotte était sa cousine pianiste, et elle nous rejoindrait demain soir avec son mari, Paul, son jeune frère, Charly, âgé de dix-huit ans, et ses parents, Richard et Lucille.

Une fois encore, Camille fixa nos mains avec agacement.

— Oui, elle en est à sa trente et unième semaine de grossesse ! s'enthousiasma Catherine, mais, même si elle est assez fatiguée en ce moment, ta cousine pense que quitter Paris et changer d'air lui fera du bien !

De Paris à Avignon, cela faisait quand même une sacrée trotte…

— Ils n'ont pas voulu connaître le sexe, ajouta Philippe avec une once de déception, mais j'espère de tout cœur que ce sera un garçon.

— Et pourquoi pas une fille ? répliqua Camille, piquée au vif.

— Parce qu'à part votre cousin Charly, on n'a que des filles dans la famille, alors ce serait bien d'équilibrer un peu, répondit calmement son père.

— Camille, tu es sûre que ça va ? la questionna sa mère. Tu as l'air un peu tendue ce soir… Tout va bien avec Benoît ?

Tiens, tiens… Le copain de la jolie blonde s'appelait Benoît, et aussi sans doute M. Lambert.

J'avais déjà constaté au début du repas qu'elle ne portait toujours pas d'alliance, ce qui signifiait que son nom devait encore être Dupont.

Camille me jeta un regard mauvais, avant de soupirer.

— Désolée, j'ai eu une semaine chargée au boulot, et les deux heures de route m'ont un peu fatiguée. Je crois que je vais monter me coucher.

— Oh ! tu ne veux pas goûter ma tarte aux pommes avant ? la questionna sa mère.

Camille se leva.

— J'en mangerai demain matin, bonne soirée, tout le monde.

Nous la regardâmes tous silencieusement quitter la pièce.

— Eh bah…, commenta Julie, c'est bien la première fois que je la vois sauter le dessert.

— Vous avez vu comment elle a réagi au quart de tour quand on a discuté de la grossesse de Charlotte, remarqua Catherine à voix basse. Camille ne serait tout de même pas…

— Non, je ne pense pas, maman, la coupa Julie. Elle m'en aurait parlé si c'était le cas. À mon avis il y a autre chose.

Catherine resta dubitative.

Que Camille soit enceinte ou non, ça, je n'en avais strictement pas la moindre idée. En revanche, j'étais certain que sa nervosité était liée aux gestes affectueux qu'avait eus sa sœur envers moi. Mais, si son petit jeu était fini, pourquoi avait-elle préféré fuir plutôt que de simplement révéler la vérité à tout le monde ?

Chapitre 3

Camille

Je grognai de rage et fis les cent pas dans ma chambre. C'était la merde. La grosse merde.

En voyant Julie toucher Roméo de cette façon, sans oublier les doux regards qu'elle lui lançait toutes les minutes, j'avais rapidement compris qu'elle était complètement dingue de lui.

Pourtant, ma sœur était une femme intelligente, et j'avais du mal à croire qu'elle ne se soit pas rendu compte de l'hypocrisie de son copain. Mais « l'amour rend aveugle » comme on dit, et pour le coup j'en avais une belle illustration.

Enfin, bref, si j'étais partie avant la fin du dîner, c'était pour peaufiner la suite de mon plan. J'allais sans aucun doute briser le cœur de ma sœur, mais c'était la meilleure chose à faire pour elle. Peu importe que cet homme ait une « bonne excuse » pour lui avoir menti, une relation basée sur le mensonge était pire que tout.

Malgré ma colère intérieure, je finis par m'asseoir sur mon lit pour réfléchir plus calmement. Après le repas, Julie et Roméo monteraient probablement dans leur chambre. À moins que ma mère ne leur propose un thé ou un café dans le salon… Ce que je n'espérais pas, car l'attente risquait d'être interminable. Si le « petit couple » se rendait directement à l'étage, ma sœur prendrait tôt ou tard une douche, et j'en profiterais pour voir Roméo et l'incendier. Mais, pour cela, il était sans doute préférable de l'entraîner hors de la maison, afin que Julie ou mes parents ne nous entendent pas. Après lui avoir fait admettre la vérité – en le torturant éventuellement –, je lui demanderais de quitter gentiment ma sœur et lui promettrais de le tuer dans son sommeil s'il ne s'exécutait pas.

Oui, ce plan était excellent. Et peut-être même pouvais-je rajouter un…

La porte de ma chambre s'ouvrit brusquement. Roméo !
Je bondis aussitôt de mon lit et le fusillai du regard.

— Qu'est-ce que vous faites là ? lui lançai-je froidement.
Il fit un pas dans la pièce et referma la porte derrière lui.
OK, ça c'était totalement incorrect, et un peu inquiétant…

— Il faut qu'on parle, répondit-il en s'approchant de moi.
Méfiante, je reculai jusqu'à la fenêtre, et il s'arrêta au milieu de la pièce. Il passa nerveusement une main dans ses cheveux et soupira.

— Ce n'est pas ce que tu crois. Je ne suis pas plombier.
En entendant cette aberration, je sentis mon assurance revenir de plein fouet. Et, puisque Roméo m'avait tutoyée, je n'allais pas me gêner pour en faire autant.

— Pourtant, tu as bien débouché ma baignoire, répliquai-je en croisant les bras sur ma poitrine.

— En effet, j'étais d'astreinte ce jour-là. Mon frère était débordé avec sa société de plomberie, il m'a demandé de lui donner un coup de main, et comme ce n'était pas la première fois et que je me débrouille plutôt pas mal en tuyauterie j'ai accepté. Voilà comment je me suis retrouvé chez toi, enfin… À moins que tu ne t'appelles pas Lambert, j'ai comme un doute là-dessus.

OK, il avait l'air sincère, et ses explications tenaient assez bien la route. Cependant, un détail me rendait encore sceptique, et je choisis d'ignorer sa question à propos du propriétaire de mon appartement.

— Pourquoi tu n'as rien dit quand on s'est vus dans le salon ?

— Et pourquoi, toi, tu n'as rien dit ? rétorqua-t-il avant d'ajouter : je ne voulais simplement pas t'humilier.

Sa réponse me laissa confuse.

— M'humilier ? répétai-je en haussant la voix. Ce n'est pas plutôt parce que tu ne voulais pas que je t'humilie en racontant ta passion pour les canalisations ?

Roméo combla la distance qui nous séparait, de sorte qu'il se retrouva à seulement quelques centimètres de moi. Sa proximité me mit un peu mal à l'aise, mais je ne bougeai pas, prête à l'affronter.

— Ta baignoire était bouchée à cause d'une boule de poils et de cheveux, et je t'ai littéralement arrosée, murmura-t-il en me fixant. Tu es sûre de qui humilie l'autre ?

Malgré ma honte, je soutins son regard insistant pendant quelques secondes, puis, sentant une étrange chaleur m'envahir, je tournai la tête.

— Alors qu'est-ce qu'on fait maintenant ? demanda-t-il en s'écartant enfin.

Soulagée d'avoir retrouvé mon espace vital, je pus mieux réfléchir à la situation.

Exiger qu'il quitte ma sœur était sans doute un peu exagéré compte tenu de la vérité. Il avait gardé le silence à propos de notre rencontre, et moi aussi, ce qui signifiait que nous étions exactement dans la même situation.

— Il faut que je le dise à Julie, répondis-je, elle doit se demander pourquoi j'ai agi de cette façon avec toi.

— Tu ne veux pas que je m'en charge ? suggéra-t-il.

— Non, je lui dois des excuses. Je lui expliquerai notre petit malentendu demain matin…

— OK, très bien.

Il me fixa un instant, avec intensité, avant d'ajouter :

— Bon, il faut que je retourne à table, je suis actuellement censé être aux toilettes.

— À une porte près tu y étais, plaisantai-je en lui désignant la salle de bains commune d'un signe de tête.

Roméo me regarda avec un sourire malicieux. C'est vrai que je venais de « blaguer » avec lui…

— Je suis content qu'on ait réglé ce quiproquo, m'avoua-t-il avant de tourner les talons. Bonne soirée, Camille.

Et je devais bien reconnaître que je l'étais aussi… un peu trop d'ailleurs.

Léo

Malgré l'absence de Camille, le repas se termina dans une ambiance plutôt agréable.

J'avais pris un risque en allant la voir dans sa chambre, sans même avoir mis ma cliente au courant de toute cette histoire. Cependant, craignant la réaction de Camille, j'avais préféré agir seul, et rapidement.

Maintenant que le dîner était fini et que j'avais regagné « ma » chambre avec Julie, j'avais bien l'intention de tout lui expliquer.

Ensuite, ce serait à elle de décider si elle souhaitait, ou non, révéler à sa sœur ma réelle identité.

— Désolée, dit Julie en allant ouvrir son armoire. Je ne sais pas pourquoi Camille a agi comme ça avec toi, mais je compte bien le découvrir.

— Tu n'auras pas à te donner cette peine.

Julie se retourna vers moi, une couette et un oreiller dans les bras. Ah, ça, c'était pour moi...

— Comment ça ? me questionna-t-elle, intriguée.

Même si Camille avait l'intention de parler à sa sœur demain, je me devais d'être totalement honnête avec ma cliente.

— J'ai déjà rencontré ta sœur, lui avouai-je.

Elle écarquilla les yeux.

— Quoi ? ! s'exclama-t-elle, Camille a...

— Non, non, l'interrompis-je en réprimant un rire amusé, pas de cette façon. En général, je ne rentre pas dans les détails de ma vie privée avec mes clientes, mais comme la situation l'exige... À côté de mon travail d'accompagnateur, je bosse en tant que plombier dans la société de mon frère. Et il se trouve que j'ai dû, le mois dernier, réparer une fuite chez un M. Lambert et...

— Ah oui, me coupa-t-elle, Camille a emménagé il y a un an chez Benoît. Donc ma sœur a découvert que tu étais un imposteur... Ça explique pourquoi elle a agi aussi bizarrement avec toi... Alors tout est foutu, hein ?

Elle avait l'air complètement dépitée.

— Pas vraiment. Je suis allé parler à ta sœur tout à l'heure, au lieu d'aller aux toilettes, et je lui ai assuré que j'étais bel et bien chirurgien mais qu'il m'arrivait de temps en temps de rendre un service de plomberie à mon frère.

Julie semblait toutefois encore inquiète.

— Et elle t'a cru ? Déjà qu'elle a failli nous avoir avec le nombre d'années d'études pour devenir chirurgien… Elle est très perspicace !

Je songeai à nouveau à ma conversation avec Camille. J'étais quasiment certain qu'elle n'y avait vu que du feu.

— Je pense vraiment avoir rattrapé le coup. Si je me trompe, elle te le dira demain, et tu pourras décider de me virer ou bien de la mettre dans la confidence.

Julie soupira.

— Très bien, on verra ça demain. Tu t'es douché avant de partir ?

Quand je hochai la tête, elle me donna le coussin et le drap qu'elle avait toujours dans les bras.

— Il y a un sofa dans la bibliothèque, c'est la pièce juste en face. Mets aussi un réveil ou, si tu te lèves avant, attends 8 heures, puis rejoins-moi dans ma chambre. Tu seras obligé de passer par là si tu veux avoir accès à la salle de bains.

— OK, ça marche, merci. Est-ce que je peux d'ailleurs y faire un saut pour me laver les dents avant de me coucher ?

— D'accord, mais rapide, OK ? Je suis crevée !

J'acquiesçai, puis, après avoir posé mes affaires pour la nuit dans « ma chambre », je me rendis dans la salle de bains.

Durant ma petite toilette, je jetai un coup d'œil à la porte voisine, me demandant si Camille dormait déjà. Il n'était que 21 h 30, mais je ne voyais pas trop ce qu'elle pouvait faire d'autre en s'étant enfermée dans sa chambre depuis tout ce temps.

De retour dans la bibliothèque, je constatai que celle-ci n'était pas aussi grande que les autres pièces à vivre, mais qu'il y avait tout de même trois rayons de livres, un canapé en cuir et une cheminée ancienne.

M. et Mme Dupont semblaient avoir déjà coupé le chauffage, et j'avais comme l'intuition que je n'allais pas passer une nuit des plus confortables dans cet endroit. Mais bon, pour l'argent qui m'attendait une fois la mission terminée, je pouvais bien supporter ça.

Je retirai mes vêtements, ne gardant que mon caleçon, puis éteignis la lumière et m'installai sur le sofa.

Mon portable dans les mains, je décidai de téléphoner rapidement à Mathis avant de dormir. Comme mon fils de huit ans n'avait pas encore de portable, ce fut Marion, mon ex-femme, que je contactai.

— Qu'est-ce que je peux faire pour toi, Léo ? demanda-t-elle froidement après avoir décroché.

Quel accueil agréable !

— Est-ce que je pourrais discuter cinq minutes avec mon fils ?
— Tu es sérieux ? Tu as vu l'heure ? !
— Quoi ? Il est déjà couché ?
— Mais, bon sang, Léo, ton fils a huit ans ! Bien sûr que oui, il est couché, il a école demain et il a besoin de sommeil !

J'avais à peine parlé qu'elle était énervée, comme à son habitude. Certes, je n'étais probablement pas le meilleur papa au monde mais, si je le couchais aux alentours de 21 h 30, pour un réveil à 8 heures, on pouvait s'amuser ensemble un peu plus longtemps le soir, et Mathis n'avait jamais eu le moindre problème de fatigue.

— Je savais que j'aurais dû demander la garde exclusive, ajouta Marion dans un soupir. Avec toi, il vit n'importe comment. Je suis même certaine que tu ne lui fais jamais de légumes à manger !

Autant je pouvais gérer ses petites remarques, autant là, c'était trop.

— Bah, avec toi, c'est sûr qu'il doit être servi en légumes, madame la végétarienne ! Et, concernant la garde, dois-je te rappeler que tu avais une relation avec un autre homme et que tu as emménagé chez lui après notre divorce ? C'est moi qui ai dû m'occuper de notre fils pendant que tu t'envoyais en l'air. Si tu l'avais demandée, le juge ne te l'aurait jamais donnée de toute façon.

— C'est vrai, admit-elle d'un ton sec, mais les choses sont différentes à présent, et c'est toi qui t'envoies en l'air.

Je me redressai aussitôt.

— Comment ça ?

— Ton frère m'a parlé de ton second boulot… « Accompagnateur », c'est ça ? Ça doit être sympa de gagner des centaines d'euros juste en baisant. En revanche, je ne suis pas sûre que ce métier soit très approprié pour éduquer un enfant… Le juge serait probablement de mon avis, tu ne crois pas ?

À cet instant précis, j'ignorais si je devais en vouloir plus à mon frère de l'avoir mise au courant ou bien à mon ex-femme pour ses menaces. Même si je n'avais pas honte du second métier que j'exerçais, je savais, en ayant remarqué l'air scandalisé de mon frère quand je le lui avais révélé, que le reste de ma famille et mes amis ne le verraient pas non plus d'un très bon œil.

— Je ne suis pas une pute, Marion, grognai-je.

— Eh bien, si tu ne veux pas avoir à l'expliquer au juge, tu as intérêt à faire passer les besoins physiologiques de ton fils avant ton plaisir personnel, c'est clair ? Bon, je raccroche, à dimanche, Léo.

La communication s'interrompit avant que je puisse répondre quoi que ce soit. Énervé, je serrai mon portable dans ma main avec force, puis, comprenant que ça ne me soulagerait pas, je finis par le relâcher.

Oui, j'aimais mon travail d'accompagnateur. J'aimais tenir compagnie à des femmes, qu'importe leur âge, pendant des journées, des soirées, des week-ends. J'aimais les aider à se sentir moins seules en passant du temps avec elles, leur éviter d'éventuelles remarques sur leur vie sentimentale – comme c'était probablement le cas avec Julie – ou encore, les mettre davantage en valeur par ma présence à leurs côtés, et de la façon qu'elles souhaitaient.

Cela impliquait peut-être de mentir à des gens et de tenir un rôle à la perfection mais, tant que ça ne portait atteinte à personne, il n'y avait rien d'illégal là-dedans.

Malgré ma colère envers mon ex-femme, je réussis à m'endormir en pensant à Mathis. J'avais toujours fait passer ses besoins avant les miens, et je continuerais à le faire.

Chapitre 4

Camille

À mon réveil ce jeudi matin, seule dans mon lit, je pensai à Benoît. Nous nous étions appelés hier soir avant que je m'endorme et, sans grande surprise, mon petit ami m'avait annoncé qu'ayant encore du travail il ne partirait pour Avignon qu'en fin de journée.
C'était bien la peine de poser des jours de congé en même temps..., songeai-je en repoussant la couverture sur mes jambes.
Je jetai un coup d'œil au radio-réveil sur table de chevet. 8 h 13. Julie étant une lève-tôt, elle devait probablement prendre le petit déjeuner avec mes parents. Quant à Roméo, je n'en avais aucune idée. Peut-être était-il avec elle, à moins qu'il ne dorme encore...
J'attrapai ma trousse de toilette, puis ouvris la porte de la salle de bains. Eh bien, j'avais ma réponse.
Roméo était là, en face du lavabo, en train de se brosser les dents. Et surtout, détail très important, il ne portait qu'un caleçon noir.
Mes yeux parcoururent son torse musclé sans que je puisse les en empêcher. Il était à tomber par terre.
— La vue te plaît ?

Sa voix me tira de ma contemplation. Il n'avait pas tourné la tête vers moi mais, évidemment, le miroir mural avait reflété ma présence et la direction de mon regard.

Cette situation était horriblement gênante. Le copain de ma sœur venait de me griller en train de le mater, sans oublier que j'étais moi-même en couple !

— Pourquoi tu n'as pas verrouillé ma porte ? demandai-je en ignorant sa question.

Roméo fronça les sourcils.

— Il faut que je le fasse même pour me laver les dents ?

Il se pencha en avant et se rinça la bouche. OK, je n'aurais jamais dû trouver ce geste sexy, mais c'était le cas.

— Quand on est à moitié nu, oui, répondis-je froidement avant de tourner les talons.

— Tu peux rester, m'interrompit-il, j'ai fini.

Je lui fis face à nouveau, en veillant cette fois à n'observer que son visage. Mais ce fut à mon tour de me rendre compte que ses beaux iris noirs avaient glissé sur mon corps.

Apercevoir Roméo en caleçon m'avait complètement fait oublier que je portais ma nuisette blanche en dentelle. Et, en entendant la respiration de Roméo devenir lourde, je devinai que mon petit ami n'était désormais plus le seul à me trouver attirante là-dedans. Mon cœur battait à cent à l'heure.

J'aurais dû faire quelque chose, parler, partir, le gifler, n'importe quoi pour mettre un terme à ce qui était en train de se passer ! Mais, lorsque son regard se planta à nouveau dans le mien, je sus que c'était trop tard. Je l'avais laissé examiner mon corps sans protester et, pire encore, j'avais aimé ça. OK, je divaguais totalement !

Soudain, Roméo pivota sur lui-même et quitta la salle de bains sans un mot.

I Will Be Your Romeo

J'expirai profondément, soulagée, et tournai la tête vers la glace. L'excitation que j'avais ressentie quelques secondes plus tôt se lisait clairement sur mon visage.

Je fis couler l'eau et m'aspergeai plusieurs fois les joues afin de reprendre mes esprits. J'étais devenue folle. Complètement folle. C'était la seule explication.

Consciente que je n'avais pas réussi à me calmer, je m'assis sur le rebord de la baignoire derrière moi et fermai les yeux.

Je me souvenais parfaitement avoir déjà été troublée par le charme de Roméo lorsqu'il était venu déboucher ma baignoire. Cependant, contrairement à aujourd'hui, il n'y avait eu aucun échange de regards entre nous, et je n'avais pas culpabilisé d'avoir trouvé cet homme plutôt séduisant, même si j'avais déjà un compagnon.

Mais là, pour le coup, la situation était totalement différente, et je savais que notre désir réciproque était néfaste pour nos couples respectifs.

Je devais faire comme si de rien n'était et garder nos distances pour que cela ne se reproduise plus jamais.

Mais, comme nous allions vivre sous le même toit pendant quatre jours, cela pourrait s'avérer compliqué.

Après avoir rapidement coiffé mes cheveux blonds en une queue-de-cheval, je troquai ma nuisette pour un jean taille haute, un top en satin de couleur taupe et ma paire de baskets, puis descendis dans la cuisine.

Mes parents et Roméo – enfin habillé – étaient assis à table et discutaient tout en dégustant leur petit déjeuner. Ma sœur, quant à elle, avait visiblement fini de manger, puisqu'elle faisait la vaisselle.

— Bonjour, ma chérie, dit ma mère.
— Bien dormi ? me demanda mon père.

Roméo garda les yeux rivés sur son assiette de bacon grillé. Tant mieux.

— Oui, ça va, merci.

Je me dirigeai vers la machine à café, à côté de l'évier.

— Tu sembles de meilleure humeur aujourd'hui, souffla Julie en me jetant un coup d'œil.

Après avoir lancé un expresso, je me rapprochai d'elle. Mes parents avaient repris leur conversation avec Roméo et, par chance, la cuisine était assez grande pour qu'ils ne nous entendent pas si je parlais à voix basse.

— Je te dois une explication pour hier, dis-je.

— Je t'écoute, répondit-elle sans arrêter de laver ses couverts.

— En fait… Je connaissais déjà Roméo.

Cette fois-ci, elle coupa l'eau et me regarda avec perplexité.

— Je l'ai rencontré il y a un mois à peu près, continuai-je, il est venu à l'appartement pour réparer la baignoire. Alors, quand j'ai su qu'il était soi-disant chirurgien et que je l'ai reconnu, j'ai cru qu'il mentait sur son métier, et c'est pour ça que je l'ai un peu provoqué pendant le dîner. Je comptais lui faire cracher le morceau, mais il se trouve que je me suis trompée sur lui et qu'il rendait seulement un service à son frère qui a une société de plomberie.

Ma sœur m'étudia du regard avant de soupirer.

— Je vois… Je comprends mieux ton comportement.

Je lui adressai un sourire désolé.

— Bon, même si t'as un peu gâché cette première soirée en famille, je te pardonne, petite sœur.

— Merci, vieille sœur, répondis-je avec espièglerie.

Faussement contrariée, elle me donna une tape sur l'épaule.

— Je ne suis pas vieille !

Le rire de ma mère attira mon attention. Visiblement, ma sœur avait parlé un peu trop fort, puisque tout le monde nous observait avec amusement – même Roméo. Je n'eus d'ailleurs pas besoin de croiser le regard de ce dernier pour que l'image de lui, torse nu, traverse mon esprit.

Avant que quelqu'un remarque mon trouble, je me retournai et récupérai ma tasse de café.

C'est juste un homme… Un homme sexy, certes, mais un homme qui couche avec ta sœur.

Cette pensée fut suffisante pour que je repousse mon attirance pour Roméo au fin fond de ma tête. Mon expresso dans les mains, j'allai m'installer à table et pris part à la conversation familiale. Et, Dieu soit loué, le petit déjeuner se déroula sans aucun souci.

Léo

Après le petit déjeuner, et comme le reste des invités n'arriverait qu'en début de soirée, Julie me proposa de me faire visiter la région que je ne connaissais pas. Et, bien sûr, elle eut la charmante idée de demander à sa sœur et ses parents de nous accompagner. Ces derniers refusèrent poliment, Catherine devait faire quelques courses pour la célébration de leur anniversaire de mariage, qui aurait lieu le lendemain soir, et Philippe souhaitait vaquer à ses propres occupations. En revanche, Camille accepta.

Après ce qui s'était passé entre nous dans la salle de bains, cela me surprit un peu. Nous avions tous deux joué avec le feu ce matin, et j'avais imaginé que, comme moi, Camille préférerait qu'on garde nos distances durant le reste du séjour.

Si ma relation avec Julie était une pure mascarade, celle qu'elle avait avec Benoît était pourtant sérieuse… Ou, du moins, c'était ce que je pensais avant de constater que mon désir pour elle était réciproque.

Cependant, pour ma part, il fallait que j'assure dans mon rôle du petit ami parfait, et cela, jusqu'au bout. Autrement dit, il était hors de question que ce genre d'« incident » se reproduise, et je devrais refouler au plus profond de moi mon attirance pour elle.

Mais, en acceptant de passer la journée avec nous, Camille allait me compliquer la tâche. Il me suffisait de croiser son regard pour que l'image d'elle en nuisette blanche me revienne à l'esprit.

Pour commencer notre excursion, Julie avait choisi de nous emmener au palais des Papes. Si elle et sa sœur y étaient déjà venues, c'était pour moi une première.

Nous nous étions garés dans un parking en ville, puis avions tranquillement marché dans les rues médiévales jusqu'à l'impressionnant monument historique. Les murailles étaient vraiment immenses.

— Cela ressemble plus à une forteresse qu'à un palais, remarquai-je en observant les tours.

Julie, qui avait noué le bras autour du mien, hocha la tête.

— Il fallait protéger les biens de l'Église et son chef, répondit-elle. Bon, allons-y.

Elle nous entraîna à l'intérieur, Camille sur nos talons.

— Je suis venue tellement de fois que je pourrais vous servir de guide, reprit Julie, mais avec l'Histopad c'est super sympa.

— « L'Histopad » ? répétai-je, ne sachant pas de quoi il s'agissait.

— C'est une tablette numérique interactive, m'expliqua-t-elle avant de se tourner vers sa sœur. Tu n'as jamais fait la visite avec, si ?

Je jetai un coup d'œil à Camille et l'aperçus qui secouait la tête.

— Vous allez voir, c'est vraiment génial.

Julie me lâcha le bras pour que j'aille acheter nos places. Et, en bon gentleman que j'étais, j'en pris également une pour sa sœur.

— Je comptais payer la mienne, tu sais, me lança Camille d'une voix contrariée.

— Eh bien, tu m'offriras un café à midi, répliquai-je en lui donnant son billet.

Elle soupira, mais n'ajouta rien. Tant mieux. Je n'avais pas envie de me disputer encore avec elle.

Nous récupérâmes ensuite nos tablettes numériques et les casques qui allaient avec, puis, une fois prêts, nous commençâmes la visite du palais.

En entrant dans la première salle, immense et vide, nous pûmes, grâce à la réalité virtuelle, voir les décors imaginés et inspirés du XIVe siècle tout en écoutant les explications audio d'une voix féminine.

J'appris ainsi que l'endroit dans lequel nous nous trouvions était une salle à manger où avaient lieu des banquets pour de grandes occasions, par exemple lors du couronnement d'un pape.

J'étais d'accord avec Julie, c'était vraiment génial. Je fis un tour sur moi-même, observant la reconstitution de la pièce, et m'arrêtai en apercevant Camille en train de fixer les voûtes avec admiration.

Il est vrai qu'elle était architecte. Peut-être était-ce pour cette raison qu'elle avait tenu à nous accompagner. Le bel édifice de style gothique devait beaucoup lui plaire.

Je la regardai silencieusement et fus surpris en sentant les battements de mon cœur s'accélérer dans ma poitrine.

Aussitôt, je détournai les yeux, paniqué à l'idée d'éprouver plus que de l'attirance physique pour cette femme que je connaissais à peine.

Par chance, ma « petite amie », vêtue d'une salopette bleu

marine, d'un T-shirt rayé et d'une paire de Converse blanches, ne tarda pas à revenir vers moi.

— Alors, qu'est-ce que tu en penses ? me questionna Julie. L'expérience ludique est sympa, hein ?

Je lui adressai un sourire.

— Ouais, j'ai toujours trouvé l'histoire médiévale très intéressante. Même si à mon avis Camille l'était encore plus…

Julie me regarda avec curiosité.

— C'est Roméo ou le vrai toi qui parle ? me demanda-t-elle à voix basse.

Amusé, je me penchai vers elle pour murmurer à son oreille :

— Ça, tu ne le sauras jamais.

Elle s'esclaffa, puis enroula à nouveau le bras autour du mien.

— Camille est déjà partie dans la salle suivante, m'annonça-t-elle. Allons-y, trésor.

Camille

Après deux bonnes heures de visite, nous décidâmes de déjeuner dans une brasserie située à moins d'un kilomètre du palais.

Il n'était que midi, mais toutes les marches que nous avions dû monter – notamment pour accéder à la vue panoramique de la ville depuis les remparts du château – m'avaient bien creusé l'appétit.

En tout cas, revoir cette majestueuse construction et sa sublime architecture m'avait vraiment ravie. Je ne regrettais pas d'avoir accepté l'invitation de Julie, malgré la présence de Roméo.

De toute façon, refuser alors que je n'avais strictement rien d'autre à faire à la villa et que ma sœur savait que j'adorais ma ville natale et ses monuments aurait été suspect. Et je ne voulais pas que Roméo devine à quel point notre petit « incident » de ce matin m'avait affectée. Ce qui aurait été le cas si j'avais commencé à l'éviter.

En revanche, j'espérais tout de même être assez douée pour cacher mes réelles émotions, chose qui s'avérait compliquée quand je sentais les regards intenses qu'il posait sur moi, comme en ce moment même alors que nous étions assis face à face au restaurant.

Bien qu'ayant fait mon choix depuis quelques minutes, je préférai garder les yeux rivés sur mon menu et attendre que Julie prenne la parole.

— Au fait, j'ai pensé qu'on pourrait monter sur le pont Saint-Bénézet cet après-midi.

Elle tourna la tête vers Roméo, installé sur sa droite.

— C'est le pont d'Avignon, lui expliqua-t-elle. Toi qui adores l'histoire, trésor, je suis sûre que tu vas aimer. En plus, on a une super vue sur le Rhône et sur la ville. T'en penses quoi, Camille ?

Même si le palais des Papes était plus impressionnant, le pont Saint-Bénézet et ses quatre belles arches restantes étaient aussi un incontournable de la ville. En plus de cela, il y avait un film très intéressant sur sa construction à la fin de la visite.

— Bonne idée, approuvai-je. En plus, en semaine il ne devrait pas y avoir énormément de monde, ce sera agréable.

— Parfait, conclut Julie d'un air ravi.

Un serveur ne tarda pas à venir prendre notre commande, et, une fois servis, nous dégustâmes tranquillement nos hamburgers en discutant d'Avignon et de son passé médiéval.

— Pourquoi avoir déménagé à Lyon ? nous demanda Roméo lorsque nous eûmes tous terminé de manger.

C'est vrai que nous complimentions tant notre ville qu'il était légitime de se poser la question.

— Pour les études, répondit Julie, et probablement aussi pour prendre notre indépendance, même si Camille et moi avons été en coloc pendant quelques années.

— Et c'était horrible, ajoutai-je avec une grimace.

Autant j'adorais ma sœur, autant vivre avec elle avait été un vrai cauchemar !

— Comment ça ? s'enquit Roméo en nous regardant avec intérêt.

Je jetai un coup d'œil à Julie, ne sachant pas si je pouvais me permettre d'évoquer sa personnalité bordélique devant son petit ami. Mais ma sœur se contenta de hausser les épaules, et je compris que j'avais son feu vert.

— Lorsqu'on habitait ensemble, je suis certaine d'avoir passé plus de temps à ramasser ses affaires qui traînaient partout qu'à réviser, lui révélai-je d'un ton moqueur.

— Tu exagères, se défendit tout de même Julie, c'est toi qui es maniaque et qui aimes que tout soit parfaitement bien rangé à sa place. Il suffisait que je laisse un cahier sur mon bureau pour que tu piques une crise.

Je tournai la tête vers Roméo.

— Tu es déjà allé chez elle ? le questionnai-je avec sérieux.

— Bien sûr qu'il est déjà venu chez moi, déclara Julie, et je t'assure qu'il n'y avait pas le moindre bazar. N'est-ce pas, trésor ?

Ne voulant pas m'en tenir à ses paroles, je continuai de fixer Roméo afin de lui faire comprendre que j'attendais une réponse honnête de sa part.

— Oui, tout était en ordre, confirma-t-il.

Soit ma sœur avait engagé quelqu'un pour ranger son appartement avant son arrivée, soit il mentait pour la soutenir. Et je penchais plutôt pour la seconde option.

— Enfin bref, pour en revenir à ta question, trésor, reprit Julie, après nos études, on a toutes les deux trouvé du travail sur Lyon, et c'est pour ça qu'on a décidé de s'y installer définitivement. Enfin, pour Camille, elle a aussi choisi de rester pour Benoît, l'homme de sa vie !

— Ça fait combien de temps que vous êtes ensemble ? m'interrogea Roméo en me regardant avec attention.

À quoi jouait-il exactement en s'intéressant à mon couple ? À me rappeler « l'incident » de ce matin ? À me faire culpabiliser ? Si c'était le cas, c'était réussi.

— Trois ans, répondis-je en sentant mon estomac se nouer.

— Et c'est l'amour fou entre eux, ajouta Julie en se collant contre Roméo. Comme nous, en fait, trésor.

Mal à l'aise, je baissai les yeux sur mon assiette.

Comment avais-je pu faire ça à ma sœur et à Benoît ? Comment Roméo avait-il pu me regarder de la sorte alors qu'il était en couple avec une fille géniale ? D'accord, ce n'était pas comme si nous nous étions embrassés ou même touchés, mais pour moi c'était tout comme, et la honte me serrait les tripes.

— Je… Je dois aller aux toilettes, les prévins-je en me levant brusquement de table.

Je me rendis aux WC et m'assis sur le battant rabattu de la cuvette. J'allais avoir besoin de quelques minutes pour reprendre mon sang-froid.

— Camille ?

Roméo.

Je me redressai, surprise de sa présence, avant de me souvenir que les toilettes étaient mixtes.

— Est-ce que ça va ?

Se moquait-il de moi ?

— Très bien, répondis-je sèchement.

Même si je n'étais pas réellement allée au petit coin, je tirai la chasse et ouvris la porte. Étrangement, son air soucieux me déconcerta. Monsieur me provoquait, et voilà qu'il semblait inquiet, quelle ironie !

— Tu n'as pas l'intention d'aller aux toilettes, devinai-je en le voyant rester immobile. Pourquoi tu m'as suivie ?

Au même moment, un homme d'une cinquantaine d'années entra.

— Vous n'y allez pas ? demanda-t-il en nous regardant tour à tour.

— Non, c'est bon, répondit Roméo avec un sourire poli.

L'homme ne se fit pas prier et pénétra dans une cabine.

Comme ma conversation avec Roméo avait été interrompue, je partis me rincer les mains au lavabo derrière lui.

— Je suis désolé, Camille, l'entendis-je me dire. Je n'aurais pas dû te poser cette question, c'était déplacé.

Sans me retourner, je levai les yeux vers lui dans le miroir mural.

— « Déplacé », répétai-je avec exagération.

Devais-je lui rappeler notre « incident matinal » et nos situations amoureuses respectives ?

Roméo passa nerveusement une main dans ses cheveux, puis s'avança vers moi.

Surprise par son geste, je lui fis face, et il comprit à mon regard noir qu'il était préférable pour lui de rester à une distance raisonnable. Non pas que je craignisse qu'un nouvel « incident » ait lieu, mais parce que j'étais en colère contre lui et que j'aurais été capable de lui en coller une.

— Comme tu agissais normalement avec moi, j'ai cru que ce qui s'était passé entre nous ne t'avait pas perturbée plus que ça, m'expliqua-t-il à voix basse. C'est pour ça que je me suis permis de…

Un bruit de chasse d'eau retentit, et l'homme sortit des toilettes. Comprenant que sa présence suspendait une fois de plus notre discussion, il nous jeta un petit regard navré et alla se laver les mains à côté de moi.

Tout en attendant impatiemment qu'il quitte les lieux, nous nous observâmes silencieusement. Si Roméo avait réellement eu l'intention de me narguer – pour se venger du dîner de la veille par exemple –, en ce moment son beau visage n'exprimait que des regrets sincères.

J'eus un sursaut en entendant la porte claquer et compris que nous étions à nouveau seuls. Ne voulant pas que la discussion s'éternise ni que Julie se doute de quelque chose, je pris une profonde inspiration et lui lançai d'un ton menaçant :

— Ne t'avise plus de t'intéresser à moi ou à mon couple, c'est clair ?

Je ne lui laissai pas le temps de répondre et quittai les toilettes d'un pas rapide.

Chapitre 5

Léo

Assis sur le lit de Julie, je fixais la photo numérique sur laquelle je figurais avec « ma petite amie », sur le pont d'Avignon. C'était Camille qui l'avait prise cet après-midi, à la demande de Julie.

Si, en raison de nos styles vestimentaires opposés, Julie et moi semblions toujours venir de deux univers différents, je devais quand même reconnaître que sur cette photo nous avions l'air d'un vrai couple. Cette femme était douée pour jouer la comédie, probablement plus que moi.

D'ailleurs, j'avais du mal à comprendre pourquoi elle avait fait appel à moi. Ses parents étaient sympathiques et, à mon avis, ils ne jugeraient jamais la vie sentimentale de leur fille.

Ma cliente ouvrit soudain la porte de la salle de bains, me faisant légèrement sursauter. Julie s'était changée pour accueillir les derniers membres de sa famille, qui arriveraient dans la soirée, et elle avait revêtu une longue robe bleu, rouge et orange.

— Comment tu te sens ? me demanda-t-elle en finissant de tresser ses cheveux sur le côté.

Je l'analysai rapidement et constatai qu'elle semblait agitée.

— Ne t'inquiète pas, tout va bien se passer, la rassurai-je, tes parents m'apprécient, et je suis sûr que je m'entendrai bien avec le reste de ta famille.

Julie s'avança vers la fenêtre et observa l'extérieur d'un air pensif.

— Écoute, j'ai vu la façon dont tu regardais ma sœur aujourd'hui, lâcha-t-elle brusquement.

Ma respiration se figea. Elle se retourna vers moi, attendant probablement que je m'explique ou me défende, mais il n'y avait rien à dire. Sa sœur me plaisait, Julie s'en était rendu compte, et c'était sans doute pour cette raison qu'elle était nerveuse.

— Ça ne se reproduira plus, lui assurai-je en la regardant droit dans les yeux.

— J'espère bien, répondit-elle d'une voix froide, parce que sinon tu peux dire adieu à ton chèque de 3 200 euros.

J'acquiesçai avec sérieux et l'observai quitter la chambre d'un pas rapide.

Contrarié et déçu par moi-même, je pris ma tête dans mes mains et me maudis d'être attiré par Camille. En trois ans de métier, cela ne m'était jamais arrivé. Et, si j'avais bien l'intention de respecter l'avertissement de Camille et de garder mes distances, je ne pouvais empêcher mes yeux de se poser sur elle dès qu'elle se trouvait à proximité.

Pourtant, échouer dans ce travail était inenvisageable. Même si l'argent restait l'une de mes principales motivations, j'avais aussi des principes. Et ne pas causer du tort à ma cliente en était un.

Je pris une grande inspiration, puis me redressai pour aller rejoindre ma petite amie au rez-de-chaussée.

Comme par hasard, en entrant dans le salon je tombai sur Camille, assise sur l'un des canapés. Elle leva la tête de son portable, et son regard croisa instantanément le mien. Je sentis les battements de mon cœur s'accélérer.

Par pitié, faites que ce séjour se termine le plus rapidement possible, songeai-je en cessant de la fixer.

— Est-ce que tu sais où est Julie ? demandai-je en faisant mine d'observer la décoration de la pièce.

— Dans la cuisine, répondit-elle d'une voix neutre, elle aide ma mère à préparer le dîner.

— OK, merci.

Je me rendis là-bas tout en chassant de mon esprit le beau visage de cette femme inaccessible. Julie et sa mère étaient effectivement aux fourneaux. La première remuait le contenu d'une casserole, et la seconde était accroupie près du four.

— Est-ce que vous avez besoin d'aide ? les interrogeai-je.

Catherine se retourna vers moi, un plat de lasagnes dans les bras.

— Eh bien, si tu veux bien mettre la table, ce ne serait pas de refus, déclara-t-elle avec un sourire reconnaissant. Nous serons dix !

Je hochai la tête et allai chercher la vaisselle nécessaire dans les placards. Je marchai ensuite jusqu'à la salle à manger en veillant à ne rien faire tomber sur le sol.

— Laisse-moi t'aider, intervint une voix derrière moi.

Camille s'approcha de moi et récupéra les fourchettes et les couteaux.

Même si j'étais plutôt soulagé de voir qu'elle ne me fuyait pas comme la peste, j'étais certain qu'elle agissait ainsi pour éviter que sa famille se rende compte de quelque chose et se pose des questions.

— Merci, lui dis-je.

Sans un mot, elle commença à placer les couverts sur la table, et je ne tardai pas à faire de même. Une fois que nous eûmes terminé, elle quitta la pièce, et je poussai un long soupir, exaspéré.

Je savais que son attitude froide était probablement la meilleure barrière contre notre attirance réciproque, mais je n'aimais vraiment pas ça.

Je sortis mon portable de la poche de mon jean et fixai à nouveau ma première photo de « couple » avec Julie. Si je semblais aussi heureux dessus, c'était uniquement parce que mon regard était rivé sur la photographe.

Le bruit de la sonnette me tira de mes pensées. Il était 19 heures. Les invités étaient probablement arrivés. Je rangeai mon téléphone et regagnai le hall en affichant un air détendu.

Cependant, quand Camille embrassa un grand brun dans l'entrée, je me crispai instantanément. Un bras s'enroula autour du mien, mais il m'était impossible de détourner le regard.

J'avais beau être au courant depuis le début, les voir collés l'un à l'autre m'irritait. Et je fus encore plus agacé lorsque, sans interrompre leur baiser, Camille me jeta un rapide coup d'œil, comme pour s'assurer que je l'observais bien.

Il n'y avait pas de doute, elle me faisait passer un message, et ce dernier signifiait très certainement « Je suis en couple, alors reste loin de moi ». Elle avait raison, c'était ce que je devais faire. Cependant, le fait qu'elle en soit arrivée à utiliser son petit ami pour me repousser me prouvait une chose : son attirance pour moi était tout aussi forte que celle que je ressentais pour elle.

Une part de moi avait envie d'interrompre ce spectacle désagréable mais, parce que je ne voulais pas contrarier ma cliente et provoquer la méfiance du petit ami de Camille, je pris sur moi et attendis impatiemment qu'ils mettent fin à leurs retrouvailles.

Par chance, Benoît finit par s'écarter doucement, un peu essoufflé.

— Hum, bonsoir tout le monde, dit-il, visiblement mal à l'aise.

— Eh bien… C'est ce qui s'appelle un vrai baiser, constata Catherine avant de reporter son attention sur sa fille cadette. Il devait sacrément te manquer, ma chérie !

Je ne pus m'empêcher de sourire, et Camille le remarqua. Son air satisfait disparut presque aussitôt. Elle avait joué avec moi pour la seconde fois, et elle avait perdu. Mon sourire s'élargit.

Sentant un regard peser sur moi, je tournai la tête et trouvai Benoît en train de me dévisager sans la moindre gêne. Si ce type se croyait supérieur parce qu'il était procureur, j'allais vite le faire redescendre de son piédestal.

— Je suis Roméo, le copain de Julie, me présentai-je en lui tendant la main.

Benoît la fixa pendant quelques secondes, manquant de m'humilier intentionnellement, puis la serra brièvement.

— Benoît, le petit ami de Camille, répondit-il d'une voix ferme.

Une légère tension sembla s'installer entre nous, mais Julie, qui me tenait toujours le bras, posa soudain la tête sur mon épaule.

— Le trajet n'a pas été trop pénible, Benoît ? s'enquit-elle, comme si de rien n'était.

Bon, eh bien, j'étais certain d'avoir fait une nouvelle gaffe.

— Il y avait un peu de monde sur la route en arrivant, mais sinon ça allait.

— Ah oui, c'est normal, à cette heure-ci les gens rentrent du boulot…

Pendant que Julie continuait de parler avec Benoît, mes yeux dévièrent à nouveau sur Camille. Elle devait avoir perçu l'affrontement silencieux entre Benoît et moi, car elle semblait tendue comme un arc. Craignait-elle que son petit ami découvre notre désir l'un pour l'autre ? Probablement.

Et alors ce fut le déclic. Je ne souhaitais pas foutre en l'air ma mission à cause d'une femme – aussi belle soit-elle – et encore moins briser un couple. Il fallait que j'arrête de faire le con.

J'embrassai délicatement Julie sur la tête.

— Je vais aux toilettes, lui soufflai-je à l'oreille.

Après avoir adressé un bref sourire d'excuse à tout le monde, je m'éclipsai rapidement à l'étage. En disparaissant du champ de vision de Camille pendant quelques minutes, j'avais trouvé un prétexte pour l'aider à se ressaisir.

Afin de m'occuper, je fis un petit tour dans la bibliothèque. Celle-ci contenait beaucoup de littérature française : Charles Baudelaire, Victor Hugo, Albert Camus, Gustave Flaubert… Des auteurs que j'appréciais beaucoup. Mais il y avait également des livres de cuisine, d'arts et d'architecture. J'en feuilletai quelques-uns puis, en entendant à nouveau la sonnette retentir, décidai de redescendre au rez-de-chaussée.

Les Dupont, ainsi que Benoît, n'avaient pas bougé d'un poil ; en revanche, de nouvelles personnes avaient fait leur entrée dans la maison.

Je me glissai rapidement aux côtés de Julie et analysai les invités. L'oncle Richard était un homme d'une cinquantaine d'années au crâne dégarni et au ventre aussi rebondi que celui de sa fille. Mais, contrairement à son père, Charlotte était enceinte de trente et une semaines.

— Oh ! ma nièce adorée, tu as l'air rayonnante de bonheur ! la complimenta Catherine en la serrant doucement dans ses bras. La grossesse te va vraiment à ravir !

Charlotte lui sourit.

— Merci, tata, mais je t'avoue que je n'en peux plus de ce gros ventre ! Je prie chaque jour pour accoucher au plus tôt ! Même si je préfère que ça n'arrive pas chez toi.

— Crois-moi, ma fille, quand ton bébé te réveillera toutes les nuits en pleurant, tu regretteras de l'avoir fait sortir, lui lança sa mère d'une voix moqueuse.

En observant la tante Lucille, je m'aperçus de sa ressemblance avec Catherine. Si Lucille était un peu plus épaisse que sa sœur et avait des cheveux courts et plus clairs, toutes deux avaient les yeux verts et un visage très similaire.

Lucille embrassa sa sœur sur la joue, avant de se tourner vers Julie et moi.

— Oh ! mais qui est ce charmant jeune homme ? demanda-t-elle en me détaillant de la tête aux pieds.

— Roméo, me présentai-je poliment.

— C'est mon copain, ajouta fièrement Julie comme si ce n'était pas évident.

— Oh ! eh bien, enchantée, Roméo, dit-elle avant de m'enlacer brièvement. J'ai hâte d'en savoir plus à votre sujet !

Puis elle se retourna et salua Camille et Benoît.

Au même moment, deux nouvelles personnes pénétrèrent dans la maison avec d'énormes valises à chaque bras. À croire qu'ils allaient s'installer ici pendant un mois…

Je devinai que l'adolescent aux cheveux châtain et aux yeux noirs perçants était Charly, le frère de Charlotte. S'il ressemblait beaucoup à sa sœur, il avait tout d'un rappeur américain du côté vestimentaire : jean troué, T-shirt ample, grosse chaîne plaquée or autour du cou et une casquette à l'envers sur la tête. C'était pour le moins… original.

L'homme près de Charly, qui saluait actuellement Camille et Benoît, était probablement Paul, le mari de Charlotte. Julie m'avait dit qu'il était expert-comptable. La trentaine, plutôt bien baraqué, il semblait tout de même plus sympathique que monsieur le procureur…

— J'ai entendu que tu étais le copain de ma nièce préférée… Richard s'adressait à moi.

— Euh oui, c'est ça, monsieur, répondis-je.

Il me fixa un instant, avant d'éclater de rire.

— « Monsieur » ? répéta-t-il. Voyons, jeune homme, tu peux m'appeler Richard, tu fais partie de la famille maintenant !

— Merci, Richard.

— Et qu'est-ce que tu fais dans la vie, Roméo ?

— Il est chirurgien vasculaire, déclara Julie à ma place.

Son oncle parut étonné.

— Waouh, impressionnant ! Dommage que j'habite Paris, sinon j'aurais fait appel à toi.

— Mon père a fait un petit infarctus il y a quelques mois, m'expliqua Charlotte. Comme il avait deux artères bouchées, on a dû lui faire deux angioplasties et lui mettre des ressorts.

Je me félicitai mentalement d'avoir fait des recherches sur cette spécialité médicale.

— Combien de stents vous a-t-on posés ? m'enquis-je en essayant d'avoir l'air professionnel.

— Six en tout, répondit Richard, ravi que je m'intéresse à son état. Je vous avoue que ce n'était pas très agréable.

— Ah, ils sont passés par l'artère radiale ou l'artère fémorale ?

— Ils sont passés une fois par l'une et une fois par l'autre. Mais, quand ils sont passés par l'aine, je crois qu'ils ne m'avaient pas bien anesthésié localement, car j'ai tout senti ! Et, en plus de ça, je n'ai pas pu me lever de la journée !

— Je suis désolé pour ces désagréments… Mais l'essentiel est que vous soyez sur pied aujourd'hui, n'est-ce pas ?

Richard acquiesça et adressa un regard affectueux à sa fille.

— Je ne pouvais pas rater la naissance de mon petit-fils ou ma petite-fille.

Charlotte l'enlaça chaleureusement.

— Impossible, affirma-t-elle.

— Eh, moi aussi, je veux un câlin ! intervint Paul d'un ton faussement jaloux.

À mon grand étonnement, Camille le prit dans ses bras en tirant la langue à sa cousine.

— Espèce de voleuse de mari, grogna Charlotte avec amusement. Je vais porter plainte, et Benoît t'enverra en prison !

Camille relâcha Paul et questionna Benoît du regard.

— Tu serais capable de me faire ça ?

Benoît m'observa un court instant, puis lui répondit :

— Si tu me brises le cœur, je serai capable de tout, bébé.

Devais-je le prendre comme un avertissement, ou étais-je devenu parano ?

— C'est légèrement flippant ça ! s'esclaffa Camille avant d'aller déposer un bref baiser sur ses lèvres.

Pourtant, j'étais quasiment certain qu'il était sérieux. J'allais vraiment devoir me méfier de ce gars.

— Bon, et si nous passions à table ? intervint soudain Catherine. Je suis sûre que vous devez commencer à avoir faim !

Lucille huma l'air.

— Oh ! toi, tu as encore fait des lasagnes.

Catherine adressa un clin d'œil à sa sœur, avant de l'entraîner avec elle dans la cuisine.

— Paul, Charly, vous pouvez mettre mes bagages dans ma chambre ? leur demanda Richard.

Il n'attendit pas de réponse de leur part et partit aussitôt dans le couloir avec Philippe.

— Ils sont sûrement allés chercher une bouteille de vin à la cave, soupira Charlotte. Bon, mes cousines adorées, et si vous me racontiez les dernières nouvelles ?

Julie me lâcha enfin pour toucher le ventre de sa cousine.

Et si tu nous parlais plutôt de ta grossesse ?

Mais Charlotte me regardait avec intérêt.

— Je crois que ta rencontre avec Roméo est bien plus fascinante que mes insomnies, mes sautes d'humeur et les coups de pied que me met ce petit boxeur dans le ventre.

— Ce ? releva Camille avec un léger sourire en coin.

Charlotte secoua la tête, désespérée.

— Camille, je te promets que je ne connais pas le sexe, alors arrête de jouer sur les mots !

Mais Camille semblait peu convaincue.

— Et donc cette rencontre ? relança brusquement Benoît en affichant un sourire hypocrite à mon intention.

— Dans une galerie d'art, lors du vernissage d'un artiste que nous aimons tous les deux, répondit Julie.

— Oh ! intéressant, murmura-t-il en m'observant d'un air indéchiffrable.

Il n'y avait vraiment aucune chance pour que j'apprécie un minimum cette tête de con.

— Je vais aller voir si Catherine a besoin d'un coup de main en cuisine, dis-je. Excusez-moi.

Je déposai un rapide baiser sur le front de Julie et m'éclipsai avant de jouer avec le feu une nouvelle fois.

I Will Be Your Romeo

Camille

Je poussai un soupir de soulagement en m'asseyant sur mon lit. Même si j'adorais ma famille, après trois heures de bavardages à table, j'étais vraiment contente de retrouver un peu de calme et de tranquillité.

La conversation avait beaucoup tourné autour de la grossesse de Charlotte, de l'angioplastie d'oncle Richard et des potins de voisinage de tante Lucille, mais le petit ami de ma sœur avait été le sujet principal du dîner. Par chance, j'avais eu la bonne idée de m'installer le plus loin possible de lui à table. Cela ne m'avait pas empêchée de sentir son regard sur moi à plusieurs reprises, mais au moins j'avais pu éviter de le croiser.

En tout cas, à l'exception de mon petit ami, tout le monde semblait beaucoup apprécier Roméo. Après tout, il avait de quoi plaire. Il était plutôt beau, charmant, intelligent, sympathique, et ma sœur paraissait complètement folle de lui. Que demander de plus ?

— Tout va bien, Camille ?

La voix de Benoît me tira de mes pensées.

Je relevai la tête vers lui et croisai son regard soucieux.

— Oui, je suis juste fatiguée, répondis-je en retirant mon top en satin.

Il s'avança vers moi et, tout en me contemplant, fit lentement glisser les doigts sur mon bras. Je fermai les yeux un instant, savourant cette agréable sensation.

— Tu es magnifique, murmura-t-il en se penchant vers moi.

Il m'embrassa tendrement sur les lèvres, puis me fit tomber en arrière sur le lit. Si mon corps avait envie de lui, comme chaque fois qu'il me touchait, mon esprit, lui, ne cessait de dériver sur le visage de Roméo.

Benoît se positionna au-dessus de moi et m'embrassa cette fois à pleine bouche. Je lui rendis son baiser, mais avec moins d'entrain que je ne l'aurais voulu.

Il s'arrêta, comme s'il s'en était rendu compte, et m'observa avec intérêt.

— Je t'aime, Camille, déclara-t-il avec sérieux.

— Moi aussi, répondis-je, non sans sentir un étrange nœud se former dans mon ventre.

Ce n'était pourtant pas un mensonge, mais lui dire ça alors que le visage d'un autre homme m'obsédait était peut-être déplacé.

Avant que je puisse me perdre encore dans mes pensées, Benoît posa à nouveau les lèvres sur les miennes, et rapidement tout ce qui me préoccupait s'envola.

Je me réveillai en plein milieu de la nuit. Probablement à cause des ronflements de Benoît, et il me fut impossible de me rendormir. Roméo et tous les problèmes qui allaient avec étaient revenus me hanter.

Pour je ne sais quelle raison, j'étais mal à l'aise en sa présence, et davantage quand Benoît était avec nous. C'était comme si j'avais peur que mon petit ami ne découvre quelque chose, alors qu'il n'y avait absolument rien eu entre Roméo et moi, et qu'il n'y aurait jamais rien. Pourtant, j'avais comme l'impression de tromper Benoît en étant attirée par un autre homme malgré moi.

Consciente que je ne retrouverais pas le sommeil avant un bon moment, je décidai d'aller me changer les idées.

Je me levai silencieusement et quittai la chambre sur la pointe

I Will Be Your Romeo

des pieds. Mon téléphone dans les mains afin d'éclairer le couloir, je me rendis dans la bibliothèque. Je ne comptais pas y lire, mais il y avait là-bas un canapé où je pourrais tranquillement m'installer pour regarder une série Netflix sur mon portable. Comme je n'avais rien d'autre à faire dans ma chambre hier soir, j'avais commencé la saison 2 de *You*, et il ne me restait plus que quatre épisodes avant la fin !

Je m'avançai jusqu'au lampadaire ancien en bronze et allumai l'interrupteur. J'écarquillai les yeux quand j'aperçus un homme allongé sur le canapé, dos à moi.

La lumière ne l'avait pas réveillé et, n'ayant pas la moindre idée de son identité, je m'approchai de lui à pas de loup.

Roméo. Mais que faisait-il là ? !

Mon regard parcourut son beau visage endormi, et je sentis mon rythme cardiaque s'accélérer.

Lui et ma sœur s'étaient-ils disputés ? C'était étrange, car tous deux rayonnaient de bonheur durant le dîner, et que je ne les avais pas entendus se quereller une seule fois depuis leur arrivée.

Pourtant, je ne voyais pas d'autre raison pouvant expliquer sa présence ici. À moins que Roméo ne soit un homme pieux qui refusait de dormir avec une femme avant le mariage… Étant donné la façon dont il me regardait, j'en doutais fort.

Soudain, il remua, et je m'écartai vivement, de peur qu'il ne m'aperçoive. Ce qui était stupide, puisque la lampe était allumée et qu'il comprendrait qu'il y avait quelqu'un.

Par chance, il se retourna seulement sur le dos, faisant glisser le drap qui le recouvrait sur le bas de son corps.

Je fixai un moment son torse nu et résistai à l'envie d'y faire courir mes doigts. Un frisson de désir me parcourut, et, lorsqu

Roméo bougea à nouveau, je réalisai que je m'étais rapprochée de lui sans m'en rendre compte.

J'étais devenue complètement folle. Comment pouvais-je éprouver ce genre de choses pour le copain de ma sœur, alors que j'en aimais un autre ? Que m'avait fait Roméo pour me mettre dans cet état ?

Encore plus paniquée que je ne l'étais en arrivant, je me dépêchai d'éteindre la lumière et de quitter la pièce. Tant pis pour ma série, je n'étais de toute façon plus d'humeur à me divertir.

Je retournai dans ma chambre, me blottis contre le corps chaud de Benoît et me persuadai qu'il était, comme me le disait toujours Julie, l'homme de ma vie. Mais impossible de me rendormir.

Chapitre 6

Camille

Après avoir vu Roméo assoupi dans la bibliothèque, je n'avais pas réussi à fermer l'œil de la nuit. À l'aube, alors que la maison dormait encore, je décidai de me lever et d'aller prendre mon petit déjeuner seule sur la terrasse. L'air frais, combiné au café fort, me fit le plus grand bien.

J'observais silencieusement le soleil monter dans le ciel lorsque mon père me rejoignit dehors.

— Déjà levée ? s'étonna-t-il.

Il était vêtu d'une chemise à carreaux et d'un jean délavé, et portait un grand sac de boulangerie dans les bras.

— Je suis allé chercher le petit déjeuner, ajouta-t-il. Tu veux un pain au chocolat ou un croissant ?

La journée risquait d'être longue et, avec le peu de sommeil que j'avais, prendre des forces ne serait pas de refus.

Je piochai une viennoiserie dans le sac et commençai à la manger.

— Maman dort encore ? m'enquis-je.

— Non, elle prépare du café. Elle a vu que la machine avait

tourné et, comme la baie vitrée était entrouverte, j'ai su que quelqu'un était déjà debout. En revanche, j'aurais plutôt parié sur ta sœur ou Benoît. Ah, tiens, en parlant du loup…

Mon petit ami apparut soudain derrière mon père, vêtu d'un simple T-shirt à rayures et d'un jean. Cela le changeait de ses habituels costumes cravates ou de sa robe d'audience. Il n'y avait que le week-end ou durant nos vacances que je pouvais le voir aussi décontracté. Et, à vrai dire, ce style lui allait vraiment bien !

— Bonjour, Philippe, dit-il avant de déposer un baiser sur ma joue. Déjà levée, mon cœur ?

Ne voulant pas parler la bouche pleine, je me contentai d'acquiescer.

— Bien dormi, Benoît ? le questionna mon père.

— Quand votre fille dort à mes côtés, toujours, Philippe, répondit Benoît avec un sourire.

Il était adorable. Mais… Pouvais-je en dire autant ?

Mal à l'aise, j'avalai ma dernière bouchée de pain au chocolat, puis me levai.

— Je vais aller dire bonjour à maman, lançai-je.

— Tout va bien, Camille ? me demanda Benoît en fronçant les sourcils.

Après que nous eûmes fait l'amour hier soir, j'avais pensé qu'il ne s'était pas aperçu de ma nervosité. Mais c'était déjà la seconde fois qu'il me posait la question depuis son arrivée, et ce n'était pas dans ses habitudes.

Peut-être se doutait-il de quelque chose, en fin de compte.

— Bien sûr, mentis-je. Pourquoi ça n'irait pas ?

— Tu as l'air ailleurs.

— C'est vrai qu'avant-hier tu as quitté la table en plein repas et sans prendre de dessert, déclara mon père d'un ton inquiet.

— Je vais bien ! m'exclamai-je un peu trop vivement.

Consciente que je n'étais pas crédible, je décidai de tourner les talons et de rejoindre ma mère dans la cuisine.

Mais elle n'était pas seule dans la pièce. Julie et Roméo discutaient avec elle, des tasses et des assiettes dans les bras.

— Tu aurais pu nous attendre pour prendre le petit déjeuner, me reprocha Julie en m'apercevant.

Roméo se retourna. Il portait un pull fin de couleur beige et avait retroussé ses manches sur ses avant-bras. Mon regard remonta sur son torse, jusqu'à son visage. Les battements de mon cœur s'accélérèrent.

— Désolée, répondis-je en détournant rapidement les yeux de son petit ami. J'avais vraiment faim.

Julie secoua la tête d'un air blasé.

— Bon, allons mettre la table dehors, trésor, dit-elle à l'intention de Roméo.

Je les observai quitter la cuisine et restai perplexe. S'ils s'étaient disputés la veille dans la plus grande discrétion, il en avait été de même pour leur réconciliation. C'était vraiment louche.

— Camille ? Tu m'as entendue ?

La voix de ma mère me sortit de mes pensées.

— Euh non, désolée, tu disais quoi ?

Elle s'approcha de moi et fixa mon ventre avec intérêt.

C'est vrai que j'avais un peu grossi ces derniers temps, mais je n'aurais jamais imaginé que cela se voyait à ce point !

— Tu sais que tu peux tout me dire, n'est-ce pas, ma chérie ?

Nerveuse, je me mordis la lèvre inférieure. Ce n'était que deux petits kilos !

— Maman, je te promets que…

— Je le savais ! s'écria-t-elle. Depuis quand ?

Je la fixai, perplexe. Pourquoi avait-elle l'air si heureuse ?
— Euh… Deux semaines ?
Ma mère me serra aussitôt dans ses bras.
— Félicitations, ma chérie !
« *Félicitations* » ?
— Maman, tu es sûre qu'on parle de la même chose ?
Elle s'écarta de moi et posa une main sur mon ventre.
— Oui, je vais être grand-mère !
Je manquai de m'étouffer avec ma salive.
— J'ai juste pris du poids, je ne suis pas enceinte, lui expliquai-je.
Non pas que cela me dérange d'être mère à vingt-quatre ans, mais Benoît et moi n'avions pas encore évoqué ce sujet. Certes, nous avions tous les deux un boulot stable et de quoi subvenir aux besoins d'un enfant si nécessaire, mais ce n'était pas prévu pour le moment. Après tout, nous n'étions ensemble que depuis trois ans…

Ma mère sembla déçue. Elle s'était vraiment fait une fausse joie.
— Avec ta sœur qui a attendu ses vingt-six ans pour me présenter un homme, j'espère que tu n'attendras pas que je ne sois plus de ce monde pour devenir mère !
— Mais non ! m'exclamai-je avant de l'embrasser sur la joue.
Des bruits de pas nous parvinrent depuis l'étage. Charlotte et Paul ne tarderaient probablement pas à descendre. Charly y dormait aussi, mais mon cousin faisait toujours la grasse matinée, et aucun vacarme ne pouvait le réveiller.

Ma mère récupéra la cafetière.
— Allons rejoindre ton père et les autres, déclara-t-elle en sortant de la pièce.

Je pris une grande inspiration pour me donner du courage, puis lui emboîtai le pas.

I Will Be Your Romeo

Même si j'avais déjà mangé, je m'assis à table avec le reste des invités, à l'exception de Charly. Pendant que mon père se plaignait de la boulangère qui avait mis une heure à le servir ce matin, j'observai discrètement Julie et Roméo. À les voir s'échanger des sourires et des regards complices, j'avais vraiment du mal à comprendre pour quelle raison Roméo avait dormi dans la bibliothèque.

Je sursautai légèrement en sentant quelque chose m'effleurer l'épaule. Je fus rassurée en constatant qu'il ne s'agissait que de Benoît qui me caressait la peau.

— Qui est partant pour une partie de minigolf ce matin ? proposa mon père.

— Tu sais jouer, Roméo ? le questionna Benoît.

Je n'arrivais vraiment pas à comprendre pourquoi le courant ne passait pas entre eux, il y avait toujours une tension étrange dans l'air chaque fois qu'ils s'adressaient la parole.

— Je me débrouille, répondit Roméo.

Une lueur de défi traversa ses yeux sombres.

— Alors c'est validé, conclut mon père.

— Et nous, qu'allons-nous faire, Catherine ? demanda Lucille.

— En tout cas, il est hors de question que je reste assise à les regarder essayer de rentrer une balle dans un trou, déclara Charlotte.

— Eh bien, pour celles qui le veulent, vous pouvez m'aider à préparer la fête de ce soir, lui suggéra ma mère. Pour les autres, vous pouvez profiter de la piscine ou vous occuper comme bon vous semble dans la maison.

Ma mère allait encore en faire des tonnes pour son anniversaire de mariage. Enfin, c'était toujours comme ça avec elle. À Noël elle décorait toutes les pièces de la maison, même les toilettes, et préparait tellement de nourriture qu'on pouvait tenir plusieurs semaines avec. Le 1ᵉʳ mai, c'était quasiment pareil, le sapin et les cadeaux pour la famille en moins.

À propos de cadeaux, il fallait que je m'assure que ma sœur n'avait pas oublié chez elle celui que nous avions prévu d'offrir à mes parents. Même s'ils n'étaient pas spécialement intéressés par les nouvelles technologies, nous avions décidé de leur acheter une enceinte connectée. Avec ça, mon père pourrait écouter la radio le matin dans la cuisine, ma mère pourrait programmer des rappels, gérer sa liste de courses et faire plein d'autres choses encore.

Alors que ma sœur se levait pour débarrasser, je l'aidai à ramasser les couverts et l'accompagnai dans la cuisine.

Après m'être assurée que personne ne nous avait suivies, je m'approchai d'elle.

— Tu as pensé au cadeau ? l'interrogeai-je à voix basse.

Julie déposa les tasses dans l'évier et se retourna vers moi.

— Oui, il est dans ma valise.

Elle me contourna pour aller chercher le reste de vaisselle à table, mais je lui attrapai le bras.

— Qu'est-ce qu'il y a ? me demanda-t-elle, intriguée.

— Est-ce que… tout va bien avec Roméo ?

Ma sœur fronça les sourcils.

— Bien sûr. Pourquoi ça n'irait pas ?

— Vous ne vous êtes pas disputés hier ? m'étonnai-je en la relâchant.

D'après son air surpris, non. Pourtant, il y avait forcément une raison pour qu'ils n'aient pas passé la nuit ensemble.

— Roméo t'a dit quelque chose ?

— Non, répondis-je en étudiant les traits de son visage.

Elle semblait étrangement mal à l'aise, comme si elle cachait quelque chose.

— Alors pourquoi est-ce que tu me poses cette question ?

— Parce que je l'ai vu dormir dans la bibliothèque cette nuit, lui révélai-je en guettant sa réaction.

Julie déglutit, avant de détourner les yeux. OK, il y avait bien anguille sous roche.

— C'est juste qu'il faisait chaud cette nuit…

— Sérieusement, Julie ? la coupai-je en n'étant pas dupe du tout.

Elle me regarda à nouveau.

— OK, c'est vrai qu'on a eu une petite dispute hier soir, mais c'est réglé !

Si je ne connaissais pas aussi bien ma sœur et ses tics, j'aurais pu y croire. Mais, en l'apercevant tapoter nerveusement les doigts contre sa cuisse, je sus qu'elle mentait encore une fois. Et j'avais du mal à comprendre pourquoi, et ce qu'il pouvait bien y avoir entre elle et Roméo.

Je pris sa main dans la mienne.

— Julie, on s'est toujours tout dit entre nous… Alors, pourquoi est-ce que tu continues à me cacher quelque chose ?

Ma sœur soupira. Elle semblait vraiment affligée tout à coup.

— S'il te plaît, Camille, laisse tomber.

Vu l'état dans lequel elle se mettait à cause de cet homme, il n'en était pas question.

— Même si je le voulais, je ne pourrais pas, lui avouai-je.

Elle retira sa main de la mienne et la passa dans ses cheveux bruns.

— Si je te le dis, tu me promets de n'en parler à personne ?

Je hochai la tête.

— Promets-le-moi, Camille, insista-t-elle d'une voix désespérée.

Si Roméo lui avait fait du mal, il allait souffrir, cet enfoiré. Promesse ou pas.

— Je te le promets…

Julie jeta un coup d'œil en direction de la porte, puis finit par lâcher le morceau.

— OK, alors… En fait… Je ne sors pas vraiment avec Roméo.

Sa révélation me laissa bouche bée.

— Comment… Comment ça ? réussis-je à bredouiller après plusieurs secondes.

— On fait semblant, murmura-t-elle, visiblement honteuse.

Je n'arrivais pas à y croire.

— Mais pourquoi ?

— Parce que… Parce que j'ai vingt-six ans et que je n'ai jamais eu de relation sérieuse ! Ma plus longue a duré trois semaines, et encore, c'était avec Quentin, et on ne s'était vus que trois fois !

— Je ne comprends toujours pas…

— Bon sang, mais c'est simple ! Regarde-toi, Camille, tu es ma petite sœur et tu es déjà en couple depuis trois ans avec un homme qui est sans aucun doute ton futur mari et le père de tes enfants ! Ta vie est toute tracée. Et puis, il y a aussi Charlotte, mariée et enceinte à vingt-cinq ans ! Je suis la plus vieille et la seule qui n'a jamais ramené quelqu'un à un repas de famille. Même Charly nous a présenté sa petite amie l'année dernière !

Elle s'arrêta un instant, comme pour se calmer, puis ajouta moins fort :

— Alors oui, ce n'est pas la fin du monde de ne pas être accompagnée, mais je commençais à en avoir marre que maman me demande sans arrêt quand est-ce que je lui présenterais quelqu'un, et qu'elle me dise de prendre exemple sur toi.

— De prendre exemple sur moi ? répétai-je, abasourdie.

— Ouais. Quand on s'appelle, elle me parle sans cesse de Benoît et de toi, comme pour m'inciter à me caser. Et honnêtement j'aimerais bien, sauf que ça ne dure jamais longtemps avec mes amants. À mon avis, je ne suis pas faite pour la vie de couple.

Je secouai la tête.

— Ne dis pas ça, Julie… C'est juste que tu n'as pas encore trouvé la bonne personne, mais ça viendra, je te le promets.

— J'aimerais te croire, Camille, mais j'ai vraiment du mal.

Je lui adressai un sourire qui se voulait compatissant. Jamais je n'aurais pensé que ma sœur ressentait une telle pression familiale sur ses épaules. En tout cas, cela m'était complètement égal qu'elle ne soit pas encore « casée » à son âge. Pour ma part, je ne m'étais jamais imaginé vivre avec un homme à vingt-quatre ans, et pourtant c'était le cas. Les relations amoureuses et leurs conséquences étaient toujours imprévues, mais j'étais certaine que ma sœur finirait par trouver la personne qui lui correspondrait un jour ou l'autre.

— Alors, Roméo… C'est juste un ami qui a accepté de jouer le jeu ?

Julie se crispa légèrement.

— Ce n'est pas vraiment un ami, murmura-t-elle.

Sa réponse me laissa un peu perdue. D'un autre côté, il est vrai que s'il s'agissait d'un ami j'en aurais déjà entendu parler.

— D'où est-ce que tu le connais ?

— En fait… C'est un accompagnateur.

— « Un accompagnateur » ? Tu veux dire que Roméo est un escort ? m'exclamai-je.

Elle posa aussitôt une main sur ma bouche avant de fixer la porte d'un air effrayé. Heureusement pour elle, tout le monde semblait encore sur la terrasse.

— Tu peux enlever ta main, s'il te plaît, bafouillai-je.

Julie s'exécuta tout en me jetant un regard mauvais.

— Je te préviens, Camille, si quelqu'un d'autre l'apprend, je vais te faire la gueule pendant mille ans.

Si je n'étais pas aussi choquée par ce qu'elle venait de m'annoncer, je lui aurais fait remarquer que ne plus m'adresser la parole pendant un siècle serait suffisant.

Et dire que j'avais l'impression de devenir folle en ce moment ! Une chose était sûre, ma sœur l'était déjà.

— Bon sang, Julie, dis-je à voix basse, faire appel à un escort ? Mais qu'est-ce qui t'est passé par la tête ?!

— Ce n'est pas une pute, répliqua-t-elle, comme si ça justifiait tout. Je le paye pour qu'il se fasse passer pour mon petit ami, et c'est tout. On ne couche pas ensemble.

— Encore heureux ! Je crois que je t'arracherais les yeux si tu couchais avec un prostitué !

— Pourquoi les yeux ?

Je soupirai.

— J'ai dit ça comme ça. Enfin bref, donc, si ce mec est un escort, ça signifie que tout ce qu'il nous a raconté…

— Était bidon, termina-t-elle d'un air désolé.

Toute cette histoire était complètement dingue. Comment avait-elle pu inviter un gars qu'elle ne connaissait même pas et le présenter à toute notre famille ? Et si ce type était un psychopathe ? Bon, je l'avais quand même laissé entrer chez moi pour qu'il répare ma baignoire, alors s'il avait voulu me tuer il l'aurait probablement déjà fait. Mais je n'avais aucune confiance en ce mec. C'était un menteur, qui n'était là que pour de l'argent.

— Combien ? lui demandai-je en sentant la colère monter en moi.

Julie comprit immédiatement ce à quoi je faisais allusion.

— 3 200 euros.

Quoi ?

J'en restai stupéfaite pendant quelques secondes, avant d'éclater de rire. Elle était complètement tarée. Quel être sensé dépenserait autant d'argent pour se payer un escort ? Il fallait qu'elle aille consulter un psy !

— Je sais ce que tu es en train de te dire, marmonna Julie, mais c'est mon argent, et je ne le regrette pas. Tu ne peux pas savoir quel bien ça fait d'être au centre des conversations pour une fois. Tout le monde est super impressionné par mon petit ami chirurgien vasculaire, et Charlotte m'a même dit que j'avais vraiment de la chance d'avoir trouvé un mec aussi beau et intelligent !

— Sauf que c'est faux, Julie.

Ma sœur leva les yeux au ciel.

— Sans blague… Hé, tu sais que tonton m'a avoué hier soir qu'il croyait que j'aimais les filles et que j'avais peur de vous le dire ? Même si ma relation avec Roméo est fictive, plus personne n'aura de doutes sur mon orientation sexuelle à présent. Et je ne passerai plus pour une vieille fille. Je serai celle qui est sortie avec « l'homme parfait ».

— Je pense surtout que maman sera bouleversée en apprenant que Roméo et toi avez rompu. Elle s'imagine que c'est l'homme de ta vie parce que c'est le premier homme que tu lui présentes. Et, par conséquent, il est fort probable que le prochain et vrai copain que tu ramèneras à la maison ne sera pas à la hauteur de Roméo.

— Merci, ça fait plaisir, répondit-elle, piquée.

— Julie, j'essaye simplement de te faire réaliser à quel point ce que tu as fait est complètement insensé.

— Écoute, Camille, ce qui est fait est fait. Maintenant je ne te demande qu'une chose, c'est de jouer le jeu avec moi.

Je fermai les yeux un instant, ne sachant pas si cela allait être possible.

— Tu m'as promis de garder le secret, me rappela Julie d'une voix ferme.

Sauf que je m'attendais à tout sauf à ça…

Mais c'était ma sœur, et puisqu'elle y tenait autant…

— Très bien, lâchai-je en rouvrant les paupières.

— Merci.

Julie quitta la pièce, me laissant seule avec mes pensées agitées.

Une part de moi était soulagée que Roméo et Julie n'aient aucune relation. Déjà parce que je n'avais plus à me sentir coupable d'être attirée par le copain de ma sœur, mais aussi car je savais que, quoi qu'il fasse, Roméo ne blesserait jamais Julie.

Cependant, les choses étaient toujours compliquées. Malgré tout ce que je venais d'apprendre sur Roméo, je ne pouvais pas empêcher mon cœur de battre plus fort lorsque je pensais à lui.

Quelque chose ne tournait vraiment pas rond chez moi. Cet homme ne faisait qu'interpréter un rôle. Et il y avait de grandes chances qu'il ait joué avec moi, de la même façon qu'il jouait avec tout le monde.

Léo

Si je ne me débrouillais pas trop mal en minigolf, Benoît quant à lui excellait dans ce sport. Pourtant, d'après ce qu'il m'avait dit, il ne jouait que lorsqu'il venait ici. Mais j'étais quasiment certain qu'il avait pris deux ou trois cours avant de rencontrer les parents de Camille. Histoire de les impressionner.

Philippe et Richard étaient doués eux aussi, mais le fait de jouer tout en buvant une bouteille de rosé ne les aidait pas à faire des tirs très précis. Pour ce qui était de Paul, après avoir perdu la première partie, il avait décidé de nous abandonner pour rejoindre les femmes à l'intérieur de la maison.

— Vous êtes sûrs de ne pas vouloir un verre, les jeunes ? nous lança Philippe en s'en resservant un.

Nous refusâmes poliment. Si j'appréciais le vin, je préférais tout de même le boire à l'heure du déjeuner ou bien en soirée plutôt qu'à 11 heures du matin.

— C'est à toi, Roméo, m'annonça Benoît.

Je me positionnai près de la balle. J'analysai la distance qui la séparait du trou, puis, une fois bien concentré, je tirai.

La balle dépassa la cible, mais s'arrêta quelques centimètres plus loin. Lors de mon prochain passage, j'étais certain de pouvoir la rentrer.

J'ai peut-être une chance de battre Benoît, en fin de compte !

Ce fut d'ailleurs à son tour de jouer. Il s'avança vers sa balle, son club à la main, puis étudia le jeu à son tour. Pour une fois, sa balle n'était pas idéalement placée, et il était peu probable qu'il parvienne à la rentrer du premier coup.

Je ne voulais pas crier victoire trop vite, mais je m'imaginais déjà sourire fièrement lorsque j'aurais gagné.

Mais, lorsque Benoît tira, j'en restai perplexe. Au lieu de tenter le tout pour le tout, cet enfoiré visa ma balle et réussit à la faire rouler plus loin.

— Désolé, dit-il avec un sourire malicieux.

S'il continuait à me faire des sales coups, ce n'était pas sa balle qui allait finir dans le trou mais sa tête !

Je l'ignorai et patientai le temps que Philippe joue. Mais ce dernier était occupé à discuter avec Richard, un verre à la main. Visiblement, le minigolf ne les intéressait plus vraiment.

— Je pense qu'on devrait terminer sans eux, me proposa Benoît.

Il est vrai que, si on les attendait, on n'était pas près de boucler la partie.

À nouveau, j'essayai d'évaluer le meilleur tir à faire. Maintenant que Benoît avait déplacé ma balle, cela serait plus compliqué de gagner.

Mon coup la propulsa à l'autre bout de la piste. *Merde !*
J'entendis Benoît ricaner.

— Beau lancer, se moqua-t-il.

Reste calme, Léo, t'énerver ne servira à rien.

— À ton tour, le pro, répondis-je simplement.

Malheureusement pour moi, il réussit miraculeusement à viser le trou.

— Tu gagneras une prochaine fois, me lança-t-il avec un clin d'œil.

Je serrai les dents, mais pris sur moi pour ne pas lui coller mon poing dans la figure. Je n'étais pas du genre agressif, mais je détestais vraiment les petits cons arrogants et provocateurs.

En repartant vers la maison, j'aperçus Camille allongée dans un hamac, un livre à la main. Elle était si absorbée par sa lecture qu'elle ne m'avait pas vu. Ou bien elle faisait incroyablement bien semblant.

Je l'observai un instant. Ses boucles blondes flottant sur ses épaules. Ses yeux marron rivés sur son bouquin. Ses longues jambes recouvertes par une jupe rose pâle et sa poitrine parfaitement mise en valeur dans un top blanc à fines bretelles.

En entendant des pas derrière moi, je tournai rapidement la tête, mais trop tard.

— Qu'est-ce que tu observes ?

Je fis face à Benoît et à son regard noir. Bien sûr qu'il m'avait grillé. Et ce n'était pas la première fois.

— Je me demandais quel genre de livres lisait ta petite amie, répondis-je en essayant de prendre un air indifférent.

— Bien sûr.

Son ton froid m'affirmait qu'il n'en croyait pas un mot.

J'avais beau détester ce type autant qu'il me détestait, la différence était que lui avait la meilleure raison du monde pour ça. Il savait que sa copine me plaisait, et moi j'étais juste jaloux que Camille lui appartienne. D'ailleurs, en parlant d'elle, voilà qu'elle avait disparu de son hamac. Ce qui n'était pas plus mal, étant donné la situation actuelle avec son copain.

— Ah, trésor, je te cherchais !

Je virevoltai en entendant la voix de Julie. Celle-ci accourait vers moi, toute pimpante. Dieu soit loué, elle arrivait pile au bon moment. Enfin, j'espérais que Benoît n'allait pas revenir sur notre sujet de discussion.

— Qu'est-ce qu'il y a ? m'enquis-je.

Elle jeta un coup d'œil derrière moi, puis adressa un sourire désolé à Benoît.

— Je te l'emprunte cinq minutes ! dit-elle en me prenant la main.

— Pas de soucis, répondit-il, l'air de rien.

Notre conversation n'était pas finie, mais au moins ce mec savait se tenir.

Julie m'entraîna à l'écart dans le jardin, puis sortit nerveusement une feuille pliée en quatre de la poche de son jean.

— Ce soir, ma mère a prévu un quizz pour les couples. Je n'ai aucune idée des questions qu'elle compte nous poser, mais je t'ai fait une liste de toutes les choses que j'aime et j'ai également inventé les choses que tu aimes. Pour ce qui est de notre première rencontre, de notre premier baiser et de nos lieux de rendez-vous préférés, tu es censé déjà tout savoir, n'est-ce pas ?

J'acquiesçai, et elle sembla rassurée.

— Ce n'est pas grave si on perd face à ma sœur ou ma cousine. Après tout, on n'est censés être ensemble que depuis trois semaines... Mais j'aimerais quand même que notre couple reste le plus crédible possible.

— Pas de soucis, lui promis-je.

Julie se détendit enfin.

— Merci. Au fait...

Elle s'interrompit, hésitante.

— Non, rien, ce n'est pas important, enchaîna-t-elle. Bon, je retourne aider ma mère à décorer le salon. Ah, j'oubliais, mon père veut faire un barbecue à midi, tu pourras lui donner un coup de main ?

— Oui, bien sûr.

Elle m'adressa un sourire satisfait, puis repartit en courant vers la maison.

J'aurais probablement dû lui dire que Benoît m'avait surpris en train d'observer Camille avec convoitise, mais je n'en avais pas eu le courage. J'espérais simplement que, si la situation devait déraper entre lui et moi, cela ne se fasse pas en public. Foutre en l'air cette mission était une chose mais, si Julie se sentait humiliée et blessée par ma faute, je ne me le pardonnerais jamais.

Je me massai énergiquement le crâne, essayant de chasser vainement le visage de la jolie blonde qui hantait mon esprit. Parce que je savais pertinemment que ce que je faisais était mal et que j'en souffrirais tout autant que cette famille si elle découvrait toute la vérité.

I Will Be Your Romeo

    Même si Roméo n'était pas un fumeur, moi je l'étais et, en cet instant, une petite clope m'aiderait à me détendre. Je partis chercher mon paquet de Marlboro dans ma valise, puis allai fumer tranquillement loin des regards.

Chapitre 7

Camille

Pourquoi avais-je fui au juste ? Je n'en avais pas la moindre idée. Benoît avait surpris Roméo en train de m'observer, mais je n'avais absolument rien fait. Alors pourquoi avais-je l'impression d'être aussi coupable ? Et surtout, pourquoi est-ce que mon cœur avait autant palpité quand j'avais senti le regard de Roméo sur mon corps ?

Assise sur le rebord de la baignoire, je pris une profonde inspiration pour me calmer.

J'espérais sincèrement que Benoît et Roméo se soient comportés en êtres civilisés et qu'ils ne se soient pas entre-tués après ma soudaine disparition. Bien sûr, je mourais d'envie d'aller vérifier que rien ne s'était passé. Mais j'avais peur. Peur que Benoît puisse discerner mes émotions. Contrairement à Roméo, même si je me débrouillais, je n'étais pas aussi bonne actrice.

La porte de la salle de bains s'ouvrit tout à coup.

— Ça fait dix minutes que je te cherche, soupira Benoît, qu'est-ce que tu fais là ?

Après une rapide inspection de son corps, je fus rassurée. Il ne s'était pas battu. Et il était aussi beau qu'à l'ordinaire.

J'avais toujours eu un faible pour sa mâchoire carrée et ses joues creuses. Et heureusement, tout ça était encore intact.

— Bébé ?

Mince, je n'avais absolument pas prévu d'excuse !

— J'ai aperçu une araignée se balader sur mon bras pendant que je lisais dehors. Je voulais m'assurer qu'elle ne m'avait pas mordue, mentis-je en détaillant mes jambes sous ma jupe.

— Tu ne viens pas de dire qu'elle était sur ton bras ?

Bien joué, Camille.

— Euh si, mais je préfère vérifier partout pendant que j'y suis.

Benoît s'approcha de moi et verrouilla la porte de la salle de bains derrière lui.

— Si tu veux, je peux regarder pour toi, murmura-t-il d'un ton taquin.

Il fit délicatement glisser la bretelle de mon top sur mes épaules. Un frisson me parcourut, et je fermai les yeux lorsque sa main s'enfouit sous mon haut et caressa ma poitrine.

— On ne peut pas faire ça ici, soufflai-je en jetant un coup d'œil à la seconde porte.

Julie ou, pire, Roméo pouvait l'ouvrir à n'importe quel moment.

— Tu es sûre ?

Benoît me releva avant de me plaquer, dos à lui, contre le meuble lavabo.

En toute honnêteté, j'avais toujours trouvé excitante l'idée de faire l'amour tout en risquant de se faire surprendre, mais actuellement je ne pouvais pas. Trop de choses se bousculaient dans ma tête, et je n'en avais pas très envie.

Lorsque Benoît remonta ma jupe sur mes cuisses, je me retournai vivement.

— Je suis sûre, répondis-je.

Benoît me fixa un instant, frustré, puis soupira.

— Très bien…

Il avait l'air contrarié.

— Hé, fis-je en portant une main vers son visage. Qu'est-ce qu'il y a ? Tu ne vas quand même pas me faire la tête parce que j'ai dit non, rassure-moi ?

— Non, ce n'est pas ça. C'est à cause de ce Roméo…

Mon cœur rata un battement.

— Je crois qu'il en pince pour toi, termina-t-il.

Même si j'en avais conscience, l'apprendre de la bouche de Benoît me laissa sans voix.

— Je l'ai surpris en train de t'observer quand tu lisais dans le hamac, et ce n'était pas la première fois, grogna Benoît.

Là encore, j'étais au courant…

J'essayai de garder un air étonné, mais en réalité j'étais littéralement pétrifiée. Je ne savais absolument pas quoi dire face à ça. Devais-je m'énerver ? Trouver cette « révélation » absurde et en rire ? En tout cas, je me voyais mal lui répondre : « Heureusement que tu n'as pas vu la façon dont moi je le regarde, sinon tu m'aurais déjà poussée dans la baignoire et noyée dedans ! »

Je déglutis, mal à l'aise, puis tentai de me reprendre. Si je continuais à garder le silence, Benoît allait trouver ça étrange et comprendrait que ce qu'éprouvait Roméo vis-à-vis de moi était réciproque.

Camille, c'est le moment de donner le meilleur de toi, m'encourageai-je mentalement.

— Benoît, ce mec est complètement fou amoureux de ma sœur, dis-je en essayant de paraître la plus sérieuse possible.

Je priai intérieurement pour avoir mis assez de conviction dans ma voix.

— Et alors ? Ce n'est pas parce qu'on aime une personne qu'on ne peut pas regarder ailleurs, répliqua-t-il, non pas que ça me soit déjà arrivé quand je suis avec toi.

Si un immense sentiment de malaise et de culpabilité me gagna, je me forçai malgré tout à sourire.

— J'espère bien ! Mais sincèrement, bébé, je ne veux pas remettre en cause ce que tu as vu ni ce que tu crois, mais je pense vraiment que tu te fais des films. Même si tu es incroyablement mignon quand tu es jaloux...

Je pris son visage entre mes mains et l'embrassai tendrement.

Ses yeux me parcoururent avec désir. Mon baiser avait visiblement suffi à le calmer et à lui faire totalement oublier Roméo.

— Camille, tu ne peux pas savoir à quel point j'ai envie de...

Mon index se posa aussitôt sur sa bouche.

Je me sentais mal de l'arrêter ainsi, mais je ne pouvais coucher avec lui. Pas maintenant. D'un autre côté, je devais tout de même le rassurer.

— Ce soir, lui chuchotai-je près de l'oreille. Bon, je vais voir où ils en sont en bas avec les décorations. Tu viens ?

Benoît hocha la tête, puis m'emboîta le pas.

Je n'étais peut-être pas une aussi bonne actrice que Roméo, mais sur ce coup-là j'avais vraiment assuré. Ou, du moins, je l'espérais.

Aux alentours de midi, ma mère et tante Lucille se chargèrent de préparer un taboulé géant en cuisine tandis que les hommes, à l'exception de Charly qui dormait toujours, commençaient à s'occuper du barbecue.

Installée à la table de la terrasse, j'écoutais d'une oreille la conversation qu'avaient ma sœur et ma cousine assises à côté, tout en surveillant Benoît et Roméo. Je doutais que ma discussion avec mon petit ami soit suffisante pour calmer sa jalousie mais, heureusement, la présence de mon père et de mon oncle autour du gril l'obligeait à se contenir. Quant à Roméo... J'espérais sincèrement qu'il ne jouerait pas les provocateurs aujourd'hui, ni demain ni après-demain.

— Tu n'as pas peur de perdre les eaux et de devoir accoucher ici ? entendis-je Julie demander.

— L'accouchement est prévu pour dans six semaines, la rassura Charlotte. C'est sûr qu'il y a des risques pour que ça arrive avant, mais je n'en pouvais plus de Paris, de ce bruit et de tout ce monde. Ici il fait tellement bon que j'ai l'impression d'être en vacances !

— En soi, un congé maternité, c'est un peu comme des vacances, non ? se moqua Julie.

Charlotte ricana.

— J'ai hâte que tu sois enceinte, cousine ! Tu verras si c'est vraiment des vacances...

— Hum, ce ne sera pas pour tout de suite, répondit ma sœur.

Il est vrai que pour cela il fallait déjà qu'elle sorte réellement avec quelqu'un...

— Pourtant, je suis certaine que Roméo ferait un bon père, déclara Charlotte d'un ton sérieux.

Je tournai la tête vers ma cousine, sidérée.

— Comment est-ce que tu peux dire ça ? Tu ne le connais même pas. En plus, Julie n'est avec lui que depuis trois semaines !

Ma cousine haussa les épaules.

— C'est juste une intuition que j'ai eue en le rencontrant. Et puis, au moins, tu peux être sûre que son enfant sera tout aussi beau que lui !

Elle jeta un coup d'œil à Julie et ajouta :

— Sauf s'il tient plus de sa mère…

Ma sœur lui donna une tape sur le bras en rigolant.

— T'es vraiment une…

Charlotte lui fit signe de se taire.

— Il entend tout, murmura-t-elle en posant une main sur son ventre.

— Justement, ce ne serait pas plus mal qu'il sache déjà quel genre de personne est sa mère, répliqua Julie avec un sourire malicieux.

— Mais il le sait déjà, voyons. N'est-ce pas, mon cœur ?

Elle caressa doucement son ventre d'un air bienheureux.

— Et toi, Camille, reprit soudain Charlotte en m'observant, pas de bébé au programme avec monsieur le procureur ?

Je secouai négativement la tête.

— J'aimerais quand même que mon enfant ait des cousins et cousines avec qui jouer en vacances, soupira-t-elle, alors ne tardez pas trop toutes les deux, d'accord ?

J'échangeai un regard entendu avec ma sœur. Bien que nous voulions toutes deux en avoir un jour, les enfants, ce ne serait pas pour tout de suite. Pour ma part, et même si j'avais une relation et une situation professionnelle stables, je me trouvais encore trop jeune pour devenir mère.

— Si vous croyez que je ne vous ai pas vues… Je suis enceinte, pas aveugle ! s'exclama Charlotte en se levant.

— Où est-ce que tu vas ? m'enquis-je, on va bientôt manger.

— Aux toilettes, si vous me le permettez !

Nous l'observâmes retourner à l'intérieur d'un pas pressé, puis secouâmes la tête, amusées.

— Elle n'est pas croyable, murmura Julie.

— À mon avis elle sera une super maman.

Ma sœur acquiesça, puis se servit un verre de rosé.

— Par contre, je pense que l'intuition de Charlotte était bonne, dit-elle après avoir bu une gorgée.

— Comment ça ?

— Je n'en suis pas certaine, mais je pense que Roméo a un fils.

Mon regard se posa aussitôt sur l'intéressé. Il était en pleine discussion avec oncle Richard. Ce dernier devait encore lui parler de son angioplastie… Et dire que Roméo n'avait probablement jamais mis les pieds en fac de médecine et qu'il le dupait avec ce qu'il devait avoir lu sur Internet. Lui, papa ?

— Je l'ai entendu parler au téléphone hier soir dans la chambre, alors que je sortais de la douche. Je n'écoutais pas aux portes, mais disons que son « Bonne nuit, bonhomme. Sois gentil avec ta mère, d'accord ? » a légèrement attiré mon attention…

— Alors il aurait également quelqu'un dans sa vie ? m'étonnai-je.

Était-elle au courant de son « métier » ? Si tel était le cas, j'étais assez curieuse de savoir quel genre de femme s'accommoderait d'avoir une relation sérieuse avec un escort. Quand bien même je n'étais pas quelqu'un de très jaloux, je n'accepterais jamais que Benoît passe autant de temps avec une autre femme que moi, et encore moins qu'il prétende être son petit ami.

Ma sœur haussa les épaules.

— Peut-être. Je ne sais pas grand-chose de lui à part son prénom et son travail…

— Son prénom ?

— Roméo Courtois est l'identité que je lui ai donnée, mais il s'appelle Léo. Ah, mais j'oubliais, grâce à toi, on sait également qu'il travaille pour la société de plomberie de son frère de temps en temps ! D'ailleurs, tu avais bien failli le démasquer à cause de ça… Heureusement qu'il a été capable de rattraper le coup !

Je soupirai.

— J'ai encore du mal à croire que tu aies fait appel à ses services…

Une idée me vint soudain à l'esprit.

— Et pour être honnête avec toi, ajoutai-je, j'ai peur que les choses ne s'enveniment entre lui et Benoît.

— Comment ça ?

— Disons que Léo n'est pas très professionnel. Benoît l'a surpris plusieurs fois en train de me regarder avec… intérêt. Et je crois que s'il recommence Benoît serait capable de lui envoyer son poing dans la figure.

Ma sœur sembla réfléchir à la situation.

— Le mieux serait qu'il parte, continuai-je, tu pourrais dire à tout le monde que l'hôpital l'a appelé en urgence. Comme ça, on éviterait qu'un malheur se produise, et puis tu seras toujours considérée comme étant en couple, même si ton soi-disant petit ami n'est plus là.

Et pour ma part je n'aurais plus à ressentir cette étrange attirance pour cet homme, et ma vie pourrait redevenir comme avant. Parfait, non ?

Je croisai les doigts pour que ma sœur accepte ma proposition. C'était la chose la plus raisonnable à faire pour tout le monde.

— Écoute, je vais d'abord en discuter avec lui, finit-elle par me répondre. Tout le monde l'apprécie, sauf Benoît et toi, et même si notre relation est fausse je suis vraiment contente qu'il soit là pour moi.

I Will Be Your Romeo

Si seulement ma sœur se rendait compte qu'elle n'avait pas besoin d'un homme pour la valoriser. Qu'elle était déjà une femme incroyable, peu importe qu'elle ait trouvé, ou pas, quelqu'un avec qui partager sa vie.

— En plus maman a organisé un quizz de couple ce soir, m'annonça-t-elle, ce serait dommage que je ne puisse plus y participer…

Je ne comprenais pas l'intérêt de ce genre d'activités étant donné que sa relation n'était qu'une pure mascarade mais, comme ma sœur semblait vraiment avoir envie d'être de la partie, je préférai ne pas insister.

— Très bien, comme tu voudras.
— De quoi parlez-vous ? intervint Charlotte.
— Des enfants ! répondis-je en même temps que Julie.

Nous retînmes un sourire complice devant l'air scrutateur de notre cousine. Elle n'était visiblement pas dupe, mais elle décida de jouer le jeu.

— Bien, alors, puisque vous adorez ce sujet, on va continuer d'en parler ! déclara-t-elle en prenant à nouveau place à table.

Si je ne voyais aucun inconvénient à en discuter, telle que je connaissais ma cousine et son amour pour les enfants, elle allait essayer de nous convaincre d'en faire un durant le séjour !

Je jetai un coup d'œil vers le barbecue en espérant que les premières viandes soient déjà en train de cuire.

Malheur ! Les hommes avaient tous abandonné le gril… pour aller de nouveau faire une partie de minigolf !

Dites-moi que je rêve…

Léo

Évidemment, Benoît m'avait encore battu à plate couture au minigolf. Et il n'hésita pas à s'en vanter devant tout le monde lorsque nous passâmes enfin à table.

Quant à moi, je préférai l'ignorer et essayer d'être un peu plus tactile avec Julie. Je devais à tout prix avoir l'air fou amoureux d'elle. C'était le seul moyen de rassurer Benoît et de le convaincre que ce qu'il soupçonnait n'était qu'un malentendu.

Je me penchai vers Julie, assise à ma droite.

— Est-ce que tu veux du pain, trésor ? lui proposai-je avec un sourire.

— Non, merci.

Elle n'avait même pas détaché les yeux de sa tante – qui racontait une histoire – pour me répondre. J'avais comme l'impression qu'elle était un peu plus froide que d'habitude à mon égard, et je n'en comprenais pas la raison.

J'attendis que Lucille ait fini de parler pour me rapprocher à nouveau de Julie.

— Il y a un problème ? lui chuchotai-je à l'oreille.

Pour la première fois du repas, elle tourna la tête vers moi.

— Je sais pourquoi tu fais ça, répondit-elle en jetant un bref regard à Benoît et Camille, assis en face de nous.

Il ne manquait plus que ça…

J'avais encore merdé. Est-ce qu'elle voulait qu'on arrête tout ? Que je m'en aille ?

— Tu m'avais promis que ça ne se reproduirait plus, ajouta-t-elle à voix basse.

— Tout va bien, les tourtereaux ?

I Will Be Your Romeo

Richard, installé à ma gauche, s'était adressé à nous. Je ne savais pas s'il nous avait entendus mais, en tout cas, il avait bien compris que Julie et moi ne nous murmurions pas des mots doux.

— Très bien, tonton, répondit Julie avec un sourire.

— Roméo ? m'appela Philippe. Tu veux quoi comme viande ?

Le père de famille était debout à côté de Camille, un plateau dans les mains. Si les merguez et les saucisses me faisaient envie, la côte de bœuf à côté avait l'air encore plus appétissante. Mais, visiblement, je n'étais pas le seul à l'avoir repérée. Camille avait littéralement les yeux rivés dessus, c'était tout juste si elle ne bavait pas. Si je savais qu'il était préférable pour moi d'éviter de l'observer, je ne pouvais toujours pas m'en empêcher. En plus de ça, sa mère avait eu la bonne idée de nous placer face à face, ce qui ne me facilitait pas la tâche.

— Tout a l'air très bon, Philippe, répondis-je en lui tendant mon assiette, mais je pense que je vais goûter une merguez.

— Très bon choix, Roméo.

Il me servit avant de brandir le plateau devant sa fille cadette et son petit ami. Comme je m'y attendais, Camille choisit la côtelette. Benoît opta lui aussi pour une merguez.

— Je suis désolé, glissai-je subtilement à Julie avant de commencer à manger.

Elle ne commenta pas, et tant mieux. Ce n'était ni l'endroit ni le moment pour avoir cette conversation.

Je dégustai ma merguez tout en faisant mine d'écouter une énième histoire que racontait Lucille. Apparemment sa voisine était une bonne amie de Patrick Bruel.

— J'ai vu une photo d'eux dans son salon, nous révéla Lucille, ils étaient ensemble au restaurant !

— Maman, je te l'ai déjà dit, enchaîna Charlotte, Mme Tourelle est une pro de Photoshop. Elle se sent seule depuis la mort de son mari, alors elle invente n'importe quoi pour se rendre intéressante.

— En tout cas, j'en connais une qui aurait bien aimé aller au restaurant avec Patrick Bruel, intervint Benoît.

Je levai les yeux de mon assiette et remarquai qu'il souriait à Camille.

— Mon Dieu, c'est vrai que quand on habitait ensemble elle avait collé des affiches de lui sur tous les murs de sa chambre ! dit Julie, hilare.

— Ah oui, je m'en souviens ! s'esclaffa Benoît. Heureusement que sa période de fan abusive est terminée sinon elle aurait refait la déco de mon appartement.

— Et la cuisine aurait probablement ressemblé au Café des Délices[1], ajouta Julie avec ironie.

Camille pinça les lèvres, visiblement agacée.

— Si tu veux, Camille, reprit Lucille avec enthousiasme, je pourrais demander à Mme Tourelle de t'avoir un autographe !

— C'est gentil, tata, la remercia Camille, un peu gênée, mais ça ira. D'ailleurs, je ne suis plus aussi fan de lui qu'avant.

Bizarrement, j'avais comme l'impression qu'elle mentait.

— De toute façon, je suis sûre que c'est Mme Tourelle qui l'aurait signé à sa place, marmonna Charlotte.

— Je ne sais vraiment pas ce que tu as contre cette femme, soupira Lucille. En plus, depuis qu'elle a emménagé à côté, elle m'invite tous les dimanches après-midi à prendre le thé chez elle.

— Et c'est là qu'elle en profite pour te raconter n'importe quoi, précisa Charlotte. Le week-end dernier c'était Patrick Bruel, la fois d'avant c'était son voyage au Machu Picchu dans sa jeunesse,

---

1. Titre de la chanson de Patrick Bruel qui fait référence au Café des Délices à Sidi Bou Saïd.

voyage au cours duquel elle aurait rencontré David Bowie et pris une photo avec lui à côté d'un lama.

— La photo était en noir et blanc ! s'exclama Lucille comme si c'était une preuve évidente.

— Et la semaine prochaine elle te parlera probablement de son séjour en Angleterre chez Elton John, continua Charlotte en ignorant sa mère, ou du jour de l'an qu'elle a fêté avec Dalida au Brésil ! Et toi, tu es tellement naïve que tu crois tout ce qu'elle te dit...

— Chérie, calme-toi, lui demanda Paul.

— Mais je suis calme ! cria-t-elle en se levant brusquement.

En effet...

Probablement, car tout le monde dévisageait Charlotte, celle-ci finit-elle par prendre conscience de sa saute d'humeur.

— Euh... Excusez-moi, je vais aux toilettes, bredouilla-t-elle en quittant la table.

— Je l'accompagne, ajouta Paul avant de la suivre au pas de course.

— Ah, les joies de la grossesse ! soupira Lucille.

— Ou la folie, renchérit Charly en ricanant.

Sa mère lui donna une tape sur la tête.

— Si c'est pour dire n'importe quoi, tu ferais mieux de garder le silence, mon garçon, répliqua-t-elle.

Je souris, amusé. Cette famille était vraiment intéressante, et à vrai dire je m'y sentais plutôt à l'aise, comme si j'avais ma place parmi eux. Pourtant, dans deux jours, le personnage de Roméo Courtois disparaîtrait à jamais. Je retrouverais ma vie de jeune père célibataire, plombier à temps partiel et accompagnateur le reste du temps. Mais, avant ça, je devrais d'abord faire mes adieux à la personne la plus captivante que j'avais rencontrée de toute ma vie.

Je tournai la tête vers Camille, et mon regard croisa le sien. Mon cœur s'emballa dans ma poitrine.

Ça ne va pas être facile.

Julie soupira. Je reportai mon attention sur elle, et l'air contrarié qu'elle affichait n'annonçait rien de bon pour moi.

Et en effet, après le repas, alors que le reste de la famille continuait de discuter sur la terrasse, Julie me prit la main et m'emmena dans sa chambre.

— Tu me déçois beaucoup, Léo. Que ma sœur te plaise est une chose, mais qu'elle et son copain le remarquent en est une autre. Il est hors de question que tu foutes la merde dans leur couple ni que tu gâches l'anniversaire de mariage de mes parents, tu m'entends ?!

Je détestais avoir l'impression de me faire engueuler comme si j'étais un gosse, mais pour le coup j'étais complètement en tort, et c'était ma cliente.

— Ce n'est pas du tout mon intention, osai-je lui répondre.

Elle se rapprocha de moi et me jaugea du regard.

— Tu m'avais promis que ça ne se reproduirait plus, et voilà que ma sœur me fait part de ton comportement déplacé envers elle et de l'envie de son copain de te casser la gueule.

Alors comme ça, Camille m'avait balancé à sa sœur ? Je n'arrivais pas à y croire. En revanche, je doutais que Camille lui ait dit qu'elle aussi était attirée par moi.

— Qu'est-ce que tu lui as répondu ? demandai-je, curieux.

Julie soupira.

— Camille est au courant, lâcha-t-elle simplement.

— Au courant ? De quoi ?

Elle me regarda comme si j'étais stupide.

— De tout. Elle est au courant que tu es accompagnateur. Elle t'a vu dormir dans la bibliothèque hier soir et, comme je n'avais pas d'explication à ça, j'ai fini par tout lui raconter ce matin.

Quoi ? ! Camille sait pour moi ?

J'en restai sans voix.

— D'un autre côté, reprit Julie, il était préférable qu'elle soit au courant plutôt qu'elle commence à douter de ta fidélité envers moi, tu ne crois pas ? En revanche, Benoît n'en a aucune idée, et il doit vraiment croire que tu es un sale type.

Elle soupira, l'expression pensive, avant d'ajouter :

— Pour la première fois depuis longtemps je passe un bon moment en famille, et c'est grâce à toi. Alors, s'il te plaît, ne fous pas tout en l'air parce que ma sœur te plaît, OK ? Je te laisse une dernière chance, mais je te préviens, si tu dérapes encore une fois, je te vire sur-le-champ. Ah, et on est d'accord pour descendre le prix de ta prestation, j'imagine ? Je trouve que 2 500 euros c'est déjà pas mal, vu la situation actuelle.

Cette femme était douée en négociation, car si je refusais je perdais tout. 2 500 euros, cela restait une belle somme et, étant donné mes erreurs, je devais surtout m'estimer heureux qu'elle veuille que je continue ma mission.

— Très bien, acceptai-je.

— Parfait. Je retourne en bas.

Elle me laissa seul dans la chambre, perdu dans mes réflexions.

Je n'arrivais toujours pas à croire que Camille connaissait la vérité à mon sujet.

Que devait-elle penser de moi ? Est-ce qu'elle me voyait comme un prostitué ? Comme un menteur qui s'était bien foutu de sa gueule ? Et surtout, pourquoi est-ce que tout ça m'importait autant ?

Je grognai et allai m'asseoir sur le lit. Jamais une femme ne m'avait fait me poser autant de questions. Pas même Marion.

Pourtant, avant que je découvre qu'elle me trompait, j'étais certain de l'avoir aimée à la folie.

L'esprit trop agité, je me relevai.

Non. J'avais croisé le regard de Camille durant le déjeuner. Je ne la dégoûtais pas, loin de là. Mais elle avait quand même avoué à sa sœur qu'elle me plaisait. Avait-elle espéré que sa sœur me renvoie à cause de ça ? À vrai dire, cela aurait été peut-être la chose la plus raisonnable à faire pour nous deux. Mais Julie m'avait laissé une dernière chance, et je me voyais mal lui dire que j'arrêtais tout parce que je ne me sentais pas capable de refréner mon désir pour Camille. C'était une excuse pitoyable et, en plus de tout ça, ce n'était pas à moi de prendre cette décision. Seule la cliente pouvait annuler notre contrat pour faute professionnelle.

— Roméo ? Ça te dit une partie de foot ?

C'était Charly. Sa voix me parvenait depuis le couloir.

Lorsque j'ouvris la porte, je tombai nez à nez avec lui. L'adolescent avait troqué son look de rappeur contre un T-shirt et un short du PSG. Je n'étais pas un grand fan de football, mais j'avais tout de même une préférence pour mon équipe lyonnaise. Mais mieux valait que je garde ça pour moi, sinon Charly me regarderait probablement d'un mauvais œil.

— Paul et Benoît sont partants, mais il manquerait quelqu'un pour faire une équipe, et les filles ne veulent pas jouer.

Évidemment, il fallait qu'il y ait Benoît dans le lot… Et, en plus de ça, j'étais loin d'être doué avec un ballon au pied.

— Ouais, bien sûr, dis-je, je vais juste me changer. Je vous rejoins dans cinq minutes, OK ?

Il me sourit, ravi.

— Ça marche ! À tout' !

Je le regardai repartir en courant vers l'escalier. Il avait l'air si excité que j'espérais vraiment qu'il soit dans mon équipe. Et, si je pouvais me venger de Benoît grâce à lui, cela serait parfait ! À moins que « monsieur le procureur » ne sache aussi bien jouer au football qu'au minigolf…

Je récupérai un short beige dans ma valise et me changeai. Pour ce qui était du haut, puisqu'il faisait vingt degrés, personne ne verrait sans doute d'inconvénient à ce que je me mette torse nu.

Une fois prêt, je partis retrouver les footballeurs sur le terrain avec une certaine appréhension.

Chapitre 8

Camille

Je grimpai maladroitement sur l'escabeau et manquai de tomber à la renverse.

Il faut dire qu'avec une guirlande et un rouleau de scotch dans les bras ce n'était pas très pratique. Je ne savais pas pourquoi ma mère tenait à décorer toutes les fenêtres du salon avec ces rubans, comme si nous célébrions encore Noël, mais personne n'avait réussi à la dissuader. Et, comme elle et ma sœur avaient le vertige, c'était évidemment moi qui devais m'en charger.

Il était hors de question de faire monter Charlotte sur l'escabeau, et tous les hommes étaient occupés à jouer au foot dans le jardin. D'ailleurs, à ce propos…

Je tournai la tête vers la vitre et observai Benoît courir après Charly, qui avait le ballon. Je souris en constatant que mon petit ami s'était mis torse nu, et regrettai de ne pas être plus près pour pouvoir l'encourager et le mater en toute liberté. Benoît n'était, certes, pas très musclé, mais il était loin d'être désagréable à regarder. Et, même s'il n'était pas parfait, je l'aimais tel qu'il était.

Puis Roméo traversa mon champ de vision, et ma respiration se bloqua un court instant. Lui non plus ne portait pas de T-shirt et, si je l'avais déjà vu ainsi, je ne pouvais nier que son corps me faisait toujours autant d'effet.

Je me forçai à détourner rapidement le regard et m'occupai d'accrocher la guirlande. Mais le torse bien sculpté de Roméo tournait en boucle dans mon esprit.

Je me demandais ce qu'attendait Julie pour le renvoyer. Si j'espérais avoir un peu rassuré Benoît plus tôt dans la salle de bains, j'étais certaine que si Roméo restait jusqu'à la fin du séjour les choses finiraient par déraper d'une façon quelconque.

Je secouai vivement la tête, terminai ma « mission guirlandes » et descendis de l'escabeau.

— Ah, c'est magnifique, Camille ! déclara ma mère en entrant dans la pièce.

Je n'avais pas vraiment l'impression d'avoir fait quelque chose d'incroyable mais, si cela lui plaisait, c'était le principal.

— Maman ? appela ma sœur depuis la salle à manger. Tu peux revenir, s'il te plaît ?

— J'ai demandé à Julie de décorer la table, mais même ça elle n'y arrive pas ! soupira ma mère en faisant demi-tour.

Elle s'arrêta soudain et se retourna.

— Au fait, j'ai fait de la limonade pour les footballeurs professionnels. Tu peux aller leur en proposer un verre ?

Ne voyant pas comment esquiver cette nouvelle tâche, je me contentai de hocher la tête et de me rendre dans la cuisine. Même si je n'avais pas spécialement envie de me retrouver entre deux footballeurs en particulier, je récupérai la carafe de jus de citron sucré et une pile de gobelets en plastique, puis apportai le tout sur la terrasse en espérant que tout se passe bien.

I Will Be Your Romeo

Les hommes étaient tellement concentrés sur leur jeu qu'aucun ne sembla m'apercevoir, hormis Roméo, bien sûr. Il ralentit sa course et m'adressa un bref sourire.

Un frisson d'excitation me parcourut. Je baissai les yeux sur la table et me hâtai de remplir les verres de limonade d'une main tremblante. Peut-être que personne n'en voulait, mais je ne pouvais pas rester sans rien faire ni le regarder sans que mon cœur s'emballe.

Je ne savais pas ce qui m'arrivait ni ce que ce mec me faisait exactement, mais je ne pouvais pas laisser tout cela se produire. C'était hors de question.

— Tu prévois de remplir combien de verres au juste ?

Je m'arrêtai brusquement en reconnaissant sa voix moqueuse. Mon rythme cardiaque s'accéléra.

Si je levais les yeux vers lui, il verrait la panique sur mon visage. Et alors il comprendrait qu'il était à l'origine de tout ce chamboulement d'émotions en moi.

Tout en essayant de me ressaisir, je comptai rapidement les verres pleins. Treize. Nous n'étions même pas autant d'invités.

Alors je fis la chose la plus stupide qui soit. J'attrapai un verre et le bus d'une traite. Puis je recommençai avec un second.

— Satisfait ? le défiai-je alors en relevant la tête.

Roméo me fixait, à la fois perplexe et amusé.

Soudain, deux mains se posèrent sur mes hanches. Je sursautai légèrement, avant de comprendre qu'il s'agissait de Benoît. Évidemment, il ne pouvait pas mieux tomber !

— Merci pour la limonade, bébé, me souffla Benoît en se serrant contre moi.

Son odeur de forte transpiration me força à me décoller de lui et à me retourner.

— C'est ma mère qui l'a faite, répondis-je avec un sourire. Et je crois que tu devrais aller prendre une douche…

— Seulement si tu me rejoins, me proposa-t-il, assez fort pour que Roméo l'entende.

Heureusement que mon père, oncle Richard, Paul et Charly étaient encore en train de discuter sur le terrain… Ce n'était pas le genre de Benoît de me dire ce genre de choses en public, et les autres se seraient rendu compte que mon petit ami le faisait exprès pour énerver Roméo.

D'un autre côté, et même si je n'en avais pas spécialement envie, c'était l'occasion ou jamais de faire comprendre à Roméo que l'unique personne qui m'intéressait réellement ici, c'était mon petit ami. Pourtant, je savais que c'était un mensonge.

— D'accord, je te rejoins dans cinq minutes, dis-je en caressant brièvement son torse en sueur.

Benoît sembla hésiter un instant à me laisser seule avec Roméo, mais il finit par m'embrasser sur la joue, puis s'éclipsa.

Je portai à nouveau le regard sur Roméo et constatai qu'il faisait mine de siroter tranquillement sa limonade en observant le paysage. Mais sa mâchoire contractée me prouvait qu'il avait tout entendu et que l'idée de mon petit ami ne lui plaisait pas.

Étrangement, et bien que sa jalousie n'ait aucune raison d'exister, cela me fit plaisir. Bon sang, c'était complètement insensé !

Un rire gêné me parvint aux oreilles, et il me fallut plusieurs secondes pour comprendre que c'était le mien. Roméo s'était retourné vers moi et m'étudiait avec attention.

J'étais perdue. Totalement perdue. C'était à peine si je le connaissais, et pourtant… Pourquoi mon cœur battait-il aussi fort dans ma poitrine en ce moment précis ? Pourquoi son regard me réchauffait-il autant ? Pourquoi mourais-je d'envie de l'embrasser et de rester avec lui, alors que mon petit ami m'avait invitée à le rejoindre sous la douche ? Et pourquoi diable fallait-il que des larmes me montent aux yeux maintenant ?!

Ses sourcils se froncèrent. Pouvait-il voir à quel point j'étais désemparée ? J'avais envie de lui, mais… Il était totalement inconcevable qu'il se produise quoi que ce soit entre nous.

Si sa relation avec ma sœur était inventée de toutes pièces, celle que j'avais avec Benoît était réelle. Et je ne pouvais pas foutre en l'air trois ans de bonheur et de stabilité pour… quoi au juste ?

Roméo fit un pas dans ma direction.

— Arrête, lui ordonnai-je dans un murmure.

J'aurais souhaité être plus ferme, mais cette cascade d'émotions m'avait affaiblie plus que je ne le pensais. Cependant, j'avais retrouvé mes esprits. Quoi que je ressente pour cet homme, cela ne me mènerait nulle part. Pire encore, cela détruirait la vie que je m'étais construite avec un homme formidable que j'aimais à la folie.

Je ravalai mes larmes et repris de l'aplomb.

— Mon copain m'attend, déclarai-je avant de tourner les talons.

Contrairement à ce que j'anticipais, il ne me retint pas. Je montai à l'étage d'un pas déterminé, entrai dans ma chambre, mais n'ouvris pas la porte de la salle de bains. Ma raison avait beau savoir ce qui était le mieux pour moi, mon corps en revanche pensait autrement et refusait de coopérer pour le moment.

Je posai la tête contre le mur et soupirai. Dans deux jours, tout serait fini. Je retrouverais ma vie, et les choses rentreraient dans l'ordre. Il fallait juste que je tienne jusque-là.

Je poussai un juron en entendant l'eau se couper. J'avais suffisamment de temps pour fuir et prétexter face à Benoît que ma mère m'avait appelée dans le salon. Mais mon portable, que j'avais laissé sur la table de chevet, se mit à sonner. Laure. Elle allait me sauver la vie !

Je décrochai à la va-vite.

— Comment ça va, la sudiste ? m'interrogea-t-elle aussitôt avec enthousiasme. J'espère que je ne te dérange pas !

— Tu me déranges tout le temps, je vais bien, et toi ? Comment se passent tes vacances à Barcelone ?

— Très drôle, *chiquita* ! Oh ! horrible ! Je suis actuellement en train de me faire dorer la pilule sur la plage et je prie pour rentrer le plus vite possible en France, plaisanta-t-elle avant d'ajouter : comme Naël est parti nous chercher à boire, je me suis dit que j'allais en profiter pour te téléphoner.

C'est vrai qu'avec la dose de conneries que Laure me racontait d'habitude, mieux valait que son petit ami ne soit pas dans les parages. Je regrettais par la même occasion de ne pas pouvoir lui parler de Roméo et de tous les problèmes qui allaient avec mais, Benoît étant dans la pièce d'à côté, c'était inenvisageable.

— Alors, reprit-elle comme je restais silencieuse, Paul est toujours aussi canon ?

Je secouai la tête, amusée. Même si je savais qu'elle plaisantait et qu'elle était complètement éprise de Naël depuis le lycée, je ne pouvais pas m'empêcher de regretter de l'avoir invitée au mariage de Paul et de ma cousine. Depuis qu'elle avait rencontré le jeune marié, elle n'arrêtait pas de faire son éloge et de me dire à quel point Charlotte avait de la chance.

— C'est pour ça que tu m'as appelée, avoue. Mais je te le dis tout de suite, il est hors de question que je t'envoie des photos de lui en secret !

Laure grogna, feignant d'être mécontente.

— Des photos de qui ? demanda Benoît en sortant de la salle de bains.

— Pas de lui, en tout cas, se moqua Laure au téléphone.

— Hé ! m'exclamai-je en adoptant un ton faussement vexé.

En réalité, ma meilleure amie et Benoît adoraient se charrier. C'était d'ailleurs grâce à Laure, et à une soirée qu'elle avait organisée chez elle il y a trois ans, que j'avais pu rencontrer Benoît.

Après son échec en première année d'école d'architecture, Laure était partie en fac de droit et avait pris des cours particuliers auprès de Benoît, qui à l'époque avait déjà validé son master 2. C'était comme ça qu'ils avaient fait connaissance avant de devenir de très bons amis. Ils s'entendaient si bien que j'avais toujours pensé qu'ils finiraient ensemble. Visiblement, je m'étais trompée. Et je me souvenais parfaitement de la surprise et de la joie que j'avais ressenties lorsque mon petit ami m'avait avoué ses sentiments, qui, bien sûr, étaient réciproques.

J'observai Benoît, uniquement vêtu d'une serviette autour de la taille, et souris. Je le trouvais aussi beau que la première fois que je l'avais vu. Même si, à ce jour-là, il était un peu plus habillé que ça.

Mais, en réalité, ce n'était pas seulement son physique qui m'avait fait craquer pour lui. C'étaient son intelligence, son charisme et l'assurance qu'il dégageait. Il savait ce qu'il voulait faire dans la vie, et où il allait. Et ça, ça m'avait littéralement impressionnée.

Même s'il n'était pas parfait, j'aimais tout chez lui. Ses qualités comme ses défauts. Comment avais-je pu, ne serait-ce qu'un instant, songer à le tromper ? Il n'y avait que lui dans mon cœur, et il ne pouvait pas en être autrement.

— Je suppose que c'est encore ta pote bizarre, dit Benoît, assez fort pour que Laure l'entende.

— Dis-lui que je vais…

Non. Je n'avais plus envie de parler.

— Laure, il va falloir que je te laisse, la coupai-je en m'approchant de mon petit ami.

— Quoi ? Déjà ? Mais je ne t'ai même pas raconté mon arrivée à Barcelone ! Je me suis fait arrêter par la douane parce que j'avais emporté un pot de Nutella dans ma valise et…

Je ne l'écoutais déjà plus. J'avais quelque chose de bien plus intéressant en tête.

— Je te rappelle !

— Souhaite un joyeux anniversaire de mariage à tes parents et passe le bonjour à P…

J'avais raccroché et, accessoirement, jeté mon portable sur le lit.

— Qu'est-ce qu'il y a ? me questionna Benoît, curieux.

S'il n'avait pas encore compris mes intentions, il n'allait pas tarder à les découvrir. Je dénouai sa serviette et la laissai tomber sur le sol. Sa respiration devint soudain plus lourde, et mon souffle se fit court.

— Tu sais que la porte n'est pas fermée ? lâcha-t-il.

Il fallait que je lui prouve qu'il n'avait pas de raison de douter de ma fidélité, qu'il pouvait avoir confiance en moi et que je ne le blesserais jamais. Parce que c'était lui et personne d'autre.

— Je m'en fous, m'entendis-je répondre en me collant contre lui.

En un mouvement rapide, Benoît me débarrassa de mon top blanc. Mon cœur battait à tout rompre dans ma poitrine. Le souffle haché, je retirai ma jupe, puis l'entraînai sur le lit avec moi.

À cet instant précis, je ne savais toujours pas si j'avais réellement envie qu'on fasse l'amour. Mais, une chose était sûre, je ne voulais pas le perdre. Je ne pouvais pas. Parce que si je le perdais, je les perdais, lui, nos trois années de relation, et tout ce qui allait avec. Et ça, je ne le souhaitais pas le moins du monde.

Léo

Chacun s'était mis sur son trente et un pour l'événement. Julie avait même laissé son look baba cool pour revêtir une longue robe couleur bordeaux et des escarpins noirs. Quant à ses cheveux, elle les avait relevés en un chignon soigné au lieu de les tresser. Elle était presque méconnaissable.

— Tu es vraiment ravissante, la complimentai-je en attachant ma cravate.

Elle me remercia d'un sourire un peu gêné.

— Je n'ai jamais compris pourquoi ma mère tenait à ce qu'on s'habille aussi bien alors qu'on est en famille et surtout à la maison. Mais c'est leur soirée, à elle et à mon père, je suis donc obligée de respecter son *dress code*. Heureusement que ce n'est qu'une fois par an.

J'ouvris la porte de la salle de bains et m'observai rapidement. Cheveux coiffés, barbe bien taillée, parfum OK. J'ajustai ma veste de costume bleu clair et me félicitai mentalement du résultat.

— Tu n'es pas trop mal non plus, constata Julie en entrant.

Je nous regardai tous deux dans le miroir. Pour la première fois du séjour, je considérais que notre faux couple pouvait être totalement crédible aux yeux des autres.

Julie enroula le bras autour du mien.

— On y va, *trésor* ? me questionna-t-elle d'un air enchanté.

J'acquiesçai, et nous nous rendîmes d'un pas tranquille au salon. J'étais certain que tout se passerait très bien.

Catherine et Lucille bavardaient sur le canapé. Philippe et Richard étaient en train d'ouvrir une bouteille de vin. Visiblement, l'apéro matinal ne leur avait pas suffi… Paul était au téléphone dans un coin de la pièce, Charly était assis sur le second sofa et surfait sur son portable. Quant à Charlotte, elle était à côté de son frère et grignotait des cacahuètes dans un bol comme si elle n'avait pas mangé depuis une semaine. Benoît et Camille n'étaient pas encore descendus, et j'étais assez curieux de voir quel type de tenues avait choisi la femme qui m'était inaccessible.

— Ah, vous voilà tous les deux ! s'exclama Catherine, tu veux boire ou manger quelque chose, Roméo ?

Un peu plus tôt, Julie m'avait averti que sa mère avait cuisiné divers plats pour faire plaisir à tout le monde – ce que je trouvais à la fois adorable et un tantinet excessif – et qu'il valait mieux que je ne me jette pas sur les amuse-bouches si je ne voulais pas que mon estomac explose avant la fin du repas. Alors, même si les olives et les pistaches sur la table basse me faisaient envie, je préférai me retenir.

— Je vais attendre que les derniers invités arrivent, répondis-je avec un sourire.

— D'accord, en tout cas n'hésite pas à te servir !

— Merci. Au fait, la décoration est vraiment superbe, déclarai-je en contemplant les lieux.

Même si j'avais plus l'impression d'être à une célébration de Noël qu'à un anniversaire de mariage, je devais bien reconnaître qu'ainsi l'ambiance était plus chaleureuse et festive.

— Malheureusement, Catherine a oublié le sapin ! intervint Philippe d'un air moqueur.

Un verre de vin à la main, il rejoignit notre petit groupe avec Richard.

— Penses-tu ! répliqua-t-elle en se levant soudain.

Malgré sa longue robe beige et ses talons, elle sortit d'un pas pressé du salon. Elle réapparut presque aussitôt, avec un arbuste orné d'une guirlande lumineuse. Lucille éclata de rire.

— Dites-moi que je rêve, soupira Richard.

Catherine afficha un air victorieux.

— Je savais que tu ne raterais pas l'occasion de te moquer de mon choix de déco, alors j'ai tout prévu !

— Et l'année prochaine tu vas te déguiser en Mère Noël ? l'interrogea-t-il, légèrement agacé.

— Si elle rapporte des cadeaux, moi je suis pour ! déclara Charly, sans même lever les yeux de son portable.

— Si tu continues à dire des bêtises pareilles, tu n'en auras même pas pour ton anniversaire, lui lança sa sœur.

Cette fois-ci, Charly releva la tête pour la regarder. Il avait l'air ébahi.

— Tu m'as offert une paire de chaussettes l'année dernière ! s'exclama-t-il, ce n'est pas un cadeau !

— Bien sûr que si, rétorqua-t-elle, tu ne te rends pas compte à quel point tu pues des pieds. Grâce à mon cadeau, tu protégeras aussi bien ton odorat que celui des autres.

Je jetai un coup d'œil à Julie et constatai que je n'étais pas le seul à me retenir de rire. Je n'avais pas vraiment l'habitude de ce genre de scène dans ma famille et je devais reconnaître que c'était très divertissant.

— Tiens, pour la peine, marmonna Charly.

Et il commença à retirer ses chaussures.

— Mais arrêtez-le ! cria Charlotte. À cause de lui le salon va sentir le saucisson ! Et pensez au bébé ! Une odeur nauséabonde risque de déclencher le travail ! Paul, fais quelque chose, merde à la fin !

— On a un médecin dans la pièce, la rassura son père.

Charlotte leva les yeux au ciel.

— Oui, enfin, si je peux éviter de montrer cette partie de mon anatomie au copain de ma cousine…

— En effet, et comme je ne suis pas gynécologue ce serait préférable pour tout le monde, ajoutai-je, un peu mal à l'aise.

Ni médecin tout court d'ailleurs… Au mieux, j'ai mon diplôme de secourisme et je sais faire les gestes de premiers secours si besoin. Enfin, si l'accouchement pouvait tout simplement ne pas se déclencher pendant ce séjour, ce serait parfait.

— Si ça peut aider, j'ai déjà assisté à la mise bas d'une chèvre, nous révéla Philippe.

Je me retins de rire, et il y eut un long silence gênant avant que Charlotte lui réponde :

— C'est très gentil, tonton, vraiment, mais je vais aussi me passer de tes services…

Cette fois-ci, tout le monde s'esclaffa.

— Eh bien, la soirée commence fort bien à ce que je vois, déclara une voix derrière moi.

Benoît et Camille avaient fait leur entrée. Et Camille… Waouh !

Dans cette robe blanche, on aurait pu la prendre pour la mariée de la soirée. Ses longues boucles blondes qui descendaient en cascade sur ses épaules recouvraient en partie le décolleté plongeant de sa tenue. Tant mieux. Elle était déjà bien trop captivante comme ça. Quant à Benoît, il avait opté pour un costume gris bien taillé. Il lui allait si bien qu'il devait probablement l'avoir fait faire sur mesure. Mais, s'il y avait bien une chose, et une seule, dont j'étais jaloux, c'était de la femme à son bras.

Benoît croisa mon regard envieux et sourit fièrement.

Même si je m'en doutais déjà, j'avais désormais la certitude qu'après que Camille m'eut abandonné sur la terrasse elle avait su rassurer Benoît sur leur relation de la meilleure façon possible. Une part de moi était contente pour eux. Malgré mon désir pour elle, je n'avais jamais eu l'intention de m'interposer dans son couple et de le briser. Mais le fait que Camille se mente à elle-même sur ses sentiments m'énervait. Et j'avais du mal à croire qu'elle ait réellement eu envie de coucher avec son petit ami tout à l'heure. Même si je ne souhaitais pas songer à cette scène, j'étais quasiment sûr qu'elle avait dû simuler pendant l'acte. À moins qu'elle ne m'ait imaginé à la place de Benoît...

Un son mélodieux me tira de mes pensées. Charlotte était assise au piano, de profil, afin de ne pas être gênée par son ventre, et jouait un morceau que je reconnus aussitôt. *Air sur la corde G* de Bach. Marion l'avait choisi pour son entrée dans l'église le jour de notre mariage. Et, si notre relation s'était mal terminée en raison de son adultère, cette journée restait toutefois un bon souvenir.

— Mozart ? lança Richard.

— Raté.

— Beethoven ? proposa Catherine.

— Bach, finis-je par leur révéler.

— Oh! tu t'y connais en musique classique, Roméo ? s'étonna Charlotte.

— Roméo a beaucoup de culture, déclara Catherine en chantant mes louanges.

— Vous exagérez, Catherine, dis-je en faisant semblant d'être un peu embarrassé, mais c'est vrai que j'ai quelques connaissances en art et en musique.

— Quel est ton compositeur préféré actuel ? me questionna Charlotte en arrêtant de jouer.

Si Julie avait souhaité que Roméo aime la musique classique, et notamment celle de Rachmaninov, elle ne m'avait pas demandé de faire des recherches sur les compositeurs contemporains. En revanche, je pourrais remercier mon fils et sa passion pour les films d'animation japonais d'Hayao Miyazaki, et les musiques qui allaient avec.

— J'aime beaucoup Joe Hisaishi, répondis-je, sûr de moi.

Charlotte écarquilla les yeux.

— Sérieux ? Tu as vu les films ? !

— Bien sûr, ce sont des chefs-d'œuvre. *Princesse Mononoké* est mon préféré.

Et je pouvais une fois de plus remercier mon fils de m'avoir forcé à le regarder avec lui un soir.

Charlotte n'en revenait pas.

— C'est aussi le mien ! Avec *Le Voyage de Chihiro*.

Ah, c'était également celui de Mathis.

— En tout cas, c'est rare de voir un autre fan de films d'animation japonais, ajouta-t-elle joyeusement. Paul déteste ça !

— Je ne déteste pas ça, protesta-t-il, j'aimerais juste que de temps en temps on regarde autre chose à la télé.

Charlotte soupira.

— Très bien, quand on rentrera à Paris, je te laisserai choisir un film. Mais je te préviens, si je m'endors devant, tu ne pourras pas me le reprocher.

Paul sembla ravi de cette nouvelle.

— Bon, les jeunes, étant donné qu'il est déjà 20 heures, je propose qu'on passe à table, annonça Catherine. J'ai hâte que vous goûtiez mes bons petits plats !

— Je peux prendre les cacahuètes avec moi ? demanda Charlotte. Je ne sais pas ce que j'ai avec ça, mais je ne peux plus m'arrêter d'en manger.

— Tant que tu finis ton assiette, je n'y vois pas d'inconvénient, répondit sa tante.

— Ne t'inquiète pas pour ça, tata, intervint Charly en se levant. On dit que les femmes enceintes mangent pour deux, mais Charlotte c'est plutôt pour six. Je me demande si elle est vraiment enceinte…

— Je vais te tuer ! cria sa sœur en lui courant derrière avec difficulté.

Charly réussit à lui échapper en quittant la pièce, et Charlotte, bien que toujours piquée au vif, cessa de le poursuivre.

— Hum, je te rassure, ce n'est pas continuellement comme ça dans notre famille, me chuchota Julie, un peu gênée.

— Pour être honnête, je trouve que ta famille est vraiment géniale, dis-je avec sincérité.

Même si je n'échangerais Mathis, mon frère et sa femme pour rien au monde, je ne pouvais pas nier que je passais vraiment de bons moments chez les Dupont, et la jolie blonde qui me regardait du coin de l'œil y était pour beaucoup.

À l'exception de Catherine et Lucille, qui prirent la direction de la cuisine, nous nous rendîmes tous dans la salle à manger.

Camille était si absorbée par sa conversation avec Benoît qu'elle s'installa en face de moi sans s'en rendre compte. Lorsqu'elle tourna la tête et me remarqua, je perçus son soupir agacé. J'avais bien envie de lui dire que je n'y étais pour rien, mais personne n'aurait compris le sens de ma phrase.

Je me contentai donc de l'ignorer et fis mine d'être intéressé par la discussion qu'avaient Julie et Charlotte jusqu'à ce que l'entrée arrive.

— Alors pour commencer ce repas, annonça Catherine, vous avez le choix entre une salade à l'orange, au roquefort et aux noix, et une aumônière aux saint-jacques. Bien sûr, pour les plus gourmands, vous pouvez goûter aux deux.

Elle adressa un clin d'œil complice à Charlotte, qui était déjà en train de se servir.

— Notre enfant a faim, se justifia-t-elle devant l'air condescendant de son mari.

Je retins un sourire amusé. Mais je devais bien reconnaître que les plats paraissaient très appétissants. Afin de jouer mon rôle de gentleman à la perfection, je remplis soigneusement l'assiette de Julie avant la mienne.

— Merci, trésor, dit-elle en me caressant sensuellement le bras.

Et, pour attirer les regards admiratifs sur notre « couple idyllique et amoureux », j'embrassai Julie avec douceur sur la joue.

— Ah bah, bravo, bébé. On n'a même pas commencé à manger que tu te taches déjà ! s'exclama Benoît d'un air moqueur.

Camille était en train d'essuyer vainement de la sauce sur le haut de sa robe.

— Je vais aller me nettoyer aux toilettes, déclara-t-elle en se levant, je reviens.

Elle me lança un bref regard noir avant de quitter la pièce, comme si une fois de plus j'étais responsable de cette situation. Bon là, peut-être que je n'étais pas blanc comme neige.

Par chance, le reste du repas se déroula sans encombre. Le pavé de saumon accompagné de tagliatelles au basilic était délicieux. Catherine avait également préparé une tourte aux foies de volaille pour ceux qui ne voulaient pas de poisson ainsi que des pommes de terre rôties au four et des haricots verts.

Lorsque vinrent les fromages, Richard nous parla de sa jeunesse, durant laquelle il avait grandi dans une ferme, et il nous raconta avec nostalgie comment ses parents faisaient leur propre fromage. Philippe en profita d'ailleurs pour nous relater la mise bas de la chèvre à laquelle il avait assisté dans sa jeunesse. À la fin de son histoire, j'aperçus Charlotte prier discrètement, et probablement pour ne pas avoir à accoucher avant de repartir ! Ce qui m'arrangerait également, soit dit en passant !

Catherine nous apporta ensuite un plateau de fruits mais, hormis Charlotte, qui engloutit un kilo de fraises, tout le monde semblait avoir l'estomac déjà bien rempli, moi y compris. Et il restait encore les desserts.

Heureusement, Julie proposa de faire le quizz qu'avait prévu sa mère dans le salon avant de manger le gâteau, ce qui nous laisserait du temps pour digérer un peu.

Comme Catherine n'avait que quatre ardoises, nous décidâmes que deux couples s'affronteraient par manches de cinq questions. Catherine et Philippe étant le couple de la soirée, ils étaient déjà qualifiés pour la finale.

Charlotte et Paul joueraient contre Camille et Benoît, et Julie et moi contre Richard et Lucille. Les gagnants des manches un et deux se défieraient ensuite pour tenter d'aller en finale.

Comme Charly ne pouvait pas participer seul, nous le nommâmes maître de cérémonie – ce qui signifiait seulement qu'il nous poserait les questions. Mais cela semblait lui plaire.

— Tata, tu n'aurais pas un micro pour que tout le monde m'entende bien ? demanda-t-il.

— Tu parles suffisamment fort, répondit Charlotte en s'installant sur le canapé avec Paul.

— Non, désolée, ajouta Catherine, mais ta sœur n'a pas tort…

Il soupira.

— Au fait, maman, commenta Julie, vu que c'est toi qui as écrit les questions, c'est de la triche que tu participes, même en finale ! Peut-être que tu as prévenu papa et que vous avez convenu des réponses ensemble.

— Non, pour la finale ce sera aux perdants de nous poser les questions qu'ils veulent, la rassura sa mère.

— Ah, super idée ! approuva Lucille.

— Bon, on commence ? s'impatienta Charly.

Camille et Benoît s'assirent sur l'autre sofa tandis que Julie, ses parents, Charly et moi restâmes debout devant eux.

Charly s'éclaircit la voix.

— Bon, première question, c'est aux hommes de deviner. Les femmes, écrivez la réponse juste… Pourrait-elle vous tuer si vous la trompiez ?

— Euh, maman, intervint Camille, perplexe, c'est quoi ces questions ?

Catherine lui sourit avec malice.

— Réponds si tu ne veux pas perdre, ma chérie ! Et, ne t'inquiète pas, je t'aiderai à cacher le corps si besoin !

— C'est gentil pour moi, marmonna Benoît, faussement offusqué.

— OK, j'ai vraiment peur pour la suite des questions, murmura Julie à mes côtés.

Je riais dans ma barbe. J'aimais de plus en plus cette famille !

— Montrez les ardoises, ordonna Charly.

Camille avait répondu « Non », alors que Benoît « Oui ». Charlotte et Paul avaient tous les deux écrit « Oui ».

— Surtout en ce moment avec ses hormones, nous dit Paul. J'ai même peur qu'elle me tue si j'oublie de sortir la poubelle !

Nous nous esclaffâmes tous, sauf Benoît.

— Je pensais vraiment que l'infidélité était quelque chose d'impardonnable pour toi, fit-il remarquer à Camille.

Celle-ci sembla tout de suite mal à l'aise.

— Ça l'est… Mais peut-être pas au point de tuer… Tu en serais capable, toi ?

I Will Be Your Romeo

Il réfléchit un instant.

— Ce n'est pas toi que je tuerais, je t'aime bien trop pour ça, mais plutôt le connard avec qui tu m'aurais trompé.

Camille lui sourit, et je devinai qu'elle se forçait.

Je tâchai de garder un air impassible, mais en réalité je ne me sentais pas très bien. Autant j'aurais aimé coller mon poing dans la gueule de Benoît, autant j'étais parfaitement d'accord avec ce qu'il avait dit. Car, lorsque j'avais découvert que mon ex-femme me trompait, j'avais moi aussi eu envie de tuer le connard qui l'avait baisée.

Et même s'il ne s'était rien passé entre Camille et moi, du moins physiquement, je ressentais tout de même une certaine culpabilité. Parce qu'à cause de moi Benoît avait des doutes. Et parce qu'à cause de moi son couple commençait déjà à en subir les conséquences.

— Question suivante, reprit Charly, cette fois vous devez répondre tous les deux. Lequel d'entre vous mourrait en premier sur une île déserte ?

— Sérieusement, maman ? s'exclama Camille.

Sa mère se contenta de hausser les épaules, l'air de rien.

— Montrez vos ardoises ! commanda à nouveau Charly.

Cette fois, tout le monde était d'accord. Camille et Paul seraient les premiers à mourir.

— J'ai peur des insectes, expliqua Paul, et puis ma femme est aussi féroce qu'un tigre. Je pense qu'elle pourrait battre un puma à mains nues, même en étant enceinte.

— C'est vrai qu'on l'appelait déjà Tarzan quand elle était petite, ajouta Lucille.

— Euh oui, mais c'était juste parce qu'elle ne savait toujours pas marcher debout à un an et demi et qu'elle détestait l'eau, fit remarquer Richard.

— Ah oui, c'est vrai, concéda Lucille, un vrai petit singe !

— Est-ce que vous pourriez aller vous remémorer mon enfance bizarre ailleurs ? lança Charlotte d'un ton maussade.

Même si je trouvais ça amusant, ses parents gardèrent le silence pour ne pas l'agacer davantage.

— Et pourquoi Camille ? demanda Catherine.

— Parce qu'elle ne sait pas se défendre toute seule, répondit Benoît, et qu'elle pourrait même mourir en se prenant une noix de coco sur la tête.

Même si je ne connaissais pas très bien Camille, je l'imaginais du genre coriace et débrouillarde. J'aurais plutôt misé sur Benoît. Après tout, ce n'étaient pas ses petits biscoteaux en caoutchouc ou ses connaissances en droit qui allaient l'aider à survivre.

Camille lui donna un coup de coude dans le ventre.

— Dis que je suis stupide pendant qu'on y est !

— Mais non, ce n'est pas ce que je voulais dire, bébé...

— Troisième question, intervint Charly, vous devez tous répondre. Lequel a la mère la plus chiante ?

Camille ne prit pas la peine de protester une nouvelle fois, mais je l'aperçus lever les yeux au ciel. Ou peut-être était-ce à cause de ce qu'avait dit Benoît.

— Montrez vos ardoises, déclara Charly après plusieurs secondes.

Camille avait écrit le nom de sa mère, contrairement à Benoît, qui avait mis celui de la sienne. Paul et Charlotte avaient tous deux répondu la mère de Paul.

Benoît semblait étonné par le choix de Camille.

— Ma mère m'a quand même dit, alors que tu étais là, de te quitter parce que je pouvais trouver mieux. Elle était contre notre emménagement ensemble, et elle te dévisage et te critique à chaque fois qu'on va la voir.

C'est vrai qu'elle ne semblait pas très sympathique.

— J'avoue que ce n'est pas le grand amour entre nous, approuva Camille, mais au moins elle ne fait pas de quizz aussi farfelus que la mienne !

Et elle fixa sa mère d'un air contrarié.

— Oh ! t'abuses, Cam, c'est marrant comme jeu ! lança sa cousine. Au fait, est-ce qu'on peut faire une pause un instant ? J'aimerais aller prendre des cacahuètes.

— Encore ? ! s'exclamèrent sa mère et Paul à l'unisson.

— Je pensais que tu avais terminé le paquet, s'étonna Richard.

Charlotte sourit d'un air embarrassé.

— J'en ai ouvert un deuxième, nous révéla-t-elle.

Cela m'amusa.

Lorsque Marion était enceinte de Mathis, elle aussi avait eu une obsession, non pas pour les cacahuètes, mais pour la choucroute. Et, même si j'avais trouvé ça assez amusant au début, l'odeur constante du chou dans l'appartement avait fini par me donner la nausée.

Nous fîmes donc une pause rapide afin que Charlotte aille chercher ses cacahuètes puis, une fois tout le monde à nouveau en place, Charly leur posa la quatrième question.

— Lequel aime le plus l'autre ?

Camille remua nerveusement sur sa chaise.

— Vos ardoises !

Elle avait écrit « Lui ». Benoît avait mis qu'il l'aimait plus. Quant à Paul et Charlotte, tous deux avaient écrit qu'ils aimaient plus l'autre. Même si cela revenait à perdre, leur réponse me paraissait d'ailleurs être la plus adaptée, contrairement à celle qu'avait choisie

Camille. C'était comme si elle admettait qu'elle n'aimait pas Benoît autant. Ou peut-être même, plus vraiment.

Et, visiblement, je n'étais pas le seul à penser comme ça puisqu'il y eut un blanc dans la salle.

— On a gagné, ce n'est pas une bonne chose ? fit Camille en essayant de ne pas avoir l'air perturbée.

— Hum, oui, c'est vrai, concéda Benoît.

Mais il semblait toujours troublé.

— Bon, reprit Charly, dernière question, qui a le plus mauvais caractère ?

Sans grand étonnement, lorsque Charly leur demanda de montrer leurs ardoises, Camille et Benoît avaient tous deux répondu que c'était Camille. Quant à Paul et Charlotte, ils avaient noté que c'était Charlotte.

— Comme les égalités ne comptent pas, et que Paul et Charlotte ont deux points tandis que Benoît et Camille n'en ont qu'un, c'est donc Paul et Charlotte qui sont qualifiés pour la demi-finale ! déclara Catherine avec enthousiasme. Allez, c'est parti pour la manche numéro deux !

Julie et moi prîmes place sur le canapé, face à Richard et Lucille. Même si je n'étais pas vraiment confiant, j'allais tout de même tenter de faire de mon mieux.

Julie sembla déceler mon appréhension, car elle me glissa discrètement à l'oreille :

— Si tu n'as pas la réponse en tête, essaye juste d'en donner une intelligente, OK ?

J'acquiesçai, puis me concentrai.

— Première question… Qui porte la culotte, ou le string, dans votre couple ?

— C'était nécessaire d'ajouter « le string », Catherine ? releva Philippe.
— Je trouvais ça amusant, pas toi, chéri ?
Son mari secoua la tête.
Je tâchai de « répondre intelligemment » et écrivis « Julie ».
— Vos ardoises ! cria soudain Charly.
— Hé, calme-toi un peu, fiston ! le somma son père.
Julie avait également mis son nom. Parfait.
Son oncle et sa tante avaient répondu Lucille.
— Question deux, enchaîna Charly, qui veut le plus d'enfants ?
— Euh, cette question ne me paraît pas très adaptée à notre couple, remarqua Lucille.
— Fais comme si tu n'avais pas encore eu Charlotte et Charly, lui suggéra Catherine.
— Merci, tata, c'est beau de ne plus exister le temps d'une question, plaisanta Charlotte.

Julie et moi n'avions absolument pas abordé le sujet des enfants. Elle semblait intéressée par la grossesse de sa cousine, donc je pouvais supposer qu'elle désirait en avoir. En revanche, souhaitait-elle que Roméo en veuille plus ?
Je choisis d'écrire « Elle ».
— Vos…
Nous devançâmes Charly en lui montrant nos ardoises.
Julie avait également mis son nom. Quant à Lucille et Richard, ils avaient tous deux écrit le nombre « deux », suivi des prénoms de leurs enfants.
— Cette réponse n'est pas valide, déclara Charly. On fait quoi, tata ? On les disqualifie et on passe à la demi-finale ?
— Bonne idée, accepta Catherine.
— Ce jeu part vraiment en cacahuète, pouffa Julie.

— Je crois que c'était le cas dès le début, dis-je avant de rire avec elle.

Je m'arrêtai en constatant que Camille me scrutait de ses beaux yeux marron. Encore une fois, elle détourna rapidement le regard et posa une question sans intérêt à son père.

Comme Lucille et Richard avaient été « disqualifiés », ils laissèrent à contrecœur la place à leur fille et leur gendre pour que la demi-finale puisse commencer.

— Vous devez répondre tous les deux, nous annonça Charly. Si un accident défigurait complètement votre compagnon, l'aimeriez-vous toujours ?

— C'est de plus en plus glauque, commenta Camille en grimaçant.

Julie, Paul, Charlotte et moi acquiesçâmes de concert.

— Quel est le plus gros défaut de votre compagne ? enchaîna Charly.

Le plus gros défaut de Julie ? Au début, j'avais pensé que c'était une femme qui avait peur d'être jugée sur sa vie amoureuse. Mais, en apprenant à connaître sa famille, je doutais fortement que les Dupont soient du genre à critiquer le métier, l'apparence, ou quoi que ce soit à propos des conjoints de leurs filles. Si Julie avait fait appel à mes services et avait voulu que je sois le petit ami parfait, c'était probablement car cette femme avait un complexe d'infériorité et une mauvaise estime d'elle-même. En me faisant passer pour le meilleur des petits amis, elle se sentait ainsi revalorisée, et au même niveau que sa sœur qui sortait avec un procureur, ou sa cousine mariée à un expert-comptable.

Mais je doutais fortement que Julie apprécie que je révèle cette vérité aux yeux de tous.

I Will Be Your Romeo

Je me contentai donc d'écrire « Perfectionniste », étant donné que Julie adorait que tout soit parfait dans notre relation fictive.

— Vos ardoises !

Je découvris alors que Julie avait noté exactement le même adjectif. Finalement, on se débrouillait plutôt bien !

Paul et Charlotte étaient également d'accord. Charlotte était visiblement excessive. Moi qui pensais que c'était uniquement à cause de sa grossesse… Au moins elle en était consciente, c'était une bonne chose.

— OK, encore une égalité. Cette épreuve s'annonce très serrée ! Troisième question, seriez-vous prêt à sacrifier votre carrière professionnelle si l'autre vous le demandait ?

Si j'étais un véritable médecin et que j'aimais mon travail, je doutais fortement d'être capable de démissionner pour l'autre.

— Qu'est-ce qu'on ferait à la place ? questionnai-je.

— N'importe quel métier, mais il ne devrait pas être en rapport avec celui que vous exerciez auparavant.

Bon, de toute façon, je devais jouer le rôle du petit ami fou amoureux alors…

— Vos ardoises !

Tout le monde avait répondu oui.

— Tu m'as fait peur avec ta question ! me glissa subtilement Julie.

— Désolé, dis-je avec un sourire.

— Bon, toujours aucun point pour personne, soupira Charly, quatrième question. Les hommes, citez trois choses que vous aimez chez votre compagne. Les femmes, vous devez essayer d'en deviner au moins une. Ça peut être une qualité ou une partie de son corps.

Après un instant de réflexion, je notai tout d'abord ses tatouages. Après tout, j'étais censé l'aimer telle qu'elle était, et cela faisait partie d'elle. Ensuite, son talent artistique. Cela me paraissait nécessaire puisque j'appréciais l'art et, surtout, car c'était sa passion. J'optai en dernier pour son perfectionnisme. Après tout, cela pouvait être une qualité comme un défaut.

— Vos ardoises !

Moi qui pensais n'avoir qu'un seul point en commun avec Julie, je fus étonné de voir qu'elle avait également noté ses tatouages et son art. Elle avait aussi inscrit son originalité, et c'est vrai que j'aurais pu y songer en raison de son style vestimentaire atypique.

— Bon, on a encore des disqualifiés par ici, nous avertit Charly.

En effet, les ardoises de Paul et Charlotte comportaient le mot *tout* trois fois.

— Moi, je trouve ça adorablement mignon ! déclara Catherine.

— Moi, je pense que c'est un mensonge, répliqua Charly en ricanant.

Lucille nous regarda tour à tour.

— Qu'est-ce qu'on fait alors ?

— Charlotte et Paul passent en finale, annonça Catherine, Julie et Roméo, laissez-nous la place et cherchez des questions à nous poser !

Nous nous levâmes sans protester. Même si son quizz n'avait ni queue ni tête, c'était sa soirée.

Soudain, je sentis mon portable vibrer dans la poche de mon pantalon. C'était Marion. Telle que je la connaissais, elle me rappellerait forcément dans la foulée si je ne décrochais pas. Cependant, j'avais déjà eu mon fils au téléphone dans la journée et, comme il était 22 heures et que Marion devait l'avoir mis au lit, j'étais plutôt curieux de savoir pourquoi elle cherchait à me contacter si tard.

— Je vais aux toilettes, soufflai-je à Julie. Vous pouvez commencer sans moi.

— Tu vas rater le meilleur. Notre vengeance !
Ses yeux pétillaient de malice.
En effet, la suite promettait d'être intéressante, mais il fallait d'abord que je m'assure que Mathis allait bien.
— J'essaye de faire au plus vite, et sinon tu me raconteras, *trésor*.
Je l'embrassai brièvement sur la joue, puis m'éclipsai dans la bibliothèque. Comme je m'y attendais, Marion me rappela cinq minutes plus tard.
— Allô ! fis-je.
— Je te dérange dans ton travail ? me questionna-t-elle avec agacement.
Discuter avec elle était toujours aussi agréable...
— Qu'est-ce qu'il y a ? Mathis va bien ? m'inquiétai-je.
Je l'entendis soupirer.
— Il n'arrive pas à dormir et il veut que tu lui racontes une histoire au téléphone. Tu peux faire ça ?
— Bien sûr, répondis-je en m'installant sur le canapé, passe-le-moi.
— Et n'oublie pas de raccrocher quand il se sera endormi, mon forfait téléphonique n'est pas gratuit !
Il y eut un long silence, jusqu'à ce que j'entende la voix de mon fils.
— Papa !
Mon cœur se remplit aussitôt d'une énorme joie.
— Salut, bonhomme, comment ça va ?
— Ça va ! Tu fais quoi ?
Bien sûr, je n'avais jamais révélé à Mathis la véritable nature de mon second travail. Notamment, car il était un peu trop jeune pour comprendre ce en quoi ça consistait, et pourquoi je faisais ça.
Mathis avait déjà eu du mal à se faire à notre divorce et à la garde alternée. Je n'allais pas en plus lui ajouter sur le dos que son

père aimait passer du temps avec des femmes pour les aider à se sentir mieux dans leur vie.

Et puis, je craignais aussi que mon fils n'en parle autour de lui à l'école, et que des gamins se moquent de lui. Pour lui, je n'étais qu'un simple plombier comme son oncle.

— Je vais bientôt aller me coucher, et toi ? Ta mère m'a dit que tu n'arrivais pas à dormir ?

— J'ai envie d'entendre la rencontre de Saucisse et de Boubou, mais maman ne la connaît pas. Tu peux me la raconter ?

Je souris, plutôt fier que mon fils apprécie toujours autant cette histoire que j'avais inventée il y a deux ans.

— Alors… Saucisse est un petit chien qui vit dans une charmante maison avec sa mère et ses six frères et sœurs. Un jour, alors qu'il joue dans le jardin avec sa fratrie, il aperçoit un trou dans le grillage et décide de s'y aventurer. C'est ainsi qu'il découvre un monde qu'il ne connaissait pas avec des humains partout autour de lui et, surtout, des énormes machines qui roulent à toute vitesse sur la route. Soudain, une petite fille s'avance vers lui, et Saucisse prend peur. Il court le plus loin possible de la petite fille jusqu'à ce qu'il soit essoufflé.

Je m'arrêtai un instant, me demandant si Mathis s'était déjà assoupi.

— Continue ! m'ordonna-t-il.

Je souris, amusé par son ton autoritaire.

— L'endroit où il se trouve à présent est plus calme, mais la nuit est tombée, et Saucisse ne sait pas où il est ni comment rentrer chez lui. Il a peur mais, parce qu'il veut se montrer fort et courageux, il finit par dénicher un carton vide et décide de dormir dedans. Mais, alors qu'il commence à fermer les yeux, quelqu'un lui saute dessus. « C'est ma place ! » crie l'inconnu, contrarié. C'était un autre petit chien qui n'était pas plus âgé que Saucisse. « Excuse-moi, je suis perdu et je ne savais pas où dormir », lui répond Saucisse. L'inconnu se détend un peu et finit par se présenter : « Je m'appelle Boubou, et toi ? » « Saucisse », lui dit Saucisse. « D'où est-ce que tu viens, Saucisse ? » lui demande Boubou. Alors Saucisse lui explique comment il a atterri ici. « Tu peux dormir avec moi ce soir, et demain on ira chercher ta maison », lui propose Boubou. Saucisse accepte, rassuré de ne pas avoir à s'en aller dans le noir. Le lendemain, les deux nouveaux amis retournent sur les pas de Saucisse et retrouvent sa maison. Mais, au moment des adieux, Saucisse se souvient du petit carton dans lequel dort Boubou chaque nuit et de la difficulté qu'il doit avoir à vivre seul dehors. « Tu peux venir avec moi si tu veux, ma maison est grande, il y fait chaud, et on y dort bien », lui dit Saucisse. Boubou accepte avec joie, et les deux amis pénètrent dans le jardin, heureux de ne pas avoir à se séparer. Ils vont pouvoir rester amis et continuer à jouer ensemble toute leur vie.

L'histoire était finie, et Mathis semblait s'être assoupi. Je souris en imaginant l'air insouciant qu'il avait lorsqu'il dormait.

— Je t'aime, Mathis, fais de beaux rêves, murmurai-je avant de raccrocher.

Il était temps que je reprenne mon rôle de Roméo à présent. Et je devais bien admettre que j'étais assez curieux de savoir qui avait gagné la finale du quizz insolite de Catherine.

Chapitre 9

Camille

La soirée touchait à sa fin. Mes parents avaient remporté le quizz, malgré les questions saugrenues que ma sœur et moi-même leur avions posées. Je souriais encore en repensant à celle concoctée par Julie. « Si quelqu'un devait mourir ce soir, qui seriez-vous capable de sacrifier ? » Charlotte avait répondu Charly, Paul avait opté pour Roméo, qui pour moi était le choix le plus sensé, et mes parents étaient tous deux d'accord sur oncle Richard. Évidemment, tout le monde avait rigolé, sauf Richard.

Après le quizz, nous étions retournés à table pour prendre le dessert. Ma mère avait fait sa propre pièce montée, et autant dire qu'elle était aussi réussie visuellement que gustativement. Je m'étais même resservie discrètement.

Une fois l'estomac complètement blindé, nous avions procédé à la remise des cadeaux.

Ma mère avait adoré l'enceinte connectée que Julie et moi lui avions achetée. Mon père m'avait semblé moins enthousiaste, mais j'étais certaine que dès qu'il l'aurait essayée il ne pourrait plus s'en passer. Benoît avait offert une bouteille de vin à mes parents. Roméo leur avait apporté un joli vase décoratif qui irait parfaitement dans le hall d'entrée. Ma mère en était immédiatement tombée amoureuse, et moi aussi – et oui, je parlais bien du vase. Je ne savais pas si ma sœur avait conseillé Roméo mais, si ce n'était pas le cas, je trouvais que monsieur l'escort avait bon goût.

— Tu as besoin d'aide ?

En parlant du loup…

Je ne me retournai pas et continuai à débarrasser la table. D'ailleurs, que venait-il faire ici ? Tout le monde était en train de prendre un dernier verre sur la terrasse. Je m'étais éclipsée pour chercher un pull dans ma chambre, car je commençais à avoir froid, puis en réalisant tout le ménage qu'il y aurait à faire j'avais préféré me mettre à empiler les assiettes vides plutôt que de rejoindre ma famille.

— Non, j'ai bientôt fini, répondis-je.

Durant un instant, j'eus l'espoir qu'il s'en aille. Mais, après quelques secondes, je l'entendis s'approcher derrière moi. Comme chaque fois qu'il était dans les parages, mon pouls s'accéléra. Si coucher avec Benoît avait suffi à rassurer mon petit ami, cela n'avait absolument rien changé à ce que j'éprouvais pour Roméo. Le simple fait qu'il pose le regard sur moi me déstabilisait immédiatement.

— Il faut qu'on parle, dit-il d'un ton sérieux.

Je me figeai, à la fois surprise et inquiète.

— De quoi ? l'interrogeai-je en essayant de garder mon sang-froid.

Il s'avança encore, suffisamment pour que je sente son souffle sur ma nuque. Un frisson me parcourut, mais je me forçai à ne pas perdre pied.

— Tu sais très bien de quoi, murmura-t-il.

I Will Be Your Romeo

L'avantage du fait que je sois toujours dos à lui était qu'il ne pouvait pas voir mon air probablement troublé. Ni lire dans mes yeux mon désir pour lui. Cependant, je ne pouvais pas continuer indéfiniment à éviter son regard. Alors, et parce que j'avais prétendu aller bien et faire comme si de rien n'était durant toute la soirée, je m'obligeai à reprendre ce rôle le temps de cette conversation.

— Non, pas du tout, dis-je en lui faisant face.

Il était si près que je n'avais qu'à pencher la tête pour l'embrasser. Mais je me contentai de le fixer en feignant la confusion.

Roméo soupira, visiblement agacé par mon petit jeu.

— Très bien, lâcha-t-il avant de tourner les talons.

Je relâchai aussitôt la pression, apparemment un peu trop tôt, car il se retourna à nouveau et revint sur ses pas.

N'ayant pas eu le temps de revêtir ma carapace, je déglutis, mal à l'aise.

— Je n'ai jamais eu l'intention de briser ton couple, Camille, me souffla-t-il, et encore moins de te faire du mal, crois-moi. Mais tu ne peux pas nier que…

— Alors, trouve une excuse et va-t'en, l'interrompis-je d'une voix suppliante.

Je jetai un coup d'œil paniqué derrière lui. Si Benoît nous surprenait, nous étions tous les deux fichus.

Roméo ne sembla pas étonné par ma requête. Ma sœur avait probablement dû lui dire que je connaissais sa réelle identité.

— C'est vraiment ce que tu veux ?

— Oui, répondis-je sans hésitation.

Roméo soutint mon regard un long moment, comme s'il essayait de me sonder. Si je ne m'en étais pas crue capable, je réussis néanmoins à rester imperturbable.

— D'accord, annonça-t-il, je partirai demain matin.

Et cette fois il quitta la pièce pour de bon.

J'aurais dû être soulagée, et même heureuse. J'allais enfin pouvoir retrouver ma vie, mon petit ami, et me comporter normalement avec ma famille. Pourtant, je ne l'étais pas.

J'avais agi de la meilleure façon possible pour nous deux, mais l'idée de savoir que je ne le reverrais plus jamais me serrait le cœur. Qu'était-il en train de m'arriver ? !

Je terminai de débarrasser la table, les mains tremblantes.

Plus tard, je remerciai mentalement mon père d'avoir suffisamment fait boire Benoît durant la soirée pour qu'une fois au lit il s'endorme aussi vite qu'une personne souffrant de narcolepsie.

Pour ma part, je regrettais de ne pas avoir un ou deux somnifères dans ma valise…

Léo

Lorsque tout le monde partit se coucher, je patientai quelques minutes dans la bibliothèque, puis allai frapper à la porte de Julie.

Elle ne tarda pas à venir m'ouvrir, vêtue d'un pyjama rose à rayures.

— Qu'est-ce qu'il y a ? s'enquit-elle.

— Je peux te parler cinq minutes ?

— Ça ne peut pas attendre demain ?

Je secouai la tête. Si je pouvais quitter la maison avant que tous les autres me voient, ou plutôt, avant que Camille me voie, cela serait l'idéal. Et pour ça il me fallait l'accord de Julie maintenant.

— Bon, très bien, mais pas ici, répondit-elle à contrecœur, suis-moi.

Nous descendîmes silencieusement l'escalier pour nous rendre dans le salon. Julie referma les portes derrière moi.

— Je t'écoute, lança-t-elle en croisant les bras sur la poitrine.

Jamais je n'aurais pensé en arriver là. Demander la permission à ma cliente d'annuler ma mission, quelle qu'elle soit, était contre mes principes. Pourtant, voilà que je m'apprêtais justement à le faire.

— Il faut que je parte demain, lui expliquai-je, c'est mieux pour tout le monde.

Julie soupira.

— Je n'arrive pas à croire que le seul accompagnateur que j'aie décidé d'engager me fasse un coup pareil.

— Je suis sincèrement désolé de devoir m'en aller de cette façon, mais…

— Je ne parle pas du fait de me laisser tomber, me coupa-t-elle froidement, mais d'être incapable de retenir tes pulsions animales ! Sérieusement, je ne comprends pas, c'est ton job de jouer un rôle. Il te suffit de faire semblant de ne pas être attiré par elle !

Si seulement c'était si facile que ça… Mais Camille n'était pas n'importe qui. Elle était aussi captivante qu'une déesse. Cependant, si elle était Aphrodite, je ne pouvais en aucun cas être Arès.

— Je suis désolé.

Et j'étais sincère. Je m'en voulais vraiment de lui faire ce coup bas, mais Camille et moi jouions à un jeu beaucoup trop dangereux. Si quelqu'un venait à le découvrir au cours des prochaines quarante-huit heures, le séjour serait bien pire que si je disparaissais dès à présent. En plus, Camille m'avait personnellement demandé de partir. Ou plutôt, supplié. Et, après l'avoir troublée pendant deux jours, je pouvais au moins faire ça pour elle.

— Je vois que ta décision est sans appel, soupira Julie. Alors très bien, notre contrat est annulé, tu peux rentrer chez toi.

Dans ce cas-là, Julie n'avait pas à me payer, même pour les jours passés ensemble, c'était la règle. Mais, à cet instant précis, je me foutais bien des 3 200 euros qui venaient de me filer sous le nez. En revanche, je ne pouvais pas en dire autant de la jolie blonde que je ne reverrais plus jamais...

Camille

Ce furent les caresses de Benoît qui me réveillèrent. Malheureusement pour lui, je ne m'étais pas beaucoup reposée cette nuit et je ne me sentais pas d'humeur à faire des galipettes de bon matin.

— Bien dormi ? me demanda-t-il en faisant glisser la main sur ma poitrine.

Un frisson d'excitation me traversa malgré moi.

J'acquiesçai, puis me redressai dans le lit.

Roméo était-il déjà parti ? Je l'espérais. En fait non, il fallait que j'en sois sûre.

— À quoi est-ce que tu penses ? Tu as l'air agitée.

— C'est parce que j'ai faim, mentis-je en quittant le lit.

Après tout ce que nous avions mangé la veille, je n'étais pas certaine que mon estomac puisse avaler grand-chose ce matin.

J'enfilai rapidement un jean et retirai ma nuisette blanche pour mettre un top à manches courtes, couleur rouille, à la place.

— Tu as faim à ce point ? se moqua Benoît.

Il n'avait pas bougé d'un pouce.

— Je crois qu'il reste une part de pièce montée et je ne voudrais pas qu'on me la pique, lui dis-je. À tout de suite !

Je sortis dans le couloir et ne réalisai qu'une fois en bas de

I Will Be Your Romeo

l'escalier que j'avais oublié de passer par la case salle de bains. Tant pis. Je jetai un coup d'œil à la terrasse. Mon père y buvait tranquillement son café, mais il n'y avait aucune trace de Roméo. J'ouvris la porte de la cuisine et tombai nez à nez avec ma mère et ma sœur, qui semblaient avoir fini de petit déjeuner. Toujours pas de Roméo. Peut-être dormait-il encore…

— Comment ça va ce matin, Camille ? demanda ma mère.

— Très bien, répondis-je avant de regarder ma sœur. Roméo n'est pas debout ?

— Oh si, ça fait un moment. Il est allé se laver.

Quoi ? ! Était-il vraiment obligé de prendre une douche avant de partir ? D'ailleurs, à voir les expressions bienheureuses de ma mère et de ma sœur, je n'avais pas l'impression qu'il leur avait annoncé son départ… À moins qu'il n'ait changé d'avis.

— Tu veux un café, Camille ? me proposa ma mère.

— Non, merci, je vais… dire bonjour à papa.

J'avais surtout besoin d'air.

Mais je m'arrêtai net dans le hall, en apercevant Roméo descendre l'escalier. J'attendis qu'il arrive à ma hauteur pour lui demander d'un ton contrarié :

— Tu m'expliques ?

— Je suis désolé, mais ta sœur m'a supplié de rester aujourd'hui, me révéla-t-il à voix basse.

Quoi ?

J'allais essayer d'en apprendre plus lorsque j'entendis des bruits de pas derrière moi.

— Ah, te voilà, trésor ! s'exclama Julie en s'approchant de nous.

Je haussai les sourcils.

— Tu sais que tu n'es pas obligée de l'appeler comme ça devant moi.

Elle rigola.

— Ah oui, c'est vrai.

Je la dévisageai un instant, me demandant pourquoi elle avait tenu à ce que Roméo reste. Je pouvais comprendre qu'elle aime se sentir mise en valeur par sa présence, mais cela me dépassait.

— Il faut qu'on parle, lançai-je.

Sans attendre de réponse de sa part, je lui pris la main et l'entraînai dans la salle de bains du rez-de-chaussée, laissant Roméo seul dans le hall.

— Qu'est-ce qu'il y a ? s'inquiéta-t-elle.

Autant ne pas tourner autour du pot pendant dix ans.

— Je sais que Roméo t'a demandé l'autorisation de partir et que tu la lui as refusée. Tu veux bien me dire pourquoi ?

Elle soupira.

— J'avais donné mon accord à Roméo pour qu'il s'en aille, mais au réveil maman m'a dit qu'elle avait prévu une sortie canoë en couple ce matin.

Je jurai dans ma barbe. Pourquoi ma mère ne nous en avait-elle pas parlé au préalable ?

— Si Roméo était parti, je me serais retrouvée seule dans ma barque, ajouta-t-elle. Ça aurait été humiliant, ennuyant, et en plus je ne sais pas ramer.

Je lâchai un soupir, agacée.

— Sérieusement, Julie ? Qu'est-ce qu'il y aurait eu d'humiliant au juste ? On est en famille ! Et au pire du pire si tu ne voulais pas être seule, je me serais mise avec toi.

— Et Benoît ?

— Benoît est un grand garçon qui sait se débrouiller tout seul, enfin je crois. Et je suis certaine que ça lui aurait été égal.

— Peut-être, mais dans ce cas-là ce ne serait plus du canoë en couple…

— Et alors ? On s'en fout ! Le principal, c'est qu'on s'amuse et qu'on passe un bon moment en famille. Tu n'as pas encore compris que personne ne te jugera parce que tu n'as jamais eu de relation sérieuse avec un homme ? On ne va pas moins t'aimer si tu n'as pas de « Roméo » à tes côtés.

Elle sembla mal à l'aise.

— Je sais, Camille. C'est juste que… J'adorerais que ça soit le cas, tu vois. J'aimerais trouver la bonne personne. Comme toi tu as trouvé Benoît.

Mais Benoît était-il réellement ma « bonne personne » ? Je préférai chasser rapidement cette pensée de mon esprit.

— Et tu la trouveras un jour, lui assurai-je en lui prenant la main.

Julie me sourit tristement.

— Mais, en attendant, est-ce que Roméo peut rester jusqu'à ce soir ?

De toute façon, j'étais certaine que si je disais non cela ne changerait rien. Roméo resterait, à mon plus grand regret.

Je me contentai de hocher lentement la tête.

Elle afficha un air ravi, puis m'embrassa brièvement sur la joue.

— Merci, petite sœur. Je te revaudrai ça, promis.

Puis Julie quitta la pièce la première, me laissant seule avec mes pensées.

Encore un jour à le supporter. Il fallait que je tienne bon. Je n'avais pas le choix.

Chapitre 10

Une heure après le petit déjeuner, nous prîmes tous la route en direction du pont d'Avignon. Ma mère avait réservé cinq canoës. En raison de sa grossesse, Charlotte ne pouvait pas en faire, et Paul se retrouverait avec Charly. De toute façon, ma cousine avait un peu le mal de mer, alors nous regarder « galérer à ramer » depuis la terre ferme et nous photographier lui convenait parfaitement.

Quant aux autres couples, ma mère nous annonça en arrivant qu'elle voulait qu'on échange nos partenaires pour plus de fun et afin de « renforcer nos liens familiaux ». Ainsi, ma mère irait avec oncle Richard, tante Lucille avec mon père et, bien évidemment, Julie serait avec Benoît et moi avec Roméo ! Déjà que cette activité nautique ne me ravissait pas plus que ça, voilà que je me retrouvais avec l'homme que j'aurais préféré fuir par-dessus tout. Super !

Comme personne n'avait prévu son maillot de bain, en plus des canots nous louâmes une combinaison shorty et des chaussons aquatiques. Nous nous changeâmes à l'intérieur d'un petit chalet au bord du Rhône puis, une fois en tenue, nous retournâmes près des embarcations. Un moniteur nous donna quelques consignes de sécurité, ainsi que des gilets de sauvetage à bien attacher, et nous pria de rester à proximité du pont, pour qu'il puisse nous surveiller et intervenir rapidement en cas de problème. Nous n'étions d'ailleurs pas les seuls à faire du canoë en ce début de mois de mai. Deux autres groupes de personnes étaient déjà en train de voguer sur le fleuve.

Je grimpai maladroitement dans l'embarcation et, une fois installée à l'avant, je sentis Roméo monter à son tour derrière moi. Même si je n'étais pas très sereine, au moins il y avait peu de chances pour que son regard de braise me trouble.

— Bon, les jeunes, on s'entraîne un peu et après on fait la course, d'accord ? nous lança ma mère depuis son canoë.

— Prête ? me demanda alors Roméo.

Pour toute réponse, je plongeai ma pagaie dans l'eau pour nous éloigner du rivage. Il ne tarda pas à m'imiter.

Nous naviguâmes silencieusement autour du pont, tout en observant les autres canoéistes. Ma sœur et Benoît se débrouillaient plutôt bien, contrairement à tante Lucille et mon père, qui n'arrivaient pas à coordonner leurs mouvements de pagaie et qui tournaient en rond. Ma mère et oncle Richard semblaient déjà s'entraîner à la vitesse, et j'étais quasiment certaine que ce n'était pas la première fois qu'ils en faisaient.

— Ils sont doués.

La voix de Roméo me surprit. J'en avais presque oublié sa présence derrière moi.

Même si le silence entre nous était reposant, puisque nous étions tous les deux coincés sur ce canot et loin des oreilles indiscrètes, je décidai de laisser parler un peu ma curiosité.

— Je peux te poser une question ? demandai-je en cessant de pagayer.

— Ce n'est pas déjà ce que tu es en train de faire ?

L'ironie dans sa voix me fit lever les yeux au ciel.

— Tu fais ça depuis quand ?
— Du canoë ? J'en ai fait quand…
— Non, le coupai-je en rigolant, je fais référence à ton travail d'escort.

Il arrêta à son tour de ramer.
— Ça fait trois ans.

C'était énorme !
— Pourquoi tu fais ça ?
— Parce que j'aime bien et que ça gagne bien.

Eh bah… Au moins, c'était clair et direct.
— Tu aimes vraiment te… prostituer ?
— Je ne couche pas avec mes clientes.

Je me retournai sur le côté afin de le regarder.

Mauvaise idée car, vêtu de sa combinaison moulante, il était vraiment sexy. J'essayai de faire abstraction de son charme et scrutai son air sérieux.

— Tu n'as jamais couché avec une de tes clientes ? Honnêtement ?

Il resta silencieux un instant, cela fut suffisant pour que je devine la réponse.

— Ça s'est produit une fois, finit-il par m'avouer, parce que j'avais besoin d'argent et qu'elle doublait ma paye si j'acceptais.

Coucher pour de l'argent… Pour en arriver là, il fallait vraiment ne plus avoir aucun respect pour soi-même.

— Est-ce que tu l'as regretté par la suite ?

Roméo sembla surpris par ma question. Il réfléchit quelques minutes avant de lâcher :

— Au début, pas vraiment. J'étais à une période de ma vie où j'enchaînais les conquêtes d'un soir, et cette femme, qui était l'une de mes premières clientes, était vraiment belle. J'aurais pu coucher avec elle sans être payé, alors je voyais l'argent comme un bonus. Puis, quand une autre cliente m'a fait une proposition semblable quelques semaines plus tard, j'ai refusé.

— Pourquoi ?

Je me montrais peut-être indiscrète, mais Roméo avait l'air de vouloir se confier à moi. Ce qui d'ailleurs me faisait assez plaisir si on en oubliait le sujet de notre conversation.

— Déjà parce que je n'étais plus aussi désespéré du côté financier, et parce que j'ai compris que baiser pour de l'argent n'était pas ce que je voulais faire. En revanche, aider les femmes qui se sentent seules ou qui ont besoin de compagnie, discuter avec elles, les écouter et aller avec elles où elles en ont envie, ça, ça me plaît. Je sais qu'elles me choisissent parce qu'elles apprécient mon physique, mais je sais aussi qu'en limitant nos contacts aux baisers je ne suis pas qu'un simple objet sexuel à leurs yeux.

Alors Roméo avait quand même du respect pour lui-même, cela me rassurait un peu. Même si je ne comprenais pas trop ce qu'il pouvait apprécier en se faisant passer pour le petit ami de ses clientes et en sortant avec elles.

— Bon, à mon tour de poser les questions, déclara-t-il soudain.

Étrangement, j'étais certaine que j'allais regretter d'avoir fait ma petite fouineuse.

— Tu aimes Benoît ?

Je manquai de m'étouffer avec ma propre salive.

Comment osait-il… ? ! Quoique, après le genre de questions que je lui avais posées, il n'abusait peut-être pas tant que ça…

— Bien sûr que je l'aime ! m'exclamai-je.

— Suffisamment pour avoir peur de le tromper avec moi.

Je le foudroyai du regard. Si nous n'avions pas été dans un canoë, et que ma famille n'avait pas été dans les parages, je lui aurais mis une gifle magistrale.

I Will Be Your Romeo

— Je n'ai pas peur de…

Il souriait. Ce connard souriait.

Je serrai les poings. J'étais furieuse contre lui mais, surtout, furieuse contre moi-même parce qu'il avait raison.

— À quoi tu joues, Léo ? le questionnai-je froidement.

Le fait que je l'aie appelé par son vrai prénom sembla l'amuser un instant, mais un air sérieux revint rapidement s'afficher sur son visage.

— À te faire admettre la vérité. Que tu n'es pas amoureuse de cet homme.

J'eus un petit rire nerveux. Bon sang, ce que j'avais envie de lui en coller une !

— Tu ne sais absolument rien de moi, et encore moins de mes sentiments. Et surtout, ma vie ne te regarde absolument pas.

— Très bien, concéda-t-il comme si nous clôturions un sujet des plus banals.

Il reprit sa pagaie et me fit signe de faire de même. Mais je ne bougeai pas d'un poil. J'étais encore bien trop énervée pour continuer tranquillement notre petit tour de canoë.

— Tu attends qu'il pleuve ? me taquina-t-il.

— Et si on parlait de toi et de ta copine plutôt ? dis-je en ignorant sa plaisanterie de mauvais goût.

Il haussa les sourcils.

— Ma copine ? Qui est ?

— Ne me fais pas croire que tu es célibataire.

— Parce que tu sortirais avec un escort, toi ?

— Bien sûr que non, rétorquai-je aussitôt.

— Alors tu as ta réponse.

Il est vrai que je ne voyais pas quelle femme sensée accepterait que son copain fasse ce genre de travail. Cependant, Julie l'avait entendu au téléphone et était persuadée qu'il était en couple. Léo avait peut-être l'air honnête mais, après tous les mensonges qu'il m'avait sortis depuis notre rencontre, je ne pouvais pas m'empêcher de douter.

— Je suis sincère, Camille, ajouta-t-il face à mon silence. En ce moment, je n'ai personne dans ma vie.

— Oh oui, la sincérité, ça, tu connais bien. C'est même ta plus grande qualité, je trouve, le charriai-je.

— Parce que tu as été sincère avec Benoît ? Tu lui as dit que, même si tu l'aimes, bien sûr, tu avais envie de te taper le pseudo-mec de ta sœur ?

Comme si je ne culpabilisais pas déjà assez, il fallait qu'il en rajoute une couche !

— Tu sais que t'es un vrai salaud ?

— Et toi, une aussi bonne menteuse que moi, répliqua-t-il avec un sourire en coin.

— Va te faire foutre ! m'écriai-je, hors de moi.

— Ça va être dur étant donné que nous sommes…

Cette fois, la colère prit le dessus sur la raison. Je me levai brusquement et tentai de le pousser à l'eau. Mais au moment de basculer il me tira avec lui, et nous tombâmes en criant, la tête la première !

Malgré la combinaison, je ressentis aussitôt la basse température du fleuve. Le Rhône était glacial !

Je ressortis la tête de l'eau en claquant des dents. Léo, quant à lui, était hilare.

— Je te déteste ! braillai-je en l'éclaboussant.

— Hé ! mais qu'est-ce qui vous est arrivé à tous les deux ?

C'était la voix de ma sœur.

Je me retournai et l'aperçus s'approcher de nous avec son

canoë. Léo attendit que ma sœur et Benoît soient à notre hauteur pour lui répondre :

— Je lui ai fait croire qu'une guêpe s'était posée sur sa tête. Elle a paniqué et nous a fait tomber dans l'eau.

— Ce n'est pas très malin, remarqua Benoît, ça va, bébé ? Tu n'as pas trop froid ?

Je devais encore être en colère, car j'hésitai un instant à lui rétorquer que, si mon état l'inquiétait vraiment, il n'avait qu'à venir m'aider à remonter dans mon canot.

Je pris sur moi et secouai la tête en guise de réponse avant d'essayer d'y parvenir seule. Soudain, je sentis deux mains se poser sur mes côtes et me soulever. Si Léo pensait que j'allais le remercier, il se mettait le doigt dans l'œil. Après tout, c'était sa faute si on avait fini dans l'eau.

Une que je fus dans le canot, Léo remonta à son tour, manquant de nous faire basculer à nouveau.

— Bon, préparez-vous, la course de maman va bientôt avoir lieu, annonça Julie.

En toute honnêteté, je n'avais plus du tout envie de faire de course ni de canoë tout court.

— Tu es sûre que ça va, Camille ? s'enquit Benoît.

— Mais oui, ne t'inquiète pas, je me sens même complètement revigorée !

— D'accord. Bon, nous, on retourne faire un petit tour sous le pont. Vous nous suivez ?

— On vous rejoint dans cinq minutes, répondit Léo.

Ma sœur acquiesça, puis s'éloigna avec Benoît. Lorsque Léo rama le premier, je constatai qu'il faisait demi-tour.

Je tournai la tête vers lui, confuse.

— Qu'est-ce que tu fais ?

— Tu es gelée, on va aller se sécher.

Je jetai un regard à Julie et Benoît.

— Pourquoi tu ne leur as pas dit ça ?

— Parce que sinon ton charmant petit ami aurait tenu à nous accompagner. Et je t'avoue que je commence à en avoir marre de voir qu'il me suspecte de vouloir te sauter dessus, même s'il a absolument raison.

Et voilà que mon cœur s'emballait à nouveau. Il y a tout juste cinq minutes tout ce que je voulais c'était le noyer dans le Rhône et, maintenant, j'avais surtout envie de passer une main dans ses cheveux mouillés et de l'embrasser. Je regardai droit devant et pagayai avec lui sans un mot.

Lorsque nous eûmes regagné le rivage, nous partîmes dans nos vestiaires respectifs nous sécher et nous changer. Tant pis pour la course de ma mère, ce serait sans nous.

Une fois en jean et débardeur, je retournai près du fleuve. Charlotte ne se trouvait pas dans les parages. Il y avait de fortes chances pour qu'elle soit partie chercher un meilleur emplacement pour prendre des photos.

Julie et Benoît avaient visiblement remarqué notre retour sur la terre ferme, puisqu'ils ramaient vers moi, suivis de près par Paul et Charly.

— Mais vous vous êtes changés ? me lança Julie.

Elle regardait derrière moi, et je compris que Léo m'avait rejointe.

— Donc, vous ne faites pas la course avec nous ? me demanda Charly.

— Non, désolée. Comme on est tombés à l'eau, j'ai eu peur de prendre froid, leur expliquai-je. Faites la course sans nous, on vous regarde !

Benoît n'avait pas l'air très emballé.

— Je devrais peut-être rester avec Camille, dit-il à l'intention de ma sœur.

— Et me laisser faire la course toute seule ? le rembarra-t-elle. Pas question ! Et puis, de toute façon, Roméo est avec elle. Si elle tombe malade, il pourra la soigner !

J'aperçus la mâchoire de Benoît se contracter. C'était justement ce qui lui faisait peur…

— Tout ira bien, affirmai-je, allez vous amuser. En plus…

Je regardai l'heure sur ma montre. Ma mère avait loué les canoës pour une heure.

— … On n'a plus que quinze minutes, alors dépêchez-vous !

Charly commença immédiatement à ramer avec Paul. Puis ma sœur et Benoît les suivirent pour rejoindre ma mère et le reste de la famille au beau milieu du fleuve.

— Ça va mieux ? m'interrogea Léo en s'approchant.

Il s'arrêta à côté de moi et me tendit un gobelet.

— Chocolat chaud. Il y avait un distributeur dans le chalet.

— Je l'accepte, mais c'est uniquement parce que je ne dis jamais non à un chocolat chaud.

Il sourit. Je récupérai la boisson et bus aussitôt une gorgée. Cela me fit le plus grand bien.

Debout au bord du fleuve, nous observâmes ma famille faire la course jusqu'à l'autre rive. Et bien sûr, ce furent ma mère et oncle Richard qui gagnèrent.

Je tournai la tête vers Léo et constatai qu'il me contemplait avec intérêt.

— Tu ferais mieux de regarder le Rhône, l'avertis-je, parce que si Benoît te surprend tu vas finir à nouveau dans l'eau.

Il s'esclaffa, mais détourna quand même les yeux. Pas moi.

Ce que m'avait dit Léo plus tôt, à propos de Benoît, me tracassait encore, et je ne pouvais pas le laisser avoir raison. Pas pour lui, mais pour moi.

— J'aime Benoît, déclarai-je, vraiment, mais effectivement ces derniers temps il n'a pas été très présent à la maison à cause de son travail. Et je pense que j'avais besoin de me sentir… désirée.

Et c'était la seule explication rationnelle que je pouvais me donner à moi-même pour justifier ce que j'éprouvais pour Léo.

— Pourtant, vous avez bien couché ensemble hier après-midi, non ? Ce n'était pas suffisant ?

Alors que j'avais retrouvé ma sérénité grâce au chocolat chaud, voilà qu'il recommençait à m'énerver. Il le faisait exprès ou quoi ?

— Tu adores me provoquer, hein ?

Il continua à fixer le fleuve, mais un sourire malicieux s'étira sur ses lèvres.

— Absolument pas. Alors, il est précoce le procureur ? Est-ce qu'il arrive à te faire jouir au moins ?

Bon sang, ce que je regrettais de ne pas l'avoir noyé tout à l'heure ! Enfin, je pouvais encore l'étrangler maintenant, non ?

Je tâchai de ne pas me laisser à nouveau envahir par la colère et décidai d'entrer dans son petit jeu.

— Puisque tu sembles si préoccupé par ma vie sexuelle, alors sache que, oui, je jouis à chaque fois. Surtout quand il me prend par-derrière et qu'il…

— Arrête.

Son ton était sans appel, et son visage crispé.

— Pourquoi ? Ça ne t'intéresse plus tout à coup ? le narguai-je à mon tour.

Il daigna enfin poser les yeux sur moi.

— C'est toi qui m'intéresses.

Oh ! merde.

Mon souffle se fit court.

— Mais tu ne m'auras jamais, murmurai-je, c'est impossible.

La tension entre nous était palpable.

— Parce que tu l'aimes ou parce que je suis un escort ?

— Les deux.

Il soutint mon regard un long moment, et j'eus l'impression que mon cœur allait exploser dans ma poitrine. Puis il finit par se détourner et fit mine de s'intéresser à nouveau aux canoéistes.

Je remis nerveusement une mèche blonde derrière mon oreille, mais j'étais bien trop mal à l'aise pour rester avec lui. Alors je repartis vers le chalet sans même me justifier.

J'avais besoin d'être seule.

Léo

Je ne savais pas ce qui m'avait pris avec Camille.

Je m'étais promis de ne pas interférer dans son couple, et c'est pourtant ce que j'avais fait ce matin pendant la sortie canoë. Comment avais-je pu essayer de lui faire comprendre qu'elle n'était plus ou pas amoureuse de son petit ami ? Comment avais-je pu essayer de briser son couple alors que cela m'avait détruit quand Marion m'avait fait la même chose ? Et surtout, qu'est-ce que j'espérais au fond ? Que Camille quitte Benoît et qu'elle sorte avec moi ? Non, bien sûr que non. Déjà, parce qu'elle n'aurait jamais une relation avec un accompagnateur, elle me l'avait dit elle-même, quant à moi… Depuis que j'avais commencé ce travail, je n'avais jamais laissé une seule femme entrer dans ma vie. J'avais eu des aventures, évidemment, mais rien de sérieux. Certaines avaient voulu plus, mais il m'avait suffi de leur parler de l'escorting, ou bien de Mathis, pour les faire fuir aussitôt. Quelle femme, un minimum sensée, accepterait de sortir avec un père célibataire plombier et accompagnateur à temps partiel ?

Ma situation était loin d'être attirante, je le reconnaissais bien. Devais-je arrêter cette activité et reprendre la plomberie à temps plein ? Mais passer ma vie à me charger des installations sanitaires et à déboucher les canalisations ne m'enchantait pas vraiment. Et il était certain que je ne me ferais pas non plus 3 200 euros en quelques jours…

— Tu veux encore du gratin de courgettes, Roméo ?

Je sortis de mes pensées et reportai mon attention sur Charlotte, qui me tendait un plat.

— Comment refuser ? C'est tellement bon.

Et, pour le coup, je ne mentais pas. La cuisine de Catherine était à tomber par terre. Malheureusement pour moi, ce serait mon dernier repas ici. Si Julie m'avait demandé de rester aujourd'hui, c'était uniquement pour la sortie canoë. À présent que l'activité était terminée et que Catherine ne semblait rien avoir prévu pour cet après-midi, il était temps pour moi de m'en aller et de laisser cette charmante petite famille.

Après avoir fini mon assiette, j'envoyai discrètement un message à mon frère pour qu'il m'appelle dans cinq minutes. Tant pis pour le dessert, mon départ devait passer pour une urgence.

— Je vais aller chercher le plateau de fromages, lança Catherine en se levant.

Mais, au même moment, Benoît se mit debout.

— Attendez, j'ai une annonce à faire.

Tout le monde le regarda, moi y compris.

I Will Be Your Romeo

Benoît se tourna alors vers Camille et lui adressa son plus beau sourire.

— Camille… Je sais que je n'ai pas été très présent ces derniers temps à la maison, mais je voulais te dire que, si je travaille autant, c'est pour nous. Pour que nous puissions avoir tout ce dont on a envie maintenant et plus tard. Parce que, oui, j'ai envie de construire mon avenir avec toi. Tu es la femme de ma vie. La plus belle et la plus intelligente que je connaisse. Je t'aime depuis la seconde où je t'ai rencontrée à cette soirée. Je t'aime depuis trois ans, et je continuerai à t'aimer. Toujours. Alors…

Benoît se mit à genoux devant elle et sortit une petite boîte noire de sa poche. Lorsqu'il l'ouvrit, tout le monde retint son souffle en apercevant une magnifique bague en or blanc orné d'un diamant. Quant à moi, un nœud désagréable se forma dans mon ventre.

— Veux-tu faire de moi l'homme le plus heureux sur terre et m'épouser ?

Je contins un rire nerveux. Cette demande en mariage manquait cruellement d'originalité et, surtout, de passion et d'amour. Camille ne pouvait pas accepter. Elle méritait dix fois mieux. Non, cent fois mieux que ce type incapable de la faire se sentir désirée. Incapable de lui donner de son temps et de la faire passer avant son boulot. Financièrement parlant, elle aurait une bonne situation avec lui, mais elle ne serait jamais comblée dans tous les domaines, j'en étais certain. Alors pourquoi se marierait-elle avec un gars qui ne savait pas la rendre pleinement heureuse ?

La surprise et le doute que je lisais sur le visage de Camille me rassurèrent. Elle n'était pas assez bête pour accepter sans songer aux conséquences à venir. Mais, devant sa famille, son temps de réflexion était compté, et depuis le bout de table où j'étais assis je pouvais sentir la tension monter en elle.

— Euh... Je...

— On dit oui en général, ma chérie, plaisanta sa mère pour l'aider à se détendre.

Quelques personnes s'esclaffèrent, mais pas moi. Aussi risible soit-elle, cette demande en mariage était très sérieuse.

Soudain, Camille manqua de s'évanouir.

— Bébé ? s'inquiéta Benoît en se levant.

— Désolée, je ne me sens vraiment pas bien, j'ai la tête qui tourne et je vois flou...

— Roméo ? m'appela Catherine.

Ah oui, c'est vrai que j'étais « médecin ». Je bondis presque de ma chaise et me précipitai auprès de Camille. Benoît s'écarta et me laissa la place. Je posai la main sur le front de sa petite amie. Il était un peu chaud, mais sa température corporelle était probablement liée à l'annonce fracassante de son compagnon.

Je pris alors son pouls dans le cou et constatai qu'elle n'était pas loin de la tachycardie. Mais je doutais qu'elle soit réellement sur le point de faire un malaise. Pour moi, il s'agissait surtout d'un prétexte pour se tirer de cette situation, et elle avait bien raison.

— Je ne pense pas que ça soit grave, dis-je, mais à mon avis tu devrais aller te reposer dans ta chambre. Tu as peut-être pris froid en tombant dans l'eau ce matin...

— Je vais l'accompagner, déclara Benoît en me poussant sur le côté.

Camille se leva difficilement, une main sur la tête, les yeux mi-clos. Benoît l'aida à marcher, avant de disparaître avec elle dans la maison.

Je retournai m'asseoir, soulagé que, pour le moment, Camille n'ait pas dit oui. C'était sans doute cruel de ma part d'espérer qu'elle ne l'épouse pas, mais c'était plus fort que moi. L'idée qu'elle devienne sa femme m'était insupportable.

Tout le monde avait gardé le silence, ne sachant pas trop quoi penser de ce qui venait de se passer.

— Vous croyez qu'elle va dire oui ou non ? s'enquit alors Charly.

Visiblement, je n'étais pas le seul à avoir douté du pseudo-malaise de Camille.

— Mais évidemment qu'elle dira oui ! s'exclama Catherine. Elle est folle amoureuse de Benoît, alors il n'y a aucune raison qu'elle refuse !

— Oui, c'est vrai, reconnut Lucille. Elle a sûrement dû être dépassée par l'émotion.

La famille Dupont se détendit un peu, et Catherine partit chercher le plateau de fromages.

Benoît et Camille étaient-ils en train de discuter de cette demande en mariage ? Alors que je me posais la question, celui-ci réapparut sur la terrasse.

— Elle est allée se coucher, nous annonça-t-il.

— Et pas de réponse ? s'enquit Charlotte en grimaçant.

Benoît secoua la tête. Même s'il essayait de ne pas avoir l'air trop dégoûté, il l'était, et ça se voyait.

— Elle me la donnera lorsqu'elle se sentira mieux. Je l'ai peut-être prise un peu trop de court, soupira-t-il.

— Oh non, une demande en mariage réussie est une demande à laquelle on ne s'attend pas, dit Catherine pour tenter de le rassurer.

— Ah bah, là, elle ne s'y attendait vraiment pas, vu qu'elle n'a pas su quoi dire, plaisanta Richard.

Sa femme lui donna un coup de coude dans le ventre.

— Mais tais-toi, voyons ! Tu vas lui faire peur !

Mon portable se mit à sonner. Merde, j'avais totalement

oublié que mon frère allait m'appeler. Une petite voix intérieure me disait que c'était le moment idéal pour moi de partir. Mais je savais que, si je le faisais, il y avait de grandes chances pour que Camille finisse par accepter la proposition de Benoît. Et si, encore une fois, je m'étais juré de ne pas briser un couple, c'était plus fort que moi. Je ne pouvais pas la laisser commettre cette erreur. Je n'étais probablement pas le mec qu'il lui fallait, mais en tout cas Benoît l'était encore moins, et elle devait le réaliser une bonne fois pour toutes.

— Excusez-moi, je dois prendre cet appel, c'est l'hôpital, mentis-je en me levant.

Je décrochai tout en regagnant le hall d'entrée.

— Oui, allô !

— Désolé, je n'ai pas pu t'appeler avant, j'étais occupé avec les enfants, m'expliqua Guillaume. Qu'est-ce qu'il y a ?

Je jetai un discret coup d'œil à l'extérieur. Personne ne m'avait suivi, parfait.

— Absolument rien, je te rappelle plus tard. Salut.

Je raccrochai, puis montai rapidement à l'étage. Une fois devant la porte de Camille, je frappai doucement mais n'obtins aucune réponse.

Tant pis. J'entrai quand même et la trouvai recroquevillée en boule sur son lit. Son état m'inquiéta un peu.

— Ça va ? demandai-je en refermant la porte derrière moi.

Camille ne bougea pas d'un poil.

— Tu viens encore m'ausculter, *docteur* ? répliqua-t-elle seulement.

Je pouvais sentir qu'elle m'en voulait, et je pouvais la comprendre. Si je n'avais pas été là ce week-end, elle lui aurait dit oui. Mais ce qu'elle éprouvait pour moi la faisait douter de ses sentiments pour Benoît, et par ma faute elle était maintenant complètement perdue. J'étais un vrai salaud, et le pire dans tout ça c'est que je ne le regrettais pas autant que je l'aurais dû.

— Si tu hésites, c'est que ce n'est pas la bonne personne, déclarai-je en m'approchant du lit.

Elle se redressa subitement.

— J'ai vraiment envie de te coller mon poing dans la figure, Léo.

Le regard noir qu'elle me lançait me prouvait qu'elle ne mentait pas.

— Pourquoi ? Pour que je sois moins beau et que tu arrêtes de craquer pour moi ? plaisantai-je.

Je ne savais pas pourquoi je la provoquais davantage, mais je ne pouvais pas m'en empêcher. Et son visage en colère était à croquer.

Camille sauta du lit, mais au lieu de s'approcher de moi et de venir me frapper elle s'avança vers la fenêtre et jeta un coup d'œil dehors. Tout comme la fenêtre de Julie, la sienne devait probablement donner sur la terrasse. Observait-elle Benoît ? Remettait-elle en question son couple ?

Puis elle me fit à nouveau face. Son regard avait changé. Elle n'avait visiblement plus envie de me défoncer la gueule, ce qui était plutôt une bonne chose pour moi. Et il ne me fallut pas beaucoup de temps pour deviner ce qu'elle souhaitait à présent.

Comme appelé par son corps, je marchai lentement vers elle et m'arrêtai à quelques centimètres.

— Je vais le regretter, murmura-t-elle sans me quitter des yeux.

Je glissai la main dans ses magnifiques boucles blondes. Elle ferma les paupières et inspira profondément. Je ne l'avais jamais trouvée aussi séduisante qu'à cet instant précis. Mais…

Je retirai vivement ma main et reculai d'un pas. Si mon corps me criait de continuer à la toucher et de poser mes lèvres sur les siennes, ma raison me criait de m'interrompre maintenant avant qu'il soit trop tard. Sa situation était déjà bien assez compliquée comme ça.

Camille ouvrit à nouveau les paupières et fronça les sourcils. Elle était apparemment contrariée.

— À quoi tu joues, Léo ?

Parce que c'était moi qui jouais, là ? J'essayais de ne pas me comporter comme le plus grand des salauds, de ne pas briser son couple, de ne pas tout détruire dans sa vie, et elle me le reprochait ?

Camille ne me laissa pas le temps de lui répondre, elle enroula les bras autour de ma nuque et m'embrassa fougueusement. Je me maudis de ne pas trouver le courage de la repousser, et de lui rendre son baiser avec ardeur. Mon cœur battait à toute allure dans ma poitrine. Ressentait-elle la même chose ?

Sans décoller sa bouche de la mienne, Camille déboutonna maladroitement ma chemise. Sentir ses mains chaudes sur mon torse me fit un bien fou. Et encore plus lorsque ses doigts descendirent la fermeture Eclair de mon jean. Ma respiration se fit plus rapide, tout comme la sienne. Je ne pouvais pas croire à ce qui était en train de se passer. J'en avais rêvé depuis que je l'avais rencontrée, mais jamais je n'aurais imaginé que cela arriverait vraiment. Et pourtant...

Je la soulevai dans mes bras et la plaquai contre le mur. Camille enroula les jambes autour de moi et m'embrassa encore avec passion. Sa bouche était divine. J'aurais aimé jouer avec sa langue, lécher et caresser chaque partie de son anatomie, mais nous n'avions pas le temps. Le souffle court, je la reposai un instant à terre pour lui ôter son pantalon et par la même occasion son tanga couleur bordeaux.

— Dans ma valise, lâcha-t-elle.

Je n'avais pas besoin de lui demander de quoi il était question.

Pressé, j'ouvris sa valise et, après avoir un peu fouillé dans ses affaires, je finis par mettre la main dessus, soulagé.

Je retirai le bas, puis je me dépêchai d'enfiler la capote. Lorsque je me retournai, je constatai que Camille en avait profité pour se déshabiller totalement.

Je déglutis nerveusement. Elle était… parfaite.

Le souffle court, je me rapprochai d'elle, puis la soulevai à nouveau contre le mur. Camille, visiblement impatiente, attrapa mon sexe entre ses mains, ce qui m'arracha un gémissement de plaisir. Je soupirai de bonheur lorsqu'elle le glissa entre ses cuisses. Elle semblait tout aussi comblée que moi, et je l'aperçus se mordre les lèvres pour ne pas faire de bruit.

C'est si bon.

Jamais je n'aurais pensé que ce moment arriverait un jour. Il y avait trop d'obstacles entre nous, et pourtant, à cet instant précis, elle était entièrement à moi, et j'étais entièrement à elle. Mon cœur battait si fort dans ma poitrine que je pouvais l'entendre jusque dans les oreilles.

Quand mes yeux rencontrèrent les siens, je sus qu'elle ressentait exactement la même chose que moi.

Puis, lorsque j'accélérai mes mouvements de va-et-vient, elle enfouit le visage dans mon cou et enfonça les ongles dans mon dos.

Bon sang…

Je mourais d'envie de nous faire atteindre l'orgasme dans les secondes à venir, mais soudain Camille pencha la tête vers la fenêtre et écarquilla les yeux de peur.

— Benoît n'est plus à table ! dit-elle, paniquée.

Craignant que les choses ne tournent mal, je me retirai aussitôt et allai rapidement ramasser mes vêtements sur le sol. Camille m'imita sans un mot.

Putain de merde ! Si Benoît ouvrait la porte, là maintenant, ce serait un bordel sans nom. Mais comment avions-nous pu en arriver là ? Ou plutôt, pourquoi avais-je couché avec une femme en couple alors que son petit ami et accessoirement toute sa famille étaient en train de manger du fromage sur la terrasse ? !

En plus, cela devait bien faire une dizaine de minutes que j'avais disparu, soi-disant au téléphone !

Sans même me rhabiller, je me rendis dans la salle de bains et fermai la porte à clé derrière moi.

Cette fois, j'avais incroyablement bien merdé.

Chapitre 11

Camille

J'avais perdu les pédales. Je n'étais plus moi-même. Comment avais-je pu…

En entendant des pas dans le couloir, je m'étais contentée de remettre mes sous-vêtements, puis de me glisser sous les draps.

Benoît ouvrit soudain la porte et, même s'il y avait peu de chances pour qu'il me croie, je fis semblant de dormir. J'étais encore bien trop excitée par ce que je venais de faire avec Léo pour avoir l'air de somnoler. J'espérais simplement que mon petit ami ne ferait pas attention à mes vêtements éparpillés sur le sol, ni à mes cheveux ébouriffés ou à mes joues rosies.

Et, le pire dans tout ça, c'est que je regrettais de ne pas avoir terminé ce que nous avions commencé. Oh ! mon Dieu ! J'étais devenue une femme horrible. Ou peut-être l'avais-je toujours été ?

Je perçus que Benoît s'asseyait sur le bord du lit. Il était si près que je craignais qu'il ne sente l'odeur du sexe et du désir que ma peau devait dégager.

— Je suis désolé.

Le ton de sa voix était triste et… sincère. Mais de quoi était-il désolé au juste ?

J'avais envie d'ouvrir les yeux et de le regarder, mais il y avait de grandes chances pour qu'en voyant son visage je finisse par culpabiliser et exploser en sanglots.

Déjà que lui mentir et lui cacher mon attirance pour Léo avait été horriblement dur, garder le silence sur l'adultère que je venais de commettre me serait impossible.

De toute façon, notre relation ne pourrait jamais continuer si je décidais de lui dissimuler mon infidélité. Le mensonge avait ses limites, et celui-ci me détruirait autant que notre couple. Enfin, pour ce qui était de poursuivre notre relation, encore fallait-il que Benoît me pardonne… Et surtout, est-ce que je le voulais vraiment ?

Benoît glissa la main dans mes cheveux. Son geste inattendu me fit frissonner.

— Je sais que tu ne dors pas vraiment, mais ça m'est égal. Tant que tu écoutes ce que j'ai à te dire, tu peux garder les yeux fermés.

Il était grand temps de me remettre l'oscar de la meilleure actrice.

— On n'est pas obligés de se marier si tu n'en as pas envie, ou si tu trouves que c'est trop tôt, enchaîna-t-il. Je ne voulais pas te faire peur ni précipiter les choses avec cette demande… Mais je pensais que toi aussi tu voulais construire ta vie avec moi.

Je sentis une larme rouler sur ma joue. Et voilà que je pleurais. Enfin, bien sûr que je pleurais ! J'avais trompé mon adorable petit ami après qu'il m'avait fait sa demande en mariage. Oh ! mon Dieu ! Finalement, je n'avais pas besoin de le regarder pour culpabiliser de tout mon être. La honte et la tristesse m'avaient complètement gagnée.

J'ouvris les paupières et laissai de nouvelles larmes couler sur mon visage.

— C'est moi qui suis désolée, Benoît, murmurai-je en me redressant. C'est moi… C'est moi qui…

Je pleurais tellement qu'il m'était impossible de finir ma phrase. Benoît me prit dans ses bras et me serra fort contre lui.

— Chut, ne pleure pas, bébé… Ce n'est pas grave…

Évidemment, il ne pouvait pas comprendre la raison de mon chagrin. Et je n'étais pas certaine qu'il m'aurait réconfortée de la sorte si je la lui avais expliquée…

— Je m'en veux tellement, dis-je en sanglotant. Je suis tellement désolée…

Il me caressa le dos pour m'apaiser, et il me fallut cinq bonnes minutes pour réussir à me calmer.

— On va oublier cette histoire de mariage et reprendre notre relation comme si de rien n'était, d'accord ? me proposa-t-il en s'écartant doucement.

J'étais toujours aussi perdue mais, ne sachant pas quoi répondre, je me contentai de hocher la tête.

Je devais réfléchir à ma relation, à Léo, et à ma vie, mais je n'étais pas en état. Mon cerveau me semblait sur le point d'exploser dans mon crâne, et tout ce que je voulais était oublier, ne serait-ce que pendant quelques secondes, que j'étais dans un merdier pas possible.

— Tu peux me laisser me reposer ? lui demandai-je d'une petite voix.

Benoît acquiesça, puis, après m'avoir embrassée délicatement sur le front, s'éclipsa dans le couloir.

À nouveau seule et plongée dans le déni, je m'allongeai et fermai les yeux. J'étais si épuisée mentalement que je ne tardai pas à sombrer dans un profond sommeil.

Benoît m'avait réveillée à l'heure du dîner. Cependant, et même si ma sieste m'avait un peu apaisée, je n'avais pas encore eu le temps de songer calmement à tous mes problèmes et je ne me sentais pas prête à affronter les questions de ma famille. J'avais donc demandé à mon petit ami de me garder une assiette pour plus tard puis, après de longues minutes, je m'étais levée pour aller prendre une douche.

L'eau chaude me fit réaliser à quel point j'avais merdé. Benoît m'aimait, et je l'aimais aussi. Il avait reconnu ne pas avoir été là pour moi ces derniers temps, et j'étais certaine qu'il ferait des efforts pour changer ça afin que je n'en souffre plus. Cet homme était parfait pour moi. Construire ma vie avec lui, fonder une famille était dans l'ordre des choses. Je ne pouvais pas rêver mieux, et pourtant... Non. Même si Léo me faisait douter, sortir avec un escort était impensable pour moi, et même s'il arrêtait je ne voyais pas comment expliquer cette situation à ma famille. Et encore moins à Julie. De plus, dans tous les cas, il y avait peu de chances pour que Léo ait envie d'une relation sérieuse avec moi, donc la question était réglée.

Benoît réapparut dans la chambre au moment même où je sortais de la douche, vêtue uniquement d'une petite serviette.

— Enfin debout ? me taquina-t-il en fermant la porte derrière lui.

Je lui adressai un léger sourire. Même si je me sentais toujours atrocement mal de l'avoir trompé, j'étais tout de même soulagée d'avoir pris une décision à propos de ma vie et de mon avenir. Et je commençais aussi à avoir un petit creux.

— Les autres sont encore en bas ? demandai-je en allant chercher ma nuisette dans l'armoire.

— Je crois que tout le monde a regagné sa chambre, sauf ton

père et Richard, qui boivent un digestif sur la terrasse. Ton assiette est dans le four et, si tu as encore faim, il y a des restes dans le frigo.

— Merci, bébé.

— Oh ! c'est ta mère qu'il faut remercier pour le repas.

Je laissai ma serviette sur le lit, puis enfilai ma petite robe en soie ainsi que mon pull en laine gris.

— Bon, je vais prendre ta place sous la douche avant que ta sœur ou son copain y aille, m'annonça Benoît, se dirigeant déjà vers la salle de bains.

Je quittai la chambre mais, au lieu d'aller manger, je partis frapper à la porte de la bibliothèque. Pas de réponse.

Peut-être Léo était-il en train de discuter avec Julie…

— Tu me cherches ?

Sa voix me fit sursauter. Je me tournai vers lui, et les souvenirs de notre étreinte me revinrent d'un seul coup.

Je pouvais encore sentir sa bouche sur la mienne, le goût de sa langue, la sensation de ses caresses et de son sexe en moi. Mon cœur se mit à battre la chamade. J'avais été si proche de l'orgasme que je voulais qu'il me le donne là, maintenant. Oh ! mon Dieu !

Je chassai rapidement ces pensées de mon esprit et tâchai de prendre un air sérieux.

— On peut parler un instant ?

Léo m'étudia du regard, avant de s'avancer jusqu'à moi. Il était si près à présent que je pouvais sentir l'odeur de cigarette qui émanait de lui. C'était la première fois que je la remarquais mais, même si je n'étais pas fumeuse, cela ne me dérangeait pas.

Soudain, il ouvrit la porte de la bibliothèque et, d'un signe de la main, m'invita à entrer.

J'attendis qu'il ait refermé derrière nous pour prendre mon courage à deux mains et lui dire ce que j'avais en tête.

— Je vais dire oui à Benoît.

Léo haussa les sourcils. Et il y avait de quoi être surpris après ce que nous avions fait…

— C'est vraiment ce que tu souhaites ? Te marier à un homme que tu as trompé, que tu n'aimes même plus, et qui ne te rend pas pleinement heureuse ?

Ces paroles, en partie vraies, auraient dû m'énerver. Mais je n'avais plus la force d'être en colère. Tout ce que je voulais était que cette histoire avec Léo se termine, et que les choses rentrent dans l'ordre.

— Je t'ai déjà dit que je l'aimais. Ce qui s'est passé entre nous était une erreur. Et il est hors de question que je détruise mon couple et ma vie à cause d'une erreur.

— « Une erreur » ? répéta-t-il en faisant un pas vers moi. Pourtant, je pourrais jurer que tu aimerais que je t'embrasse, là, tout de suite.

Je ne reculai pas. Même s'il avait raison et que j'avais des palpitations, il ne fallait pas que je perde le contrôle de la situation.

— Peu importe ce dont j'ai envie maintenant. Lorsque tu seras parti demain, tout sera de nouveau comme avant…

Parce que tu sortiras de ma vie et que je ne te reverrai plus jamais.

— Tu crois vraiment que ton mariage avec Benoît pourra fonctionner en ayant un adultère sur la conscience ?

J'avais déjà réfléchi à ce problème. Il était clair et net que je ne pourrais pas vivre avec Benoît en lui cachant ce que j'avais fait. Il était aussi fort probable que mon futur fiancé ne veuille plus m'épouser en apprenant la vérité. Cependant, il serait totalement malsain de ma part d'attendre que l'on soit mariés pour le lui révéler. Et il méritait au moins que je sois honnête avec lui.

— Je compte tout lui dire mais, parce que j'ai un minimum de considération pour toi et que je ne veux pas que ce week-end en famille tourne au désastre, je préfère attendre qu'on soit rentrés à Lyon pour tout lui avouer.

— Et tu penses qu'il te pardonnera ?

Si Benoît m'aimait suffisamment pour vouloir que je devienne sa femme, peut-être réussirait-il à me pardonner…

— Je l'espère, murmurai-je, plus pour moi-même que pour Léo.

Dans tous les cas, je voulais prendre le risque. C'était la meilleure chose à faire pour mon couple et notre avenir ensemble. Et si Benoît me quittait, alors… Mieux valait ne pas imaginer le pire.

— Eh bien, je l'espère pour toi aussi alors, lâcha Léo.

Je le fixai, troublée. Pourquoi avait-il soudain changé d'avis ?

— Tu me dissuadais de rester avec lui il y a tout juste une minute, lui rappelai-je.

— Ouais, mais tu as pris ta décision, non ? Et, puisque tu as un minimum de considération pour moi, je t'en accorde un peu aussi en te soutenant dans ta relation.

Son ironie était évidente, mais il était préférable que je ne relève pas et que la discussion se termine ici. J'avais mis les choses au clair avec lui, et il l'avait compris.

— Bon, j'y vais. Bonne nuit.

Je le dépassai et ouvris la porte.

— Camille.

Je m'arrêtai aussitôt, le cœur battant à cent à l'heure.

— Oui ?

Ma voix était faible et tendue. Que voulait-il me dire ?

— Bonne nuit à toi aussi.

Je respirai profondément, puis sortis dans le couloir.

Alors que j'aurais dû être soulagée d'avoir mis les choses au clair avec Léo, je me sentais en réalité contrariée et déçue.

À quoi est-ce que je m'attendais au juste ? À ce qu'il me

supplie de changer d'avis ou de réfléchir encore à ma relation ? À ce qu'il m'assure que ce qui s'était passé entre nous n'était pas une erreur ? Mais à quoi bon ? Léo et moi ne pouvions pas avoir d'avenir ensemble, alors pourquoi continuer et se faire du mal ?

Léo

J'avais passé la nuit à me questionner. Aurais-je dû retenir Camille et lui demander de tenter quelque chose avec moi ? Si je l'avais fait, je n'aurais jamais pu lui offrir ce qu'elle désirait. J'entendais par là une relation normale. Elle avait besoin d'un petit ami avec un job normal et stable, pas d'un accompagnateur qui en plus se trouvait être père d'un garçon de huit ans. Camille avait besoin d'avoir confiance en son compagnon, de ne pas avoir à s'inquiéter de ce qu'il pouvait bien faire à son travail ni à penser à comment s'occuper d'un enfant. Certes, je ne lui aurais certainement pas présenté Mathis tout de suite, mais j'aurais été obligé de lui parler de mon fils. Et, du peu que je savais de Camille, elle se serait déjà imaginée belle-mère à vingt-quatre ans.

Benoît n'était de toute évidence pas l'homme qu'il lui fallait, mais moi encore moins. Et je ne pouvais pas lui demander de quitter son « fiancé » pour lui proposer d'entrer dans ma vie compliquée. De toute façon, je doutais qu'elle aurait accepté.

Oui, ne pas la retenir avait été la plus sage décision pour nous deux. Pourtant, au fond de moi, cette décision me contrariait plus qu'autre chose.

Au petit déjeuner, tout le monde, à l'exception de Camille et Benoît, qui n'étaient pas encore là, sembla se rendre compte de mon état de fatigue. Catherine se moqua gentiment de mes cernes sous les yeux, et Charlotte me demanda avec amusement si Julie et moi avions bien profité du nouveau lit.

Mais, lorsque le couple manquant nous rejoignit sur la terrasse, l'attention générale se reporta aussitôt sur eux. Et en particulier sur Camille.

— Comment tu te sens, ma chérie ? l'interrogea sa mère.

Camille s'installa à l'autre bout de la table avec son petit ami.

— Ça va mieux, merci.

Je l'observai discrètement se remplir une tasse de café.

Le silence régnait, et je compris que tous attendaient la réponse que Camille n'avait pas pu donner la veille. Mais la jolie blonde ignorait royalement les regards rivés sur elle et sirotait son café comme si de rien n'était.

Finalement, Charlotte décida de crever l'abcès.

— Alors, c'est oui ou c'est non ?

— Charlotte ! lança sa mère d'un ton réprobateur.

— Oh ! voyons, ne fais pas comme si tu ne voulais pas savoir toi aussi, répliqua sa fille.

— Bien sûr, mais il y avait d'autres façons de poser cette question à ta cousine…

Il est vrai que Charlotte n'y était pas allée par quatre chemins. Mais après tout, pourquoi pas ?

Je me demandai d'ailleurs ce qu'allait répondre Camille. Comptait-elle accepter la proposition de son petit ami sans lui avoir parlé de moi au préalable ? Le mettrait-elle réellement au courant de notre brève liaison ?

Camille parcourut sa famille du regard. Elle avait l'air hésitante et mal à l'aise.

Benoît lui prit la main et lui adressa un sourire rassurant.

— Ce sourire ! s'exclama Charlotte. Ça veut dire oui, c'est sûr !
— Chérie, calme-toi, la pria Paul.
— Alors, c'est oui ? s'impatienta Catherine.
Camille se mordit la lèvre.
— En fait, commença Benoît.
— C'est oui, le coupa Camille, visiblement sûre d'elle.

Son petit ami sembla surpris, mais les applaudissements et les cris de joie de la famille Dupont l'empêchèrent d'en parler avec sa toute nouvelle fiancée.

Même si l'envie n'y était pas, j'imitai Julie en me levant et en allant féliciter les futurs mariés. Je serrai à contrecœur la main de Benoît et m'arrêtai un instant devant Camille.

Devais-je la prendre dans mes bras ? Ou bien lui faire la bise ? Ce que je souhaitais plus que tout était l'embrasser, mais ça, je ne le pouvais pas. Je ne le pourrais plus.

Camille semblait aussi désemparée que moi. Alors, et avant que quelqu'un se rende compte de notre situation, je l'enlaçai.

— Félicitations, dis-je en m'écartant presque aussitôt.

Une lueur de tristesse parcourut ses beaux yeux marron. Cet homme ne saurait jamais la combler, elle en avait conscience et, pourtant, elle avait choisi de demeurer avec lui.

Une part de moi aurait souhaité s'y opposer, mais je ne pouvais pas causer encore plus de problèmes dans sa vie que je ne l'avais déjà fait. Alors, et bien que sa décision me serre douloureusement le cœur, je devrais l'accepter.

Le reste de la matinée fut plutôt tranquille. Nous bavardâmes tous ensemble un bon moment, notamment du mariage à venir. Catherine voulait fixer une date dès à présent, mais les futurs mariés réussirent à calmer un peu son excitation. Ils ne souhaitaient pas se précipiter, et tant mieux. Peut-être que d'ici le jour J Camille réaliserait son erreur. Même si je n'y croyais pas trop.

Bien que ce sujet de discussion m'agaçât, je pris sur moi et prétendis être aussi enthousiaste que les autres. Mais, lorsque Philippe proposa une partie de minigolf, je fus le premier à accepter.

Benoît ne joua pas avec nous. Il avait préféré rester aux côtés de Camille et des autres sur la terrasse. Autant dire que ce n'était pas plus mal pour moi.

À vrai dire, j'avais beau le détester, parce que je le trouvais arrogant, et surtout parce qu'il avait à son bras la femme que j'aurais aimé avoir, au fond, je me sentais mal pour lui. J'avais couché avec sa fiancée. Bon, OK, je n'étais pas le seul responsable et je devinais que Camille ne l'aimait pas autant qu'elle le prétendait. Camille l'avait trompé avec moi, mon ex-femme avait fait la même chose, et je savais pertinemment à quel point cela était douloureux.

Benoît, c'était moi quelques années auparavant. Il n'était pas encore au courant mais, si Camille lui avouait son infidélité, il ressentirait probablement ce que j'avais éprouvé autrefois : la trahison, la déception, la tristesse, la colère...

Parce que je ne l'avais jamais compris, je n'avais jamais réussi à passer outre à l'adultère de Marion. Mais peut-être Benoît y parviendrait-il avec Camille.

Une petite part de moi l'espérait, mais seulement pour soulager ma conscience. Parce que s'il lui pardonnait, alors ils resteraient ensemble... Et ça, rien que de l'imaginer, ça me déchirait le cœur.

Putain, j'étais un vrai salaud ; pourtant, j'avais l'impression d'être la victime dans l'histoire. Tout ça parce que je ne pourrais jamais être avec *elle*. J'étais vraiment pitoyable.

Je soupirai et tournai la tête vers la terrasse. Même si j'étais un peu loin de Camille, j'aurais pu mettre ma main à couper qu'elle regardait dans ma direction. Qu'elle me regardait, moi.

Mon rythme cardiaque s'accéléra, mais Philippe m'appela au même moment, et je dus détacher les yeux des siens.

J'avais beau ne la connaître réellement que depuis trois jours, j'étais déjà certain que Camille Dupont resterait longtemps ancrée dans mon esprit. Quand bien même je l'aurais voulu, ce n'était pas le genre de femme qu'on oubliait facilement…

Richard, Lucille, Paul, Charlotte et Charly furent les premiers à partir aux alentours de 15 heures. Paris n'était pas la porte à côté, et Richard n'aimait pas spécialement conduire de nuit.

Après cette première vague de départs, Julie m'indiqua que nous prendrions la route sous peu. Elle ne voulait pas rentrer trop tard, car elle commençait tôt le travail le lendemain. Cela me convenait parfaitement puisque je devais récupérer Mathis chez sa mère et que j'avais envie de profiter de ma soirée avec lui. Et plus vite Camille disparaîtrait de mon champ de vision et moi du sien, mieux cela serait pour nous deux.

J'allai ranger mes affaires à l'étage, puis, une fois ma valise fermée, je retournai au salon. Camille et sa mère discutaient sur le canapé. C'était la dernière fois que je la voyais. Savoir que je ne la reverrais plus jamais m'attristait beaucoup.

— Ça y est, vous nous quittez déjà ? me demanda Catherine d'une voix morne.

— Oui, malheureusement, répondis-je avec un petit sourire compatissant, mais j'espère bientôt vous revoir.

Catherine se leva, ravie.

— Ce sera avec plaisir, Roméo. Vous serez toujours le bienvenu ici, même sans ma fille !

— Maman ! s'exclama Camille en lui faisant les gros yeux.

Sa mère s'esclaffa avant d'ajouter à mon intention :

— En tout cas, ce fut un plaisir de vous rencontrer, et je vous remercie de rendre ma fille aînée aussi heureuse.

Elle me prit les mains et les serra dans les siennes.

Catherine me manquerait également. Elle s'était montrée adorable avec moi pendant ce séjour et m'avait vraiment considéré comme son gendre. Je me sentais un peu désolé de lui avoir menti sur qui j'étais même si, d'un autre côté, je l'avais fait pour aider Julie.

— Merci à vous pour votre hospitalité et votre gentillesse. Et puis, vous avez vraiment une très belle famille, ajoutai-je avec sincérité.

Je glissai un petit regard à Camille, qui détourna aussitôt le sien.

— Je le sais, répondit Catherine.

— *Trésor*, tu es prêt ?

Julie nous avait rejoints dans le salon, sa valise à la main.

— Je vais dire au revoir à ton père et à Benoît, la prévins-je.

Je m'arrêtai un instant devant Camille.

— À bientôt.

Enfin, elle osa poser les yeux sur moi.

— À bientôt, répéta-t-elle d'une voix neutre.

Mon cœur se serra étrangement dans ma poitrine, mais je ne m'attardai pas plus longtemps et accompagnai Julie pour saluer son père et Benoît sur la terrasse.

Adieu, Camille.

— Je suis contente, lâcha soudain Julie.

Nous étions partis depuis une quinzaine de minutes. Comme à l'aller, j'étais au volant. Julie, assise à côté de moi, pianotait silencieusement sur son portable.

Le temps se couvrait un peu, mais j'espérais que la pluie ne nous tombe pas dessus pour clôturer cette mission en beauté.

— Toute ma famille t'a littéralement adoré et adopté, déclara soudain Julie, et le week-end s'est fini sans embûches, donc merci.

Pourtant, je n'avais pas de quoi être fier. C'était la première fois que j'avais autant merdé pendant mon boulot. Comment avais-je pu être aussi irresponsable et irréfléchi ? J'étais un adulte, bordel !

— Je ne veux pas que tu me payes, dis-je alors.

Julie resta silencieuse. Si elle ne savait pas ce que j'avais fait, j'étais certain qu'elle avait des doutes. Cette femme était bien plus intelligente qu'elle ne le laissait croire.

— C'est à cause de toi qu'elle a hésité, n'est-ce pas ?

Évidemment, elle parlait de Camille.

— Je ne sais pas si c'est entièrement ma faute, mais je pense être l'une des raisons, oui, répondis-je en toute honnêteté.

Du coin de l'œil, je l'aperçus fermer les paupières, avant qu'elle donne un violent coup de poing sur la boîte à gants.

— Putain de merde ! cria-t-elle. J'ai fait semblant de ne pas voir ce qui se passait entre vous et, quand elle a finalement dit oui, je me suis dit que je m'étais fait des films, mais non, il s'est vraiment passé un truc entre vous, bon sang de bonsoir !

Conscient que m'excuser ne ferait que l'énerver davantage, je préférai garder le silence et la laisser digérer tout ça.

— Vous êtes allés jusqu'où exactement ? m'interrogea-t-elle froidement.

Je lui lançai un regard qui voulait tout dire.

Elle soupira bruyamment.

— Ce n'est pas possible… Comment as-tu pu me faire ça, Léo ? À ma sœur ? À son couple ? À ma famille ?

— Si tu me permets, je…

— Non, je ne te permets pas. Je ne te permets plus rien du tout !

De toute façon, Julie devait bien se douter que je n'avais pas baisé sa sœur tout seul.

En revanche, j'étais certain qu'elle regrettait de m'avoir engagé. Parce que, si elle ne l'avait pas fait, alors rien ne serait arrivé… Mais moi je ne regrettais pas ce qui s'était passé. Si j'avais pu remonter le temps, il était fort probable que j'aurais fait les mêmes choix. Parce que résister à Camille était comme résister à la gravité terrestre. Impossible.

Julie se pencha en avant pour mettre de la musique, et je sus que la conversation était close.

Elle ne me salua pas lorsque je la déposai à Corbas. Elle claqua la portière, récupéra sa valise dans le coffre avant que je sois descendu de la voiture, puis s'en alla sans même me jeter un seul regard. Elle était furieuse, et elle avait de quoi l'être.

Cependant, alors que je redémarrais, Julie revint sur ses pas et, d'un air menaçant, elle me fit signe de baisser ma vitre.

— Je te préviens, si par ta faute Camille et Benoît se séparent, je te retrouverai et je te tuerai, c'est clair ?

J'acquiesçai.

— Bien.

Puis elle repartit, satisfaite.

Je m'adossai à mon siège et fermai les yeux. Ma mission était finie, et il était temps que je passe à autre chose. Pourtant, le visage de Camille était partout dans mon esprit. Je pouvais encore ressentir le goût de ses lèvres sur les miennes et l'entendre gémir à mon oreille. Un frisson d'excitation me parcourut.

Putain…

Je rouvris les paupières et repris la route avant de perdre le contrôle de ma tête, et surtout de mon corps.

Chapitre 12

Camille

Finalement, j'étais bien contente que Benoît soit venu avec sa voiture. Car je passai les deux heures et quelques de trajet jusqu'à Lyon à fixer ma bague par intermittence et à culpabiliser. Benoît avait dû la payer une petite fortune, et moi je l'avais acceptée après m'être comportée comme une vraie salope.

Je ne la méritais pas. Et, même lorsque j'aurais fait mes aveux à mon « fiancé », je n'étais pas certaine que je la mériterais.

Benoît était arrivé avant moi, et il m'attendait bien gentiment dans le parking souterrain de notre immeuble.

Malgré la sensation de mal-être qui ne m'avait pas quittée de la journée, je pris sur moi et descendis de la voiture.

Mon petit ami s'approcha et vint déposer un tendre baiser sur mes lèvres.

— Camille... Je suis heureux que tu aies dit oui ce matin, mais... est-ce que tu le pensais vraiment ?

En toute honnêteté, je n'avais pas prévu d'accepter sa demande en mariage sans avoir eu une discussion à cœur ouvert avec lui.

Cependant, face à la curiosité de ma famille et à leurs regards enthousiastes, je n'avais pas pu faire autrement. « J'ai besoin d'y réfléchir » aurait déclenché une avalanche de questions et de protestations. J'étais avec Benoît depuis trois ans, nous habitions ensemble et nous nous aimions à la folie. Personne n'aurait compris ma demande de délai de réflexion, et j'aurais eu l'impression d'humilier Benoît devant tous mes proches et de gâcher la fin du séjour.

Sur le coup, j'avais pensé faire une bonne action, mais j'avais eu tort. Parce que, après avoir fait de mon petit ami l'homme le plus heureux du monde, voilà que je m'apprêtais à lui annoncer la pire chose à laquelle il devait s'attendre de ma part.

Je pris une profonde inspiration, puis triturai nerveusement ma bague.

— J'étais sincère, mais… il faut que je te dise quelque chose d'important.

Quelque chose qui pourrait te faire regretter ta demande en mariage, et même me quitter.

— Je t'écoute.

— Pas ici… Allons chez nous, d'accord ?

Il fronça les sourcils, visiblement intrigué, puis hocha la tête.

— D'accord, allons-y.

Nous récupérâmes nos valises, puis nous prîmes l'ascenseur jusqu'à notre appartement. L'atmosphère était assez tendue, et heureusement pour moi Benoît ne revint pas aussitôt à la charge. Une fois à l'intérieur, j'en profitai pour ranger un peu mes affaires et me mettre à l'aise avant de lui parler. Mais, au moment d'aller le retrouver dans le salon, je reçus un appel de Julie.

Curieuse, je décrochai.

— Allô ?

— Tu m'expliques ce qui t'a pris ?
Elle semblait furieuse.
— De quoi tu parles ?
— De Léo. Ou plutôt, de toi et Léo.

Eh merde. Comme si je n'avais pas suffisamment de problèmes, voilà que ma sœur était au courant de ma liaison et qu'elle comptait m'en mettre plein la gueule.

— On peut en reparler plus tard, s'il te plaît ?

Je ne savais pas comment je réussissais à rester calme dans cette situation. C'était un vrai miracle.

Julie soupira.

— Je ne peux pas y croire, Camille. Comment as-tu pu tromper Benoît ? !

Moi non plus. Et pourtant, c'était bel et bien arrivé.

— On se rappelle plus tard, OK ?

Je ne lui laissai pas l'occasion de protester et raccrochai. Chaque problème en son temps. Et le plus important à régler m'attendait maintenant.

Après avoir inspiré profondément, je me rendis dans le salon d'un pas déterminé. Je ne me sentais pas prête à lui faire face, mais je n'avais pas le choix. Je me devais de lui dire la vérité. Même si cela lui faisait probablement encore plus mal qu'à moi.

Benoît était installé confortablement et regardait les informations. Je m'assis à côté de lui et pris sa main dans la mienne. Il baissa le son de la télévision et planta ses yeux soucieux dans les miens.

— Je…

Ma voix était vacillante, mais il fallait que je le lui dise.

— Avant tout, je veux que tu saches que je n'ai jamais voulu te blesser. Je ne sais pas pourquoi j'ai fait ça, Benoît. Je ne sais pas pourquoi et je m'en veux terriblement… C'était une erreur. La pire de toutes, et je la regrette. Sincèrement. Si je pouvais revenir en arrière… Mais je ne peux pas. Je…

— Camille, me coupa-t-il avec inquiétude, qu'est-ce que tu as fait, bébé ?

Je fermai les yeux un court instant et réprimai une forte envie de fondre en larmes.

— J'espère que tu pourras me pardonner un jour, murmurai-je en le regardant à nouveau, parce que je t'aime et que devenir ta femme est la plus belle chose dont je puisse rêver…

— Camille, répéta-t-il avec sérieux cette fois.

— Je… J'ai couché avec Roméo.

— Tu as quoi ? me demanda-t-il d'une voix incrédule.

Mais je sus qu'il avait parfaitement compris, car il retira aussitôt sa main de la mienne et m'observa avec un mélange de dégoût et d'incrédulité.

— Je suis désolée, soufflai-je.

Les larmes coulèrent sur mes joues. J'étais terriblement désolée.

Sa mâchoire se serra de rage, puis il secoua la tête et se mit debout. Si la colère était toujours visible sur son visage, le chagrin y était aussi à présent.

— Pourquoi, Camille ?

Il paraissait vraiment consterné.

Je baissai les yeux sur mes mains tremblantes.

— Je ne sais pas…

Mensonge.

— Tu couches avec un autre homme et tu ne sais pas pourquoi ? Tu te fous de moi ? ! s'énerva-t-il.

— Il… Il me plaisait… Mais c'est toi que j'aime, Benoît ! m'exclamai-je en me levant à mon tour.

— Ouais, je vois bien à quel point, répliqua-t-il en me dévisageant avec mépris.

Je gardai le silence. Mon cœur battait à tout rompre dans ma poitrine.

— Et je ne sais pas ce qui est le pire, reprit-il, que tu m'aies trompé avec le mec de ta sœur, ou que tu m'aies trompé derrière mon dos, sans que je m'en rende compte. À moins que ce ne soit mercredi soir ? Dis-moi quel jour c'était. Quand est-ce que tu as baisé avec cet enfoiré ?!

Si je lui avouais que j'avais couché avec Léo juste après sa demande en mariage, Benoît deviendrait fou furieux. Et, comme j'avais été capable de lui faire une chose pareille, il y avait peu de chances pour qu'il me croie réellement amoureuse de lui. J'avais déconné. Énormément.

D'un autre côté, je lui avais suffisamment menti comme ça.

— Hier… Après le déjeuner.

Ses yeux manquèrent de sortir de leurs orbites.

— Que… Quoi ?

Sa voix s'étouffa dans sa gorge.

— Il me plaisait, et ta demande en mariage inattendue m'a fait perdre la tête. Je ne sais pas pourquoi j'ai fait ça, Benoît, j'étais déboussolée… Tout ce que je sais, c'est combien je le regrette…

J'avais beau essayer d'être le plus sincère possible, une part de moi savait que je n'étais pas honnête envers lui ni envers moi-même. J'avais aimé coucher avec Léo. À tel point que je ne regrettais pas l'acte en lui-même, mais seulement les conséquences qui en découlaient.

— Et… Tu as pensé à Julie ? Qu'est-ce que…

— Roméo n'est pas son petit ami, le coupai-je, c'était un escort qu'elle avait engagé pour le week-end.

Benoît ouvrit grand la bouche, puis la referma. Il resta silencieux un instant, le temps de digérer cette nouvelle information, puis se rassit sur le canapé.

— Un escort ? Tu m'as trompé avec une pute ? !

Il n'en revenait pas.

— Non... Il est seulement accompagnateur, il ne couche pas avec...

Benoît leva brusquement la main dans ma direction.

— Tu sais quoi ? Je m'en fous.

Il se redressa à nouveau et quitta le salon d'un pas rapide.

Non... Non...

— Où est-ce que tu vas ? lui demandai-je en le suivant dans le couloir.

Au fond de moi, je savais très bien ce qu'il était en train de faire, mais je ne pouvais tout simplement pas l'accepter.

Sans me répondre, Benoît entra dans la chambre et récupéra sa valise qu'il n'avait pas encore défaite. Il se retourna et s'arrêta en constatant que je lui bloquais le passage.

— Qu'est-ce que tu fais ? l'interrogeai-je d'une voix désemparée.

Il ne peut pas partir. Pas maintenant. Pas de cette façon !

— Laisse-moi passer, Camille.

— Mais réponds-moi au moins !

Il continua de m'ignorer et me poussa sur le côté.

— Benoît ! criai-je en le rattrapant.

Je lui saisis le bras, mais il m'écarta à nouveau et ouvrit la porte d'entrée.

— Benoît, je t'en prie, ne pars pas ! dis-je en sanglotant avant de tomber à genoux sur le sol.

Sans me jeter un seul regard, il quitta l'appartement.

Oh ! mon Dieu ! Qu'avais-je fait ? Pourquoi ? Mon couple était détruit. Je l'avais détruit. Et c'était uniquement ma faute.

Je posai la tête sur mes jambes et continuai à pleurer en espérant qu'il revienne.

Il ne pouvait pas m'abandonner comme ça, après trois ans de relation. J'avais merdé, je le savais, mais… Il m'aimait, non ? Il pouvait trouver au fond de lui la force de me pardonner. Il le devait. Parce que j'avais besoin de lui.

— On… On doit se marier, murmurai-je d'une voix brisée.

Ou plutôt, on aurait pu.

Léo

Alors que je me rendais chez mon dernier client de la journée pour faire un devis, je reçus un appel inconnu. Afin de ne pas être gêné dans ma conduite, je mis mon portable sur haut-parleur et décrochai.

— Allô !

— Bonjour, monsieur Genier, je suis Mme Logel, la directrice de l'école de votre fils.

Soudain inquiet, je freinai un peu trop brusquement à un feu rouge.

— Il est arrivé quelque chose à Mathis ? m'enquis-je.

— Non, votre fils va très bien. En revanche, on ne peut pas en dire autant de son camarade de classe avec qui il s'est bagarré et qui se retrouve maintenant avec un bel œil au beurre noir.

— Mathis s'est bagarré ? m'étonnai-je.

Mon fils était doux comme un agneau !

— C'est exact, et j'aimerais discuter avec vous de cet incident à la sortie de l'école si vous avez un peu de temps.

Je n'en revenais pas. Comment Mathis avait-il pu frapper quelqu'un ? Et surtout, pour quelle raison ?

— Euh oui, bien sûr…

— Parfait. À tout à l'heure alors !

— Au revoir.

Et je raccrochai, encore sous le choc.

Son camarade de classe avait forcément dû l'embêter ou le provoquer. Et, à vrai dire, j'étais cependant content que mon fils sache se défendre. Et aussi rassuré qu'il n'ait pas non plus envoyé l'autre gamin aux urgences. Mais j'espérais tout de même que cette petite bagarre soit la première et la dernière dans toute sa scolarité…

Après avoir fourni un devis à M. Gomez pour un nouveau robinet dans sa cuisine, je passai rapidement me changer à la maison. Puis je me rendis en voiture à l'école primaire de Mathis.

Comme toujours, il y avait foule et agitation devant le portail de l'établissement. En apercevant la maîtresse de Mathis me faire signe de la main depuis la cour de récréation, je réussis néanmoins à me frayer un chemin entre les parents et les enfants pour la rejoindre.

— Bonjour, monsieur Genier, vous allez bien ? me demanda-t-elle d'une voix mielleuse.

En plus d'être une excellente professeure, Mme Vernois était une femme tout à fait charmante. Elle arborait un visage avenant, mis en valeur par un maquillage discret. Je savais qu'elle en pinçait pour moi depuis la rentrée de mon fils, mais je n'avais jamais répondu à ses attentes. Sortir avec la maîtresse de mon fils était déplacé, et me contenter de la baiser encore plus. Depuis mon séjour chez les Dupont, une seule femme occupait l'intégralité de mes pensées, et ce n'était pas elle.

— Je vais bien merci, et vous ?

— Très bien ! Je suppose que Mme Logel vous a convoqué à propos de la bagarre avec le petit Nicolas.

Nicolas ?

— Vous parlez de Nicolas Peroz ?

Elle acquiesça.

Pourtant, Nicolas Peroz était le fils de la meilleure amie de mon ex-femme, et également un très bon ami de Mathis.

— C'est bizarre, dis-je, pensif.

— C'est vrai que j'ai toujours trouvé qu'ils s'entendaient bien, admit Mme Vernois, comme quoi les apparences sont trompeuses.

— D'ailleurs, est-ce que vous savez ce qui s'est passé ? l'interrogeai-je, curieux.

— Eh bien, la bagarre a eu lieu pendant la dernière récréation de la journée. Je n'étais pas de surveillance, alors je n'ai pas vu ce qui s'est passé. Je sais juste qu'une autre maîtresse a accompagné le petit Nicolas à l'infirmerie et que Mathis a été directement appelé par la directrice. Il est revenu en classe une dizaine de minutes plus tard, mais je n'ai pas eu l'occasion de lui parler à ce sujet. Et Mme Logel ne nous a encore rien dit.

Malheureusement, cela ne m'aidait pas beaucoup.

— Je vais vous conduire au bureau de la directrice, ajouta-t-elle.

— Merci.

Elle m'offrit un sourire charmeur avant de me guider dans l'école. Lorsque j'aperçus Mathis assis sur un banc dans le couloir, je sus que nous étions arrivés.

Papa ! s'écria-t-il en me voyant.

Il sauta de sa place et accourut vers moi.

— Salut, bonhomme, dis-je en ébouriffant ses cheveux châtains.

Mon fils me ressemblait comme deux gouttes d'eau, et j'en étais plutôt fier.

— Alors, comme ça, tu t'es pris pour Rocky Balboa ?

Pour avoir déjà vu les films avec moi, Mathis n'eut aucun mal à comprendre ma référence. D'ailleurs, mieux valait que Marion n'en sache rien, sinon elle risquait encore de piquer une crise.

— Mais c'est parce que…

Mathis ne termina pas sa phrase, et je n'eus pas besoin de me retourner pour en connaître la raison. Il me suffit d'entendre le claquement de ses talons sur le sol pour deviner que Marion approchait.

— Pour une fois que tu es à l'heure, dit-elle d'une voix hautaine.

Elle était toujours aussi agréable…

Je lui fis face et croisai son regard dédaigneux. Ses cheveux auburn étaient tressés sur le côté, et elle portait un ensemble blazer et jupe à carreaux.

— Je suis sûr que c'est ta faute, me lança-t-elle avant de jeter un coup d'œil à Mathis.

… Et toujours aussi cinglée.

D'ailleurs, je me demandais souvent comment j'avais fait pour ne pas l'avoir remarqué à l'époque. Comme quoi, l'amour rend vraiment aveugle, hein…

— Bah oui, bien sûr, répondis-je avec ironie.

Elle s'apprêtait à répliquer quelque chose, mais les parents de Nicolas, accompagnés de ce dernier, arrivèrent dans le couloir. M. et Mme Peroz n'avaient pas l'air contents… Et, à voir le joli coquard qui se dessinait sur le visage de leur fils, cela était compréhensible.

Mathis lui avait visiblement mis une sacrée droite. Bien que je sois fier que mon fils sache se battre, il était hors de question qu'il utilise à nouveau ses poings, sauf en cas de légitime défense. Et, pour le moment, la seule victime ici était Nicolas. Pourtant, Mathis était loin d'être un garçon violent, alors j'étais vraiment curieux de découvrir pourquoi il avait agi ainsi !

Au même moment, la directrice, une grande brune âgée d'une cinquantaine d'années, ouvrit la porte de son bureau. Elle devait être devin.

— Bonsoir à tous, nous accueillit-elle. Tout d'abord, j'aimerais parler aux parents de Mathis. Clarisse, est-ce que tu pourrais rester avec Mathis, Nicolas et ses parents, s'il te plaît ?

Mme Vernois hocha la tête.

— Bien.

Mme Logel se tourna vers Marion et moi.

— Je vous en prie, entrez.

Nous lui emboîtâmes le pas. Mme Logel s'installa à sa table tandis que nous prîmes place en face d'elle sur des chaises en bois.

La directrice me fixa un instant, avec un mélange de curiosité et de scepticisme, puis reprit la parole.

— Je ne vais pas y aller par quatre chemins. Il se trouve que Nicolas a dit à votre fils que vous, monsieur Genier, étiez un prostitué.

J'en restai sans voix. Marion aussi d'ailleurs, mais étrangement elle semblait plus mal à l'aise que surprise par cette annonce.

— Bien évidemment, cette insulte n'a pas plu à Mathis, alors votre fils a frappé son camarade pour défendre votre honneur.

Mme Logel passa une main dans ses courts cheveux noirs.

— Je peux comprendre le comportement de Mathis, continua-t-elle. Malheureusement, cette école et moi-même ne tolérons pas la violence.

— Vous n'allez quand même pas l'exclure de l'école ? intervint Marion, paniquée.

— Non, la rassura Mme Logel. Étant donné que c'est la première fois que ça arrive et que les circonstances sont atténuantes, il n'y aura pas d'exclusion. Mais je suis obligée de le sanctionner. En plus de devoir s'excuser auprès de Nicolas, Mathis devra faire un exposé sur les conséquences de la violence, je vais voir avec Mme Vernois pour qu'elle s'en occupe. Ça me paraît être une punition astucieuse. Ah et bien sûr, Nicolas devra également s'excuser auprès de votre fils pour avoir dit ce qu'il a dit. Qu'en pensez-vous ?

Marion me jeta un regard interrogatif. C'était bien la première fois que mon ex-femme se souciait de mon avis. À moins qu'elle n'attende que j'avoue à Mme Logel mon second travail… Ce qui ne risquait pas d'arriver !

— Eh bien, je trouve que c'est correct pour chacun des enfants, déclarai-je.

Mme Logel sembla ravie.

— Parfait ! Bon, j'espère en tout cas que vous parlerez à Mathis afin que ce genre d'événement ne se reproduise pas.

— Oui, bien sûr, lui assura Marion en se mettant debout.

Mme Logel se leva à son tour, et je l'imitai.

— Alors tout est parfait. Je vous raccompagne.

Parfait était vraiment son mot préféré… Pourtant la situation était loin de l'être réellement.

Nous sortîmes dans le couloir et, après nous avoir serré la main, la directrice convoqua les parents de Nicolas. J'adressai un regard désolé au père de ce dernier, avant d'apercevoir sa femme glisser discrètement un mot à l'oreille de Marion.

Hum… J'ai comme l'impression qu'il y a anguille sous roche.

Clarisse s'était assise sur le banc entre Mathis et Nicolas. Tous deux étaient d'ailleurs bien silencieux. Je m'approchai alors de la maîtresse pour lui demander une faveur.

— Est-ce que cela vous dérangerait de surveiller Mathis encore cinq petites minutes ? J'aimerais parler à mon ex-femme en privé.
— Oui, pas de soucis.
— Viens avec moi, dis-je à l'intention de Marion.

Étonnamment, elle ne protesta même pas et me suivit sans un mot. Cette fois, j'étais certain qu'elle me cachait quelque chose. Nous nous arrêtâmes dans la cour désormais déserte.

— Tu m'expliques ?

Elle soupira.

— Très bien. Tu sais que la mère de Nicolas est mon amie, n'est-ce pas ?
— Ouais.

Je croisai les bras sur mon torse, ayant une petite idée de la connerie qu'elle avait faite.

— Eh bien, il se trouve qu'on a parlé de toi au téléphone ce week-end et que je lui ai dit pour ton… « travail ».

Et voilà, on y était.

— Nicolas a dû entendre notre conversation, continua-t-elle. Enfin, c'est ce qu'Aline m'a dit avant d'entrer dans le bureau de la directrice.

— Et tu l'as dit à qui d'autre exactement ? Que j'étais une pute ? Que je sache si d'autres gamins ont l'intention de créer des problèmes à mon fils ?

Mon ton provocateur l'énerva aussitôt.

— Oh ! parce que c'est ma faute si tu es une pute, Léo ? J'ai menti peut-être ? !

Je pris trois bonnes secondes pour essayer de me calmer.

— Non, mais tu n'étais pas non plus obligée de le crier sur tous les toits.

— Eh bien, dans ce cas, tu n'as qu'à changer de boulot ! Au lieu de mentir à tes amis, à ta famille, à ton fils et à son école !

Et voilà qu'elle avait réussi à faire retomber la faute sur moi. Ce n'était pas la première fois qu'elle le faisait, mais c'était l'une des rares fois où je devais bien admettre qu'elle n'avait pas vraiment tort.

Marion sembla remarquer ma prise de conscience, car elle poursuivit d'une voix plus calme :

— Bon, écoute, il faut que j'y aille. J'ai rendez-vous avec des amis ce soir. Embrasse Mathis de ma part, OK ? Et, pour l'amour de Dieu, ne le couche pas à point d'heure !

Parce que, bien sûr, elle ne peut pas prendre trente secondes de son temps pour aller dire au revoir à son fils elle-même...

Elle s'apprêtait à tourner les talons, mais je l'arrêtai presque aussitôt.

— Est-ce que tu étais amoureuse de lui ?

Je n'eus pas besoin de préciser que je parlais de l'homme avec qui elle m'avait trompé quatre ans plus tôt. Elle le savait.

— Pourquoi tu me demandes ça tout d'un coup ? s'étonna-t-elle.

Pourquoi ? Parce que j'étais tombé amoureux d'une femme en couple et que j'avais couché avec elle. Il m'avait suffi de trois jours pour comprendre que l'amour était capable de nous faire faire des folies.

Alors, si Marion admettait être tombée amoureuse de ce type, peut-être que je pourrais enfin comprendre son acte.

— S'il te plaît, insistai-je.

Elle leva les yeux au ciel, puis les planta à nouveau dans les miens.

— Non, admit-elle, mais je ne t'aimais plus non plus.

Même si cet aveu ne me surprenait pas plus que ça, j'étais curieux.

— Depuis quand ?

— Léo, soupira-t-elle, ça n'a plus d'importance !

— Ça en a pour moi, alors dis-moi.

À l'époque de son adultère et de notre divorce, je n'avais rien souhaité savoir, j'étais trop blessé, et je lui en voulais terriblement de m'avoir brisé le cœur et d'avoir détruit notre famille.

— Je l'ai réalisé peu de temps après la naissance de Mathis, finit-elle par m'avouer.

Ce qui signifiait qu'elle avait prétendu m'aimer pendant quatre ans. Quatre putains d'années à vivre dans le mensonge.

Je serrai les poings pour ne pas laisser la colère m'emporter.

— Pourquoi ne pas me l'avoir dit ?

— Tu me demandes ça sérieusement ? On venait d'avoir un enfant. Mathis avait besoin d'une mère et d'un père. Et puis, j'avais toujours de l'affection pour toi, tu sais. Même si mon cœur ne battait plus la chamade quand tu m'embrassais…

De l'affection… Seulement de l'affection. Bon sang, comment avais-je pu ne rien voir ?

— Est-ce que tu m'as trompé plusieurs fois ? demandai-je alors, crispé.

— Non. Thibaut était le seul…

— Et, si je ne l'avais pas découvert, tu aurais continué à le voir tout en élevant Mathis avec moi ou bien… ?

— Je ne sais pas, Léo, m'interrompit-elle. Je ne sais pas ce que j'aurais fait, d'accord ? Le fait est que tu l'as découvert, que j'ai arrêté de voir cet homme et que nous avons quand même divorcé, point barre. Bon, il faut vraiment que j'y aille maintenant, sinon je vais être en retard !

Mais je voulais encore savoir une dernière chose.

— Pourquoi tu as cessé de m'aimer ?

— L'amour, ça ne se commande pas, Léo, répondit-elle avec une étrange sincérité. Mais je pense que notre histoire est allée trop vite. Le mariage, avoir un enfant et l'élever, et tout ça en ayant à peine une vingtaine d'années… J'étais très excitée au début puis, lorsque les choses se sont calmées, qu'on a emménagé ensemble et que notre vie est devenue plus routinière et posée, la passion et la folie se sont envolées. Crois-moi, si j'avais pu continuer de t'aimer, je l'aurais choisi. C'est un peu ma faute si tu as fini par tomber aussi bas, non ?

Et elle faisait sans aucun doute allusion à mon travail d'accompagnateur. Marion ne me laissa pas le temps de répliquer quoi que ce soit et s'en alla une bonne fois pour toutes.

Les réponses que j'avais obtenues n'étaient pas tout à fait celles que j'espérais, mais je m'en contenterais. Et, bien que l'amour ne soit pas la cause de son adultère, je pouvais tout de même en partie comprendre son acte. Marion ne s'était plus sentie comblée avec moi mais, à cause de Mathis et de notre mariage, me quitter aurait été compliqué pour elle. Alors elle avait essayé de chercher ailleurs ce qui lui manquait tout en restant avec moi pour le bien de notre famille.

Je songeai à nouveau à Camille. Si elle semblait se trouver un peu dans une situation similaire à celle de Marion, j'étais certain d'avoir perçu une vraie alchimie avec elle. Avait-elle couché avec moi parce qu'elle ne se sentait plus assez désirée par Benoît, ou bien… l'amour lui avait-il, à elle aussi, fait perdre la raison ?

Je chassai ces pensées de mon esprit. De toute façon, c'était trop tard.

J'enfouis les mains dans les poches de mon jean, puis retournai à l'intérieur de l'école chercher mon fils.

Chapitre 13

Mathis garda le silence une bonne partie du trajet jusqu'à la maison.

Après mon divorce d'avec Marion, nous avions vendu notre appartement de Feyzin. Marion en avait alors loué un nouveau dans la même ville, car elle y travaillait, tandis que j'avais préféré en acheter un dans le 3e arrondissement de Lyon. Il n'était certes pas aussi grand et luxueux que celui dans lequel vivaient Camille et Benoît, mais je m'y sentais bien et j'étais certain que c'était pareil pour Mathis. Le quartier était vraiment sympa, en plus de n'être situé qu'à une vingtaine de minutes en voiture de chez Marion et de l'école de Mathis, ce qui était plutôt pratique pour les déplacements.

— Dis, papa, est-ce que tu vas me punir ?

Sa question me fit sourire. C'était donc cela qui le tracassait. Je repensai à l'exposé et aux excuses qu'il allait devoir faire et jugeai que cela serait suffisant. D'autant plus que j'étais en partie responsable de sa bagarre.

— Non, mais seulement si tu me promets de ne plus jamais te battre.

— Mais c'est parce que Nicolas a dit n'importe quoi !

— Et alors ? Ce n'est pas une raison pour lui mettre un coup de poing, le réprimandai-je d'un ton sévère.

Je l'entendis soupirer.

— Donc, plus jamais de bagarre, on est d'accord, Mathis ? repris-je d'une voix plus calme.

— Oui...

Même s'il avait l'air encore contrarié, je savais que je pouvais lui faire confiance.

— Bien.

Je l'observai un instant dans le rétroviseur et remarquai qu'il semblait toujours perturbé par quelque chose.

— Allez, crache le morceau, lui lançai-je.

Il eut un bref sursaut.

— Nicolas a raconté que c'était maman qui avait dit à sa mère que tu étais un prostitué.

— Tu sais ce que ça veut dire au moins ?

— Nicolas a dit que des femmes te donnaient de l'argent pour que tu fasses l'amour avec elles.

Eh bien, le petit Nicolas en connaissait des choses à huit ans...

— Et tu sais ce que c'est de faire l'amour ?

— La maîtresse a dit que c'est quand deux adultes se mettent tout nus et se font des câlins, parce qu'ils sont amoureux. Je sais aussi que c'est comme ça qu'on fait les bébés. Mais toi, tu n'es pas amoureux de plein de femmes et tu ne leur fais pas plein de bébés, pas vrai ?

— Non, je ne fais pas ça, répondis-je avec sérieux.

— C'est ce que j'ai dit à Nicolas, mais il ne me croyait pas. Il disait que tu étais dégoûtant et sale, et que moi aussi.

— La prochaine fois que Nicolas raconte n'importe quoi, au lieu de le frapper, tu vas voir ta maîtresse et tu lui dis toutes les bêtises que te raconte Nicolas, d'accord ? Comme ça, il se fera disputer et pas toi.

— D'accord…

Je m'arrêtai à un feu rouge et tournai la tête vers Mathis.

— Si maman a dit ça à la mère de Nicolas, c'est parce qu'elle adore dire n'importe quoi sur moi à ses copines, et que Nicolas n'a pas compris que c'était une blague.

Mathis sembla enfin se détendre.

— Du coup… Est-ce qu'à la maison on pourra regarder *Your Name*[1] ?

Je le scrutai avec malice.

— Tu n'as pas de devoirs à faire ?

Mathis secoua vivement la tête.

— Non.

Quand mon fils mentait, cela se lisait clairement sur son visage. Un bruit de klaxon me fit réaliser que le feu était passé au vert.

— On le regardera quand tu auras fini tes devoirs, dis-je en démarrant.

— Mais je n'en ai pas ! s'exclama-t-il. Je te le jure !

Heureusement, j'avais toujours un moyen de lui faire admettre la vérité. Il me suffisait de lui demander de le jurer, non pas devant Dieu, mais devant un de ses personnages de films d'animation japonais.

— Tu le jures devant la princesse Mononoké ?

Mathis ne répondit pas, et je sus que j'avais raison.

— Nous regarderons donc *Your Name* quand tu auras fait tes devoirs, conclus-je d'un air satisfait.

1. Film d'animation japonais réalisé par Makoto Shinkai.

Camille

Ma journée de travail avait été horrible. À tel point que j'avais longuement hésité à rentrer chez moi pendant ma pause déjeuner. Mais, finalement, je m'étais dit que rester seule à l'appartement et passer la fin de l'après-midi à penser à Benoît ne m'aurait pas aidée à aller mieux. Au moins devoir me rendre sur mon chantier de construction et analyser son état me changeait un peu les idées. Heureusement, les ouvriers avaient fait du très bon travail en mon absence, et je n'eus pas à demander de faire démolir un nouveau mur. Le maçon avait même pris un peu d'avance et avait déjà carrelé la terrasse. Lorsque tout serait fini, mes clients seraient probablement satisfaits du résultat. J'espérais également pouvoir impressionner un peu mes collègues !

Mais bien que j'aie réussi à faire abstraction de mes problèmes personnels durant l'après-midi, lorsque je rentrai à l'appartement après le boulot, je sus que j'allais passer la soirée à déprimer. Benoît était venu chez nous pendant mon absence et avait emporté avec lui des vêtements et des affaires de toilette. Cela signifiait clairement qu'il ne reviendrait pas dans l'immédiat, peut-être même pas les jours suivants... Le pire dans l'histoire, c'est que c'était lui la victime et que la personne qui aurait dû partir, c'était moi. Enfin bref, tout ce que j'espérais, c'était qu'il finisse par rentrer à la maison et, surtout, qu'il accepte de me donner une seconde chance.

J'hésitai à lui envoyer un énième message mais, comme il n'avait pas daigné répondre à mes précédents SMS, il était peu probable qu'il le fasse maintenant. Il était préférable que je le laisse réfléchir en toute tranquillité.

Je troquai mon tailleur de travail contre un pantalon ample et un T-shirt large, puis me rendis dans la cuisine pour me faire à manger.

Étant donné que nous n'étions pas allés faire les courses ce week-end, le frigo était quasi vide. Je trouvai quand même deux œufs, un oignon et des lardons pour me faire une omelette. Je m'apprêtais à allumer la plaque de cuisson lorsque mon téléphone sonna.

Espérant que ce soit Benoît, je me précipitai dans ma chambre pour le récupérer. Mais il s'agissait seulement de Laure.

Ma meilleure amie avait dû rentrer de Barcelone aujourd'hui et voulait certainement discuter de ses vacances. Consciente qu'ignorer son appel risquerait de l'inquiéter, je décrochai.

— Coucou, lançai-je en m'installant sur mon lit.

— Je n'ai qu'un seul mot à te dire : je te déteste !

Je craignis un instant que Benoît ne lui ait tout raconté mais, si tel avait été le cas, elle aurait probablement été bien plus furieuse qu'elle ne l'était à présent. Benoît était son ami et, lorsqu'elle apprendrait ce que je lui avais fait, elle m'en voudrait certainement beaucoup.

— Ça en fait trois, lui fis-je remarquer, et pourquoi est-ce que tu me détestes ?

— Parce que tu ne m'as même pas envoyé un seul petit message pour me dire que Benoît t'avait demandée en mariage !

Elle semblait vraiment contrariée.

— Comment tu es au courant ? m'étonnai-je.

— Ce n'est pas ça le plus important ! répliqua Laure, agacée. Pourquoi tu ne m'as rien dit ? Tu as renié mon amitié sans me prévenir ou bien ?

— Ne dis pas n'importe quoi, soupirai-je. Écoute, c'est vrai que j'ai accepté la proposition de Benoît, mais les choses sont un petit peu compliquées entre nous en ce moment.

— « Compliquées » ? C'est-à-dire ?

Même si j'appréhendais sa réaction, une part de moi avait envie de tout lui avouer. Parce qu'elle était ma meilleure amie et que je ne lui avais jamais rien caché jusqu'à présent. Mais il était préférable qu'on se voie pour en parler sérieusement.

Soudain, la sonnette de l'appartement retentit.

Peut-être est—ce Benoît ?

— Longue histoire, mais il faut que j'y aille. Je te rappelle, OK ?

Je raccrochai avant qu'elle ait eu le temps de répondre et allai ouvrir la porte sans même regarder dans le judas.

Malheureusement pour moi, ce n'était pas Benoît mais Julie qui se trouvait devant moi. Vêtue d'un jean trois quarts troué et d'un poncho bohème, ma sœur me fixait d'un air irrité.

— Puisque tu ne m'as jamais rappelée hier, je me suis dit qu'on allait terminer notre conversation en face à face, m'expliqua-t-elle.

— Julie, je…

Elle ne me laissa pas le temps de finir ma phrase et entra dans l'appartement.

— Benoît n'est pas là ? m'interrogea-t-elle en se rendant directement dans le salon.

— Non.

Julie s'assit sur mon canapé et croisa les bras sur sa poitrine.

— Tant mieux. Alors, vas-y, je t'écoute.

Je la fixai, déconcertée.

— Dis-moi pourquoi tu l'as trompé, ajouta-t-elle.

Toujours et encore cette question. Chaque fois que je l'entendais, je culpabilisais davantage et j'avais l'impression d'être la pire petite amie du monde.

— Je ne sais pas, Julie. Je l'ai fait, c'est tout. Et maintenant Benoît va sûrement me quitter.

Elle sembla surprise.

— Tu le lui as dit ?

— Bien sûr ! Après que tu m'as appelée hier. Et c'est pour cette raison que je ne t'ai pas recontactée d'ailleurs, je n'avais pas envie de t'écouter me sermonner alors que je venais de me disputer avec mon fiancé.

Une lueur de compassion traversa son regard, et elle décroisa les bras.

— Je ne suis pas venue te faire la morale, mais pour essayer de comprendre. Vous sembliez tellement amoureux l'un de l'autre que ça me paraît impossible que tu lui aies fait ça.

— Eh bien, peut-être que je n'étais pas aussi amoureuse de lui que tu le croyais, répondis-je sans réfléchir.

J'étais certaine d'être plus surprise que Julie par mon propre aveu.

— Enfin, je l'aime toujours, repris-je aussitôt, mais ce n'est plus comme au début. Et le fait que la passion se soit un peu atténuée m'a fait commettre cette erreur monumentale.

— Donc, tu regrettes ?

— Je n'ai pas envie que notre histoire s'arrête. Je ne veux pas le perdre, même si… Je pense que c'est déjà trop tard.

La fidélité et la confiance étaient pour moi les piliers d'un couple, et je les avais tous les deux détruits. Et, bien que je l'espère du fond du cœur, je ne voyais pas comment Benoît pourrait accepter de continuer notre relation après ça.

Julie sembla ressentir mon chagrin. Elle se leva et vint me prendre dans ses bras.

— Écoute, étant donné que mes histoires n'ont jamais été

sérieuses, je ne suis probablement pas la mieux placée pour te donner des conseils… Alors je ne vais pas commencer.

J'éclatai d'un rire nerveux contre son épaule.

— Tu es vraiment la pire des grandes sœurs.

Elle s'écarta légèrement de moi et me caressa la joue.

— Je peux quand même te dire que je me sens responsable pour ce qui s'est passé. Si je n'avais pas engagé Léo, alors…

— Arrête, la coupai-je, je m'en veux suffisamment et je n'ai pas envie de te faire culpabiliser avec moi, c'est clair ?

Ma sœur sourit tristement.

— Comme tu veux, mais je te promets que je n'aurai plus jamais recours à un escort !

— De toute façon, tu en as tellement mis plein les yeux à toute la famille que, même si tu ne ramènes personne l'année prochaine, ils te laisseront tranquille, crois-moi !

Elle rigola.

— Ouais, enfin, j'espère quand même réussir à me caser avec quelqu'un ! Oh ! mais qu'est-ce que je dis, on est en train de parler de toi, et je me plains toujours de ma situation catastrophique avec les hommes.

Cette fois, ce fut à mon tour de rire.

— Je t'avoue que je préfère changer de sujet. J'étais sur le point de faire une omelette avant que tu débarques. Tu restes manger ? Il y a peu de chances pour que Benoît rentre aujourd'hui, et puis ça m'évitera de passer la soirée à me lamenter sur mon sort.

Julie sembla hésiter un instant.

— Est-ce qu'on ne pourrait pas plutôt commander une pizza Domino's ? En plus on pourra aussi prendre les mini-pancakes en dessert !

— Va pour la pizza, approuvai-je.

Elle avait de toute façon déjà sorti son téléphone pour appeler. Finalement, j'étais bien contente que ma sœur soit venue à la maison !

Chapitre 14

Note à moi-même : *À l'avenir, mieux vaut éviter de prendre les transports en commun lyonnais aux heures de pointe.*

À 19 heures, le métro D était littéralement bondé. Cela faisait longtemps que je ne l'avais pas emprunté, mais Laure m'avait donné rendez-vous ce mardi soir dans un bar non loin de chez moi. Et qui disait bar disait alcool. Il n'était donc pas question d'y aller en voiture, même si je ne comptais pas boire plus d'un verre.

Je descendis à l'arrêt Vieux Lyon. Le quartier de Saint-Jean était un coin sympa dans lequel j'avais souvent eu l'habitude de traîner pendant mes années d'études. À tel point que Laure et moi avions déjà testé tous les bars et restaurants autour de la cathédrale Saint-Jean. Et nous avions désormais nos préférences.

Et ce soir, je rejoignis Laure à l'Opale. Tout comme moi, elle l'appréciait pour son ambiance cosy et sa musique lounge. J'aurais apprécié un endroit plus tranquille pour pouvoir enfin lui parler de Léo et de Benoît, mais c'était elle qui l'avait choisi en pensant que nous allions célébrer comme il se devait mes fiançailles. Et, bien sûr, je n'avais pas su comment argumenter pour la faire changer de lieu.

À peine étais-je entrée dans le petit établissement que j'aperçus ma meilleure amie me faire de grands signes de la main depuis une table. Contrairement à moi, Laure n'était pas repassée chez elle pour se changer, puisqu'elle portait sa typique tenue d'assistante juridique. Mais elle avait cependant détaché ses cheveux couleur miel et ouvert deux boutons de son chemisier blanc.

Je la rejoignis et l'embrassai sur la joue. Même si j'appréhendais la discussion à venir, j'étais heureuse de la voir.

— Tu en as mis du temps ! me reprocha-t-elle d'un ton faussement contrarié.

— J'ai pris une douche avant de venir, lui expliquai-je.

Je retirai mon blazer bleu pétrole et m'installai en face d'elle.

— J'ai passé la journée sur un chantier et j'avais de la poussière sur tous mes vêtements, ajoutai-je.

— Finalement il y a du bon à ce que je n'aie pas réussi l'école d'architecture, plaisanta-t-elle. Bon, sinon, montre-moi cette bague que tu as au doigt, jeune fille !

Elle m'attrapa la main gauche, et ses yeux s'illuminèrent devant la bague en question.

Il était fort possible que le mariage n'ait jamais lieu. Mais je n'avais pas trouvé la force de l'enlever. Tant qu'il y avait encore un espoir, même infime, que Benoît me revienne, je la garderais car je voulais toujours y croire.

— Pourvu que Naël m'en achète une comme ça, murmura-t-elle en me relâchant. Mais je ne suis pas sûre qu'il comprenne tous les signaux que je lui envoie pour lui dire que je suis prête pour le mariage. Je me force même à regarder *Quatre mariages pour une lune de miel* en replay le soir quand il est là !

Et pourtant, je savais à quel point Laure détestait les émissions de télé-réalité, car elle trouvait leurs concepts stupides.

— Peut-être que c'est lui qui n'est pas encore prêt, suggérai-je.

Laure me fixa avec indignation et amusement.

— Mais quel homme ne rêverait pas de m'épouser, Camille ? Tiens, regarde, je suis même sûre que le mignon petit barman serait d'accord !

Je ne me retournai pas pour observer le barman en question. L'ego de ma meilleure amie me désespérait un peu plus chaque jour ! Mais après tout… Personne n'est parfait !

— Bon, raconte-moi un peu tes vacances, lui lançai-je en essayant de gagner un peu de temps.

Mais Laure me fit les gros yeux.

— On est là pour parler de ta demande en mariage, pas de mes vacances ! protesta-t-elle.

C'est raté…, songeai-je en sentant le stress monter en moi.

Par chance, j'aperçus un serveur s'approcher de notre table et soupirai de soulagement.

— Bonjour, mesdemoiselles, vous avez fait votre choix ? nous questionna-t-il.

Je réfléchis rapidement à ce que je voulais boire.

— Pour moi ce sera un mojito fraise, déclara Laure.

Évidemment, c'était sa boisson préférée.

Lorsqu'on était en première année d'architecture, elle en consommait à chaque soirée. Et, quand il n'y en avait pas, elle piquait une crise et refusait de boire quoi que ce soit d'autre, même de l'eau. C'était un vrai phénomène. Elle s'était calmée après son échec et avait tiré un trait sur l'architecture et sur tout ce qui allait avec, y compris le mojito fraise… Jusqu'à ce qu'il lui manque trop et qu'elle recommence à en boire, mais bien moins régulièrement.

— Et pour moi, une bière blonde, s'il vous plaît.

— Très bien. Je vous apporte ça tout de suite.

Et il nous laissa reprendre le cours de notre conversation.

— Alors ? fit Laure, impatiente.

— Tu veux bien me dire qui t'a mise au courant ? l'interrogeai-je, curieuse.

Ça ne pouvait pas être Benoît, sinon elle connaîtrait également le reste de l'histoire. Julie ? Non, elles n'étaient pas assez proches, et puis ma sœur m'aurait laissé l'honneur de l'annoncer à mes amis. Ma mère peut-être ?

— Ta mère a posté un message sur son profil Facebook, tu ne l'as pas vu ? Il y a même une photo de toi et Benoît, sur laquelle tu n'es pas trop à ton avantage, mais ça, ce n'est qu'un détail ! me taquina-t-elle.

Oh non...

À présent, tous les amis de ma mère ainsi que ceux que nous avions en commun étaient probablement au courant de mes fiançailles. Et, si Benoît refusait de me donner une seconde chance, il ne resterait plus qu'à les informer de mon non-mariage à venir. Sans parler des curieux qui voudraient en connaître la raison...

Laure sembla remarquer ma panique, car elle ajouta d'un ton rassurant :

— Non mais ce n'est pas non plus une photo compromettante, hein ! J'ai des plus gros dossiers sur toi, crois-moi, comme la photo où t'embrasses une inconnue en soirée, tu sais ?

Ah oui, je me souvenais parfaitement de l'instant où cette photo avait été prise. C'était le lendemain des résultats de notre première année. Comme j'avais réussi et que Laure avait échoué, elle avait proposé qu'on aille se bourrer la gueule pour « fêter ça pour moi » et « oublier ça pour elle ». Bref, on avait tellement bu qu'elle m'avait mise au défi d'aller rouler une pelle à un « homme » dos à moi, et, dans le feu de l'action, je l'avais embrassé avant de comprendre que ce n'était pas un homme mais une femme. Autant dire que ça avait été un moment légèrement gênant pour moi, et l'un des plus gros fous rires de ma meilleure amie.

Mais les photos compromettantes qu'elle pouvait avoir sur moi étaient actuellement le cadet de mes soucis. Il fallait que je lui dise la vérité. C'était maintenant ou jamais.

J'inspirai profondément, puis me lançai.

— Je ne sais pas si le mariage aura lieu, lui avouai-je en baissant les yeux sur ma bague. J'ai... trompé Benoît ce week-end.

— Quoi ? s'exclama-t-elle. Mais avec qui ?

— Ça va te paraître super bizarre, mais Julie avait engagé un escort pour qu'il se fasse passer pour son petit ami, parce qu'elle ne voulait pas venir seule comme chaque année chez mes parents.

— Tu... Tu t'es tapé la pute de ta sœur ?

Elle avait l'air d'halluciner complètement et, étant donné mes révélations, il y avait de quoi.

J'aperçus un groupe d'amis assis à une table voisine nous jeter des regards amusés et fit signe à Laure de baisser la voix. Heureusement que le bar n'était pas plein en semaine !

— Ce n'était pas une pute, chuchotai-je. Il ne couche pas avec ses clientes, mais passe seulement du temps avec elles.

Je ne savais pas trop pourquoi je le défendais devant elle, mais je me sentais obligée de le faire. Probablement car, même si je ne le connaissais pas vraiment, j'étais certaine que Léo était au fond quelqu'un de bien.

— C'est ce que ce type t'a dit pour te baiser ? Et tu l'as cru ?

Peut-être que ma meilleure amie avait raison et que Léo m'avait menti.

— J'ai couché avec lui parce qu'il me plaisait et que j'en avais envie, répondis-je seulement.

— Attends, tu as reçu un choc à la tête pendant tes vacances ? Ça doit forcément être le cas.

— J'aurais préféré que ce soit ça, soupirai-je. J'ai tout avoué à Benoît en rentrant d'Avignon et je ne l'ai pas revu depuis dimanche soir. Je sais juste qu'il est repassé à la maison hier pour prendre des affaires pendant que je travaillais. Ça m'étonnerait qu'il me pardonne un jour.

Le dire à voix haute fut encore plus douloureux que de simplement le penser.

Le serveur revint vers nous avec notre commande. Il avait à peine posé le mojito de Laure que celle-ci attrapa son verre et le descendit d'une traite. Elle semblait avoir du mal à y croire, et je pouvais la comprendre. Cela ne me ressemblait pas. Je n'avais jamais agi de cette façon auparavant, et Laure le savait parfaitement.

Elle resta un moment silencieuse, puis demanda simplement :
— Pourquoi ?

Encore cette question.

— Je pense qu'avec Benoît on était dans une mauvaise passe et que j'avais besoin de me sentir désirée… Bien sûr, ça ne justifie pas le moins du monde ce que j'ai fait, mais c'est la seule explication que je peux trouver. Je m'en veux de lui avoir fait une chose pareille, Laure. Je ne sais même pas comment j'en ai été capable.

Ma meilleure amie baissa les yeux sur son mojito et sembla déçue de l'avoir déjà fini. Puis elle ferma les paupières et se massa le crâne un instant, avant de me demander avec sérieux :
— Est-ce que tu es sûre de vouloir poursuivre ta relation avec Benoît ? Si à la première mauvaise passe de ton couple tu te tapes un autre homme, comment peux-tu être certaine que ça ne se reproduira pas ?

I Will Be Your Romeo

Elle avait raison. Je savais pertinemment que Benoît en souffrirait, ce qui ne m'avait pas empêchée de le tromper quand même.

— Il va falloir que tu réfléchisses à ça, Camille, continua-t-elle devant mon silence. Benoît prendra aussi une décision mais, s'il te pardonne et que tu n'es pas certaine de pouvoir garder les cuisses fermées devant d'autres hommes, mieux vaut mettre un terme à votre relation. Je t'aime, et tu es comme une sœur pour moi, mais Benoît est également mon ami, et je ne veux pas qu'il soit blessé à nouveau, tu comprends ?

Ne sachant quoi lui répondre, je me contentai de hocher la tête puis de boire une bonne gorgée de ma bière.

Lorsque je reposai mon verre, Laure me prit la main et m'adressa un sourire.

— Quoi qu'il arrive, je serai là pour toi.

Émue, je le lui rendis.

J'étais vraiment heureuse de pouvoir compter sur elle aujourd'hui et, surtout, de l'avoir dans ma vie.

— Bon, il est temps de se changer les idées, déclara-t-elle soudain, attends, je reviens !

Elle se leva d'un bond et partit parler au barman.

Je me demandais ce qu'elle pouvait bien lui dire avant qu'elle arrive avec deux nouveaux mojitos fraise.

— C'est ma tournée, m'annonça-t-elle en m'offrant un verre, et j'ai un autre petit cadeau pour toi !

Quelques secondes plus tard, *Good Day* de Nappy Roots résonna dans la salle. C'était sa chanson. Celle qu'elle avait toujours l'habitude d'écouter quand elle n'avait pas la pêche.

— Pas question de déprimer ce soir, on va se bourrer la gueule comme si on était encore à la fac et oublier tous nos problèmes. *Entendido, amiga*[1] ?

— *Vale*[2], approuvai-je avant de goûter mon cocktail.

Bien que je ne sois pas une très grande fan des mojitos fraise, je devais bien reconnaître que ceux de ce barman étaient à tomber par terre !

Laure m'obligea ensuite à poser mon verre et à venir danser avec elle à côté de notre table. Il n'y avait que nous sur la piste, mais cela nous était complètement égal. En plus de ça, le barman, qui avait réellement craqué sur Laure, finit par nous offrir un troisième cocktail, grâce auquel je réussis à oublier tous mes soucis pendant quelques heures...

Je rentrai à l'appartement aux alentours de minuit et, complètement K-O, je m'allongeai sur mon lit sans même prendre le temps de me déshabiller.

Moi qui pensais ne pas terminer la soirée complètement bourrée, j'étais certaine de me réveiller avec une monstrueuse gueule de bois le lendemain !

1. « Entendu, mon amie ? », en espagnol.
2. « D'accord », en espagnol.

Chapitre 15

Léo

Je me garai sur le parking de la salle de danse et cherchai du regard la berline noire d'Isabelle. Cette dernière me fit des appels de phare, et je descendis du véhicule pour aller à sa rencontre.

— Salut, toi, dit-elle en me rejoignant à mi-chemin.

Isabelle faisait partie de mes plus vieilles et fidèles clientes depuis que j'avais commencé mon activité d'escort.

Alors, même si je n'avais pas eu l'intention d'accepter de nouvelles missions cette semaine, je ne pouvais pas refuser d'accompagner Isabelle à son cours de salsa ce vendredi soir.

La belle quadragénaire aux courts cheveux bruns noua un bras autour du mien.

— On y va, Julio ? me demanda-t-elle avec un sourire.

Je le lui rendis et l'entraînai vers la salle.

Ma partenaire de danse me relâcha le temps de retirer son long manteau noir et de dévoiler sa tenue de soirée. Une magnifique robe rouge fendue sur le côté, accompagnée d'une paire d'escarpins noir brillant et de bijoux en or.

Isabelle était riche. Ou plutôt, son mari l'était et la laissait se servir de sa carte bleue autant qu'elle le souhaitait. Malheureusement, l'argent ne faisait pas le bonheur.

Elle était l'une de mes clientes qui se confiaient le plus à moi. Elle m'avait un jour expliqué qu'elle était toujours amoureuse de son mari, mais que lui préférait passer tout son temps au travail plutôt qu'avec elle. Avant, c'était avec lui qu'elle prenait des cours de danse mais, puisqu'il n'était plus disponible pour elle ces dernières années et qu'Isabelle ne pouvait pas y aller seule, elle m'avait engagé.

Je me souviens qu'au début elle était gênée d'avoir eu recours à un accompagnateur mais, au fur et à mesure de nos rendez-vous aux cours de salsa, elle avait commencé à m'apprécier. Aujourd'hui, elle adorait avoir un beau jeune homme comme cavalier et se pavaner devant les autres femmes.

Cependant, Isabelle ne m'avait jamais présenté comme son compagnon. Cela aurait été trop risqué vis-à-vis de son mari. Alors, même si le doute planait dans l'esprit des autres danseurs, nous étions seulement de « bons amis ».

Isabelle réajusta le col de ma chemise.

— Tu as l'air dans la lune aujourd'hui, Julio, je me trompe ?

En plus d'être une femme belle et riche, Isabelle était aussi intelligente.

— Excuse-moi, lui dis-je simplement.

Le professeur de salsa, Diego, pria tous les danseurs de venir sur la piste. Isabelle m'entraîna avec elle, puis prit mes mains dans les siennes.

Le professeur démarra alors la musique *Mambo No. 5*, celle qu'il mettait toujours pour l'échauffement.

— Allez, c'est parti, mes petites biquettes, nous lança-t-il avec son accent espagnol. Montrez-moi ce que vous savez faire ! Et je veux vous voir remuer le popotin comme un chihuahua !

Isabelle retint un rire amusé, puis nous commençâmes à danser. Je la fis tourner et virevolter plusieurs fois avec grâce.

Nous prenions des cours de salsa depuis plus de deux ans, alors autant dire que nous étions devenus plutôt bons danseurs !

Lorsque l'échauffement se termina, Diego nous fit passer aux choses sérieuses : apprendre une nouvelle chorégraphie sur la musique *Señorita* de Shawn Mendes et Camila Cabello. Il vint me voler ma charmante partenaire et nous montra les premiers pas à faire.

Mais, une fois de plus, mon esprit dériva sur mes problèmes perso. L'incident avec Mathis à l'école m'avait fait beaucoup réfléchir cette semaine. Je n'étais pas une pute et je ne faisais rien d'obscène avec mes clientes. Cependant, je mentais tout de même à Mathis en lui cachant mon second boulot et je savais qu'un jour il finirait par le découvrir. Parce que les secrets ne durent jamais éternellement.

— Julio ?

Je reportai mon attention sur Isabelle. C'était à nous de danser, et je n'avais mémorisé absolument aucun mouvement de la chorégraphie.

Fait chier…

— Il faut que j'aille prendre l'air cinq minutes, prévins-je Isabelle.
— Ça ne va pas ? s'enquit-elle.
— Je reviens.

J'adressai un signe au prof pour lui signifier que je sortais un instant et quittai la salle.

Une fois dehors, le vent frais de la nuit me fit le plus grand bien.

Je ne savais pas encore ce qui était le mieux à faire pour Mathis. Lui dire la vérité ? Ou bien... Devais-je arrêter l'escorting ?

— Tiens.

J'eus un léger sursaut en apercevant Isabelle à mes côtés. Elle avait revêtu sa veste et agitait les clés de sa voiture devant mes yeux. Je la regardai sans trop comprendre ce qu'elle attendait de moi.

— On va aller boire un verre chez moi, Serge est en déplacement ce soir.

Je ne m'étais jamais rendu chez Isabelle. Nous étions déjà allés prendre un verre dans un bar après le cours de salsa, mais pas chez elle. Et, bien que son mari ne soit pas là, me rendre chez elle me paraissait un peu inapproprié. Mais Isabelle semblait penser autrement.

— Tu viens de m'humilier devant tout le monde en quittant le cours sans raison, alors je ne te laisse pas la possibilité de refuser, ajouta-t-elle d'un ton autoritaire.

Même si je trouvais qu'elle exagérait, elle ne me donna pas l'occasion de protester et me poussa vers sa berline.

Et, comme elle était ma cliente et que je ne voulais pas la contrarier davantage, je montai dans le véhicule à contrecœur. Isabelle se mit au volant et lança un CD de musique espagnole avant de démarrer. Au moins nous restions dans le thème de la soirée...

Isabelle et son mari vivaient dans une grande maison située sur les hauteurs de Lyon. La vue qu'offraient les baies vitrées de son salon était incroyable.

— C'est joli, n'est-ce pas ? demanda-t-elle en ouvrant une bouteille de vin.

Elle nous servit deux verres, puis m'invita à m'asseoir à côté d'elle sur le sofa en cuir noir, face à la vue.

— Tu as beaucoup de chance d'habiter ici, dis-je en acceptant le verre.

— Je sais. Mais, avec un mari attentionné, cela aurait été encore mieux. Enfin… On ne peut pas tout avoir dans la vie.

Je bus une gorgée et souris. Le vin était délicieux.

— C'est un château-angélus de 2005, m'annonça Isabelle. Je l'ai acheté le mois dernier pour notre anniversaire de mariage, mais évidemment Serge l'a oublié, et je n'ai jamais eu l'occasion de l'ouvrir.

Je la regardai avec peine et compassion. Pourquoi l'amour nous faisait-il forcément souffrir ?

— Alors, dis-moi, Léo, qu'est-ce qui te tracasse ?

Bien que j'apprécie beaucoup Isabelle, je ne lui avais jamais parlé de ma vie privée et je ne savais pas si je voulais que cela change. Elle restait une de mes clientes, et je m'étais toujours juré de garder une relation strictement professionnelle vis-à-vis de ces dernières.

Mais, après ce séjour chez les Dupont, autant dire que j'avais manqué à plus d'une de mes promesses.

— Léo, on se connaît depuis plus de deux ans, reprit-elle devant mon hésitation. C'est vrai que je te paye pour tes services, mais je te considère aussi comme un ami. Je te fais entièrement confiance, et je peux t'assurer que tu peux en faire de même avec moi.

— J'ai confiance en toi, répondis-je avec sincérité, mais c'est mon job de t'écouter et d'être là pour toi, pas l'inverse. En plus de ça, ma vie est compliquée, Isabelle.

— Raison de plus pour te confier. Et puis, qui sait, peut-être que je pourrais t'être de bon conseil.

Je croisai ses yeux sombres et n'y lus que de la bienveillance.

— Très bien, concédai-je, je me pose pas mal de questions en ce moment et je me demande s'il ne serait pas temps pour moi d'arrêter d'être accompagnateur.

— Tu n'en as plus envie ?

— Si, j'adore ce job et je ne saurais pas quoi faire d'autre si j'arrêtais. Mais il a aussi des contraintes. Je ne peux pas en parler à ma famille ou à mes amis sans qu'on me prenne pour un prostitué. Et, même si cela m'était égal jusqu'à présent, je ne peux pas non plus avoir de relation sérieuse avec une personne.

Isabelle sirota son verre, l'air pensif.

— Qu'est-ce qui te plaît dans ce travail, Léo ?

Je savais parfaitement ce que j'aimais dans ce travail, mais je pris tout de même quelques secondes pour choisir mes mots.

— L'argent qu'il rapporte, répondis-je avec honnêteté, mais j'aime aussi vous valoriser en étant la personne que vous voulez que je sois, vous donner l'attention et la présence masculine que vous désirez.

— Donc, tu aimes bien le côté humain et social, en conclut Isabelle.

— Ouais.

Je bus une gorgée de vin. C'était un vrai plaisir pour les papilles.

— Tu pourrais chercher un nouveau travail avec ces caractéristiques, dit-elle alors, par exemple, dans le domaine de l'aide à la personne. Tu ne toucherais pas le même revenu, mais au moins il s'agirait d'un travail tout ce qu'il y a de plus normal et dans lequel tu pourrais aider des personnes à se sentir mieux.

À vrai dire, c'était une idée qui méritait réflexion. J'avais bientôt trente ans et je savais que je ne pourrais pas rester accompagnateur toute ma vie.

— Je vais y penser, lui dis-je, merci.

— De rien. Tu veux que je te fasse visiter la maison ? On a un billard à l'étage, je n'y ai jamais joué mais j'aimerais bien, si une petite partie te tente.

— Pourquoi pas, acceptai-je en me levant.

Isabelle attrapa nos verres et la bouteille de vin avant de prendre l'escalier la première. La soirée s'annonçait bien moins pénible que je ne le présageais.

Je rentrai aux alentours de minuit chez moi. Même si Isabelle avait insisté pour que je reste m'amuser encore un peu, je devais récupérer Mathis chez sa mère le lendemain matin, car c'était moi qui avais la garde ce week-end. En plus de ça, mon frère nous avait invités à déjeuner avec toute sa famille le midi.

Autant dire que j'étais plutôt content de ne pas avoir trop forcé sur la bouteille lorsque je me réveillai ce samedi.

J'allai chercher Mathis à 9 heures chez sa mère, puis l'emmenai faire deux trois courses pour le week-end avant de nous rendre chez Guillaume.

Depuis un an, mon frère habitait avec sa famille en plein centre-ville de Vénissieux dans un T4. Il avait dû déménager, car son ancien logement était trop petit pour sa femme et ses deux filles, qui voulaient désormais avoir leur propre chambre.

À l'origine, l'appartement qu'ils avaient acquis était un peu vétuste, mais ma belle-sœur, Cécile, qui était décoratrice d'intérieur, l'avait entièrement rénové et agencé à sa guise. Elle avait fait un si bon boulot que l'appartement était méconnaissable à présent et qu'on s'y sentait vraiment bien. Les murs du salon avaient été repeints en vert et gris tandis que ceux de la cuisine étaient désormais rouge et blanc. Il y avait des plantes et des fleurs dans chaque pièce, ce qui rendait les lieux parfumés et mieux oxygénés. Des meubles plus modernes avaient remplacé les vieux en bois, et la salle de bains avait été complètement refaite pour qu'il y ait une double vasque et une douche à l'italienne.

Même si j'étais déjà passé chez mon frère la semaine dernière, je découvris un nouveau tableau dans le hall d'entrée. Il s'agissait d'une tête de lion peinte sur un fond rose et rouge. Bien que je sois loin d'avoir l'âme artistique, je le trouvai plutôt original et réussi.

— Tu aimes ? me demanda Cécile.

Je reportai les yeux sur ma belle-sœur aux jolis traits asiatiques. Cécile avait d'ailleurs transmis ses origines vietnamiennes et ses cheveux noirs à ses deux jeunes adolescentes, Alicia et Chiara.

— Ouais. Où est-ce que tu l'as acheté ?

— C'est une amie qui l'a fait pour moi. Je trouve qu'elle a un talent fou. En tout cas, si son style te plaît, tu peux aller jeter un coup d'œil à son profil Facebook. Elle s'appelle Julie Dupont.

Sérieusement ?

Cécile ne sembla pas remarquer mon étonnement et ajouta :

— Les peintures qu'elle propose sont à un prix abordable. Je pense que tu pourras y trouver ton bonheur. Mais, si tu veux quelque chose de spécial, tu peux en discuter avec elle pour qu'elle te le fasse. En revanche, ce sera un peu plus cher.

— Eh bien, j'irai voir ça, répondis-je simplement.

Le monde était quand même vachement petit. Certes, je savais que Julie habitait à Corbas, et que c'était la ville voisine de Vénissieux, mais de là à ce qu'elle connaisse la femme de mon frère… D'ailleurs, avait-elle déjà rencontré Guillaume également ? J'hésitai un instant à questionner Cécile, mais au même moment elle me proposa de rejoindre le reste de la famille dans la salle à manger.

Les enfants étaient installés à table et picoraient des biscuits apéritifs.

— Les filles, ne dévorez pas trop sinon vous n'aurez plus faim pour la suite, les prévint Cécile en s'asseyant à leurs côtés.

— Ça vaut pour toi aussi, Mathis, ajoutai-je en faisant un clin d'œil à mon fils.

— Léo, tu viens me donner un coup de main en cuisine ? me lança Guillaume depuis le couloir.

J'obtempérai et rejoignis mon frère dans la pièce voisine.

Si j'avais senti l'odeur de la viande et de la friture en arrivant, je découvris que mon frère avait préparé des hamburgers faits maison accompagnés de frites. Les gosses allaient adorer.

Mais, avant qu'on passe à table, il fallait que je sache pourquoi il avait parlé de mon travail d'accompagnateur à Marion.

— Comment ça va, mon frère Scar ? lui lançai-je en mettant un bras autour de ses épaules.

Guillaume le retira et passa une main dans ses courts cheveux blonds.

— Je suis désolé de t'avoir balancé, dit-il, mais je n'ai pas eu trop le choix.

Je fronçai les sourcils.

— Comment ça ?

— J'avais rendez-vous à l'hôpital pour un scanner des sinus, parce que j'avais mal au nez quand je respirais et que Cécile m'a fait flipper en me disant que j'avais peut-être un cancer du nez. Finalement, il s'est avéré que j'avais juste une muqueuse trop développée, mais rien de grave.

— Et donc, le rapport avec ta trahison ?

— Eh bien, j'ai croisé Marion à l'hôpital ce jour-là. Elle était en pause, du coup elle m'a proposé un café, et j'ai accepté. Elle m'a un peu questionné à propos de toi et m'a demandé où tu avais trouvé les moyens de t'acheter une nouvelle voiture aussi luxueuse. Au début, je lui ai dit que je ne savais pas, mais tu connais ton ex-femme…

— Elle t'a torturé avec son kit d'infirmière psychopathe ? suggérai-je.

— Non, elle m'a juste fixé avec insistance, et j'ai fini par cracher le morceau.

Évidemment, mon frère était un vrai couard.

— Eh bien, merci, frérot, dis-je, ça fait toujours plaisir de voir qu'on se serre les coudes dans la famille !

Bien sûr, je le taquinais. Malgré son erreur, j'adorais mon frère, et il m'était impossible de lui en vouloir réellement.

— Si seulement tu faisais un boulot comme tout le monde, soupira-t-il, les choses ne seraient pas aussi compliquées.

Je restai silencieux un moment avant de lui avouer :

— En fait, j'ai peut-être l'intention d'arrêter.

Guillaume eut l'air surpris.

— Pourquoi ? Je pensais que tu adorais tenir compagnie à ces femmes.

— Ça n'a pas changé, affirmai-je, mais certains événements m'ont fait réfléchir, et je crois qu'il est temps que je prenne ma retraite de ce milieu.

— Eh bien, c'est… Une bonne nouvelle, je suppose. Au moins tu n'auras plus à cacher ton boulot ambigu. Mais est-ce que tu sais quoi faire à la place ? Tu veux travailler pour moi à temps complet ?

Je secouai la tête.

— Je ne pense pas que bosser dans la plomberie soit fait pour moi, j'ai plusieurs autres idées de travail, mais il faut encore que je réfléchisse.

Je devais avant tout trouver quelque chose qui me plaise tout autant que l'escorting et, surtout, qui pourrait rendre Mathis fier de moi.

— En tout cas, sache que je te soutiens et que, si tu as besoin d'un coup de main pour tes recherches, tu peux compter sur moi, OK ?

Je lui donnai une brève accolade.

— Merci, Guillaume.

J'aidai ensuite mon frère à apporter les assiettes à table, puis le repas débuta dans le bruit et la bonne humeur.

— Les burgers sont délicieux, chéri, dit Cécile. Tu t'es une fois de plus surpassé.

— Mon frère est un vrai cordon-bleu, approuvai-je en me léchant les lèvres.

— Pourquoi tu dis ça ? m'interrogea Mathis. Tonton n'est pas de la viande panée !

Tout le monde rigola sauf lui.

— C'est une expression, lui expliqua Alicia, sa cousine de quatorze ans. Ça signifie qu'il est doué en cuisine.

Chiara, sa petite sœur de douze ans, grimaça.

— C'est ça, une expression, répliqua-t-elle, fière d'elle.

Je souris, amusé. Il n'y avait pas un seul repas de famille où ces enfants incroyables ne nous faisaient pas rire.

— Papa, est-ce que je peux aller jouer au Twister avec Alicia et Chiara ? me demanda Mathis lorsqu'il eut fini son assiette.

Je jetai un coup d'œil aux filles, qui semblaient avoir terminé également.

— Si tata et tonton sont d'accord, oui.

Ma belle-sœur leur accorda la permission de sortir de table d'un signe de la tête, et les enfants quittèrent aussitôt la pièce.

— Je vais faire du café, nous annonça Cécile en se levant.

Elle déposa un bref baiser sur la joue de son mari et s'éclipsa dans la cuisine.

Guillaume me scruta, puis me demanda :

— Ça ne te manque pas ?

— Quoi donc ?

— D'avoir quelqu'un à tes côtés quand tu te réveilles le matin.

— Tu sais bien que mon second travail n'est pas compatible avec les relations amoureuses.

— Voilà une autre bonne raison pour que tu arrêtes. Ce serait bien que tu retrouves le bonheur avec quelqu'un d'autre.

La seule personne avec qui j'avais pu envisager cela m'était passée sous le nez. Et je savais pertinemment que l'amour ne courait pas les rues.

— À qui est-ce que tu penses ?

Merde. Guillaume m'avait grillé.

— Personne, pourquoi ?

Il sourit.

— Tu as craqué sur quelqu'un.

— Oh ! laisse tomber, soupirai-je.

Mais cet enfoiré n'avait pas l'intention de cesser son interrogatoire.

— Ne me dis pas que c'est une… cliente, murmura-t-il.

— Non. Mais elle est au courant de l'escorting, ce qu'elle n'approuve pas du tout, et puis… Elle va bientôt se marier.

Guillaume médita un instant.

— Pour ce qui est de ton boulot, tu comptes arrêter. Quant à son mariage… Elle sait ce que tu éprouves pour elle ?

Je secouai négativement la tête. Mais, si je n'avais pas partagé mes sentiments avec Camille, j'avais tout de même tenté de les lui faire comprendre et ressentir par d'autres moyens. Malheureusement, cela n'avait pas suffi à ce qu'elle change d'avis sur son mariage. Je n'avais pas réussi et je devais désormais essayer de tourner la page.

— Tu devrais le lui dire, me conseilla Guillaume.

— Dire quoi à qui ? s'enquit Céline en revenant avec un plateau dans les mains.

Son mari récupéra la cafetière ainsi que les tasses.

— Dire à Mathis qu'il est encore trop petit pour regarder les *Star Wars*, répondit Guillaume.

Céline n'était pas dupe, mais elle ne releva pas et nous servit le café.

Non, je ne pouvais pas faire ça à Camille. J'avais assez foutu la merde dans sa vie et dans son couple comme ça. Je ne voulais pas une fois de plus la perturber. Et, de toute façon, il y avait peu de chances pour que cela change quoi que ce soit.

Pourtant, maintenant que mon frère m'avait dit ça, je me demandais si j'allais réussir à passer à autre chose sans avoir tenté le tout pour le tout…

Chapitre 16

Camille

Je passai mon dimanche après-midi au cabinet d'architecture. Rester à la maison, seule, à penser à Benoît, ne m'aidait pas à aller mieux. Alors, comme j'avais les clés, j'avais décidé de venir travailler pour me changer les idées. Mais finalement, où que je sois et quoi que je fasse, il m'était impossible de chasser mes problèmes très longtemps de mon esprit.

Assise à ma table à dessin, je passai plusieurs heures à gribouiller, puis à déchirer et à jeter mes feuilles de papier. J'étais pour le moment incapable d'imaginer ne serait-ce que le début de la maison qui, selon moi, correspondrait et plairait à coup sûr à mes clients.

Abattue, je posai mes stylos, puis rangeai mon matériel avant de récupérer ma veste et mon sac à main. Je fermai mon bureau, puis rentrai chez moi.

Mon métier requérait une concentration totale et, si je continuais à avoir l'esprit ailleurs, cela risquait de me coûter un contrat. Il fallait que je me reprenne en main.

Mais comment, alors que je n'avais toujours aucune nouvelle de Benoît depuis une semaine ? D'un côté, je me disais que ce n'était pas plus mal. Cela me laissait le temps de réfléchir à ce que m'avait dit Laure. Comment pouvais-je être certaine de ne pas le tromper à nouveau ? J'avais beau essayer de m'imaginer commettre la même erreur avec un autre homme, cela me paraissait impossible, bien que je l'aie fait avec Léo. La seule explication logique était que j'étais tombée amoureuse de Léo, mais je ne voulais pas y croire.

En faisant tourner ma clé dans la serrure de ma porte d'entrée, je constatai que cette dernière était ouverte. J'étais pourtant certaine de bien l'avoir verrouillée avant de quitter la maison tout à l'heure. Comme il n'y avait aucune trace d'effraction, cela voulait dire que Benoît était là.

Le cœur serré, j'hésitai quelques secondes à entrer. Peut-être qu'il était juste venu chercher des affaires et qu'il n'avait pas envie de me voir. Cependant, nous ne pouvions pas continuer de jouer au chat et à la souris éternellement. Alors, si Benoît avait l'intention de me quitter, j'allais lui donner l'opportunité de le faire une bonne fois pour toutes. Et s'il voulait rester ?

Je finis par pénétrer dans le hall, déposai mon sac sur la commode et accrochai ma veste au portemanteau.

Des bribes de conversation me parvenaient depuis le salon. La télé était allumée, étrange. Je me rendis dans la pièce et trouvai Benoît, assis sur le canapé.

— Où est-ce que tu étais ? m'interrogea-t-il sans détacher les yeux de l'écran.

— Au bureau, répondis-je en m'approchant lentement.

Qu'étais-je censée penser de la situation ? Était-il rentré à la maison ou bien allait-il me demander de faire mes valises et de partir ?

— Il faut qu'on parle, déclara-t-il soudain.

I Will Be Your Romeo

Il éteignit la télévision et daigna enfin me regarder.

— J'ai beaucoup réfléchi cette semaine… à notre couple, à l'importance que tu as dans ma vie, et à tes aveux…

Benoît se leva et s'approcha de moi.

— Je ne sais pas si je pourrai te pardonner, Camille, mais malgré ce que tu as fait je t'aime toujours.

Mon souffle se fit court.

— Alors je suis prêt à nous laisser une seconde chance, termina-t-il en guettant ma réaction.

J'aurais dû être heureuse, exploser de joie et lui sauter au cou… mais impossible.

J'avais toujours des sentiments pour Benoît, peut-être pas aussi forts qu'au début de notre relation, mais ils étaient encore présents. J'aimais la vie que j'avais à ses côtés ainsi que celle qui m'attendait si je devenais sa femme. Je ne pouvais pas rêver mieux comme avenir, et pourtant je ne savais pas si j'en avais réellement envie. Serais-je vraiment heureuse avec lui ?

— Camille ?

Mon incertitude se refléta dans les yeux de Benoît. Il fallait que je lui donne une réponse rapidement, mais je ne pouvais pas risquer de prendre une mauvaise décision. Je voulais, et je devais, être sûre de faire le bon choix. Pour moi, et pour lui.

Mais, lorsque Benoît posa une main sur ma joue, je cessai de réfléchir. Parce que c'était mon fiancé, et l'homme avec qui j'étais depuis trois ans. Parce qu'il m'aimait et qu'il m'avait déjà dit vouloir un jour fonder une famille avec moi. Parce que je ne pouvais pas le faire souffrir encore une fois. Parce que, malgré mes sentiments pour Léo, je savais que ces derniers finiraient par s'estomper au fil du temps. Et parce que je ne reverrais plus jamais cet homme qui m'avait fait ressentir des choses que je n'avais jamais éprouvées auparavant.

Je hochai lentement la tête.

Benoît me prit aussitôt dans ses bras et me serra fort contre lui. Pas de frissons, pas de papillons dans le ventre, aucune chaleur dans ma poitrine. Mais au moins, ma vie était de nouveau comme avant. Tout irait bien à présent.

Enfin… Je l'espérais.

Comme chaque matin avant de partir au travail, je vérifiai rapidement que toutes les lumières étaient éteintes, puis je sortis de chez moi au pas de course.

Après nos retrouvailles, Benoît m'avait emmenée dîner au restaurant. Nous avions beaucoup parlé, notamment de nos projets ensemble et du mariage à venir, et nous n'étions rentrés à l'appartement qu'aux alentours de minuit.

Épuisée autant émotionnellement que physiquement, je m'étais levée à la bourre ce matin alors que j'avais rendez-vous dans trente minutes avec mes clients à l'autre bout de la ville. Et je détestais être en retard.

Mais, alors que je sortais de l'immeuble pour regagner ma voiture, mon regard fut happé par quelque chose, ou plutôt par quelqu'un.

Oh ! mon Dieu !

Je crus un instant que mon cœur allait lâcher.

Léo se tenait là, à quelques mètres de moi, les mains dans les poches de son jean.

— Salut, dit-il simplement.

Je manquai de faire tomber mon trousseau de clés.

Heureusement que Benoît est déjà parti au travail !
— Qu'est-ce que tu fais là ? l'interrogeai-je, troublée.
— Il faut que je te dise quelque chose.

Malheureusement pour lui, je n'avais pas le temps. Et il était également préférable pour nous deux que la discussion s'arrête là.

— Désolée, j'ai un rendez-vous. Je dois y aller.

Je le contournai pour me rendre à ma voiture, mais Léo m'attrapa le bras.

— Accorde-moi cinq minutes. S'il te plaît.

Ses yeux sombres m'implorèrent d'accepter. Et, alors que mon cœur battait à tout rompre dans ma poitrine, je sus qu'il me serait impossible de refuser.

— Très bien, dis-je en essayant de faire bonne contenance, je t'écoute.

Léo me relâcha, et je regrettai aussitôt son contact. Je voulais qu'il me touche à nouveau.

— Ne l'épouse pas.

Quoi ?

— Ne te marie pas avec Benoît, précisa-t-il, et laisse-moi une chance de te prouver que ça peut marcher entre nous.

Quoi ?!

Je n'arrivais pas à en croire mes oreilles. Léo était réellement en train de me demander de quitter mon fiancé pour lui ? Comme s'il suffisait qu'il débarque chez moi et qu'il me supplie pour que je le fasse !

Et le pire, c'est qu'il était absolument sérieux. Mais dans quel monde est-ce qu'il vivait exactement ?

Déconcertée, je fis un pas en arrière.

— Je ne peux pas, murmurai-je en secouant la tête, et maintenant il faut vraiment que j'y aille.

Je regagnai ma voiture au pas de course et mis le contact sur-le-champ. Mais, alors que j'aurais déjà dû enclencher la marche arrière et partir, je restai immobile, le cœur battant, à observer Léo. Je sus soudain que j'allais faire une connerie.

D'une main tremblante, je rouvris ma portière et sortis du véhicule.

— Tu m'énerves ! criai-je en m'avançant vers lui. Tu croyais vraiment que j'allais te répondre « Oh oui, bien sûr ! Attends, je vais même appeler Benoît pour le quitter tout de suite ! » ?

Je m'arrêtai tout de même à une distance raisonnable de lui. Parce que, trop près, je risquais fortement d'avoir envie de l'embrasser, et ça ce n'était plus permis.

— Pourquoi est-ce que je t'énerve ?

— Pourquoi ? répétai-je, toujours en colère, parce que j'aimerais te dire oui, mais que c'est trop tard et surtout, beaucoup trop compliqué !

Léo sourit. Oh ! bon sang, il m'agaçait encore plus !

— Je vais arrêter d'être accompagnateur, me révéla-t-il en faisant un pas vers moi. Je vais me trouver un nouveau travail qui n'impliquera pas que je mente ou que je me fasse passer pour le petit ami ou le mari d'une femme.

Il avait l'air très sérieux.

— Ne me dis pas que tu fais ça pour moi, murmurai-je, stupéfaite.

Léo sembla tout d'un coup mal à l'aise.

— Tu y es pour quelque chose, mais si je le fais c'est surtout parce que je ne peux plus continuer à cacher cette partie de moi à mon entourage, et surtout à mon fils.

Son fils ?

Il est vrai que Julie le soupçonnait d'avoir un enfant, mais en avoir la confirmation de sa part me laissa bouche bée. Combien de secrets cet homme avait-il encore ? Plus il se confiait à moi, moins j'avais l'impression de le connaître.

— Il s'appelle Mathis et il a huit ans, ajouta Léo en se rapprochant de moi.

— Et sa mère ? demandai-je d'une voix faible.

— On a divorcé il y a quatre ans et on a la garde partagée.

Très bien, donc il était divorcé et il avait un enfant. Ça faisait beaucoup d'informations à digérer d'un coup.

— Il y a encore d'autres choses que je devrais savoir sur toi ?

— Oui, beaucoup… Mais rien d'aussi essentiel.

Je le fixai un long moment, incapable d'ajouter quoi que ce soit. Finalement, ce fut lui qui reprit la parole.

— Je sais que ma situation n'est pas des plus attirantes, mais je sais aussi que tu ressens la même chose que moi, Camille.

Mon estomac se noua.

— Malheureusement, ça ne suffit pas, Léo, répondis-je en secouant la tête. Je… Je ne peux pas, c'est tout.

— Mais bien sûr que si, tu peux ! s'exclama-t-il.

Léo parcourut la courte distance qui nous séparait et prit mon visage entre ses mains.

J'aurais dû le repousser et m'enfuir, mais au lieu de ça je me contentai de savourer la chaleur de ses paumes sur ma peau.

— Je sais que tu as peur, me souffla-t-il, mais moi aussi. Parce que, en quatre ans, tu es la seule femme dont je suis tombé amoureux. Et que si je te perds aujourd'hui, là, maintenant, je te perdrai pour toujours.

Les larmes me montèrent aux yeux. Il m'aimait. Léo m'aimait. Et je l'aimais aussi. Mais il avait raison. J'avais peur de ce qui m'attendait avec lui, et je ne pouvais pas prendre le risque de tout perdre pour une histoire incertaine et périlleuse.

— Je ne sais rien de toi, répondis-je en sentant les larmes rouler sur ma joue. Je ne sais pas si je peux te croire ni si je pourrai te faire confiance un jour après tous ces mensonges… Alors…

Léo retira ses mains et s'écarta vivement de moi, comme si je l'avais brûlé.

— Très bien.

— « Très bien » ? répétai-je, outrée par son indifférence à mon égard. C'est tout ? Tu ne cherches même pas à me retenir ?

— À quoi bon ? Tu as déjà pris ta décision, non ? Encore une fois…

La tristesse que je lus dans son regard me brisa le cœur. C'était tout aussi dur pour lui que pour moi.

— Va à ton rendez-vous, Camille, ajouta-t-il avant de s'éloigner vers sa voiture.

Et ça, c'était sans aucun doute les pires adieux que je pouvais avoir.

Le souffle court, je l'observai monter dans son véhicule sans se retourner une seule fois. De toute façon, je savais que je ne changerais pas d'avis. Parce que je n'avais pas les couilles de faire ce putain de plongeon dans l'inconnu avec lui.

Léo prit la route sans me lancer un seul regard. Cette fois, je ne le reverrais plus jamais, c'était certain.

Sentant mes jambes vaciller sous le poids de l'émotion, je regagnai ma Mercedes et m'écroulai sur le siège conducteur.

Je serais en retard à mon rendez-vous mais, à cet instant précis, c'était bien le cadet de mes soucis.

Léo

Comme chaque mercredi après-midi, j'emmenai Mathis chez sa mère. Marion avait la garde en fin de semaine, quant au week-end, on alternait chaque fois.

— Tu veux entrer un moment ? me proposa Marion avant que je m'en aille.

Mon étonnement dut se lire sur mon visage, car mon ex-femme rigola.

— Je ne vais pas te manger, Léo ! Allez, viens.

Elle ne me mangerait certes pas, mais je devais bien reconnaître que sa gentillesse inhabituelle à mon égard me perturbait beaucoup. Se sentait-elle encore coupable de l'incident à l'école de Mathis ? Dans tous les cas, elle cachait un truc, et je finirais par savoir quoi.

Soudain, je me rappelai sa menace au téléphone lorsque j'étais chez les Dupont. Se comportait-elle ainsi parce qu'elle voulait avoir la garde totale de Mathis sans que cela se transforme en guerre entre nous ?

Non… Elle ne serait pas aussi diabolique quand même.

Je suivis Marion dans le salon. Mathis y était déjà et jouait avec une pile de Lego.

— Tu veux boire quelque chose ? Un café ?

Je la scrutai avec intérêt.

— Je te promets de ne pas t'empoisonner non plus, ajouta-t-elle en levant les yeux au ciel.

Je jetai un coup d'œil à Mathis, complètement absorbé par ses jouets alors qu'il venait tout juste d'arriver, puis fis signe à Marion de m'accompagner dans la cuisine pour discuter.

Une fois à l'abri des oreilles de notre fils, la porte à demi fermée, je l'interrogeai :

— Qu'est-ce que tu veux me demander ? À moins que tu n'aies quelque chose à te faire pardonner ?

— Ni l'un ni l'autre.

Elle parut légèrement vexée que je pense ça d'elle.

— Il y a forcément quelque chose, tu es bien trop gentille avec moi, et ça ne te ressemble pas. Alors ?

Marion se rapprocha de moi.

— D'accord, je vais t'en parler. Mais promets-moi de ne pas évoquer le sujet avec Mathis avant que je l'aie fait, OK ?

— Comme si j'allais raconter ta vie à notre fils, soupirai-je.

— Eh bien, en tout cas, ton fils me raconte la tienne, je sais que tu suis une formation à distance pour devenir auxiliaire de vie sociale.

Je fronçai les sourcils. Je m'étais inscrit pas plus tard que la veille. Mathis avait probablement dû lui en parler au téléphone hier soir, pendant que je prenais ma douche. C'était une vraie commère comme sa mère, ce garçon.

— Je trouve ça bien pour toi, et pour lui, continua Marion. Mais j'espère que tu ne fais pas ça à cause de ce que je t'ai dit l'autre jour au téléphone... J'étais en colère, pas contre toi, mais tu as appelé au mauvais moment. Désolée.

Ouais, enfin, même si elle me disait ne pas avoir été sérieuse avec son histoire de juge, avec Marion je préférais rester sur mes gardes.

— J'adore te servir de défouloir, répondis-je avec ironie. Et sinon, tu vas finir par cracher le morceau ?

Elle soupira.

— J'ai rencontré quelqu'un. C'est un nouveau médecin à l'hôpital. Et c'est d'ailleurs à cause de lui que j'étais énervée quand tu m'as appelée. J'ai cru qu'il me trompait avec une autre infirmière, mais j'ai eu tort.

Si elle piquait une crise parce que son pseudo-copain la trompait alors qu'elle n'avait pas hésité à me faire cocu, c'était quand même l'hôpital qui se foutait de la charité !

— Bref, du coup tout se passe bien entre nous pour le moment et, si c'est toujours le cas d'ici quelques semaines, je pense peut-être le présenter à Mathis.

Le truc avec Marion c'était que, bien qu'elle n'ait eu que deux ou trois relations sérieuses depuis notre divorce, elle avait toujours eu le don de présenter son copain à notre fils juste avant de le quitter quelques jours plus tard. Et je n'aimais pas trop ça. Je ne voulais pas que mon fils s'attache à un éventuel « beau-père » qu'il ne reverrait plus ni qu'il conçoive l'amour comme de brèves relations.

— Si tu penses pouvoir rester avec lui après les présentations, je n'y vois pas d'inconvénient.

— De toute façon, je n'ai pas besoin de ton autorisation, répliqua-t-elle fièrement. Et toi ? Tu n'as toujours personne ?

Je souris tristement.

— C'est assez compliqué d'avoir une relation en étant accompagnateur, Marion.

Elle posa une main affectueuse sur mon épaule.

— Mais, maintenant que tu as arrêté, ce sera possible, dit-elle.

Pourtant, cela n'avait pas suffi à convaincre Camille. Mais, après tout, mon boulot d'accompagnateur n'avait pas été le seul obstacle entre nous. Et j'avais été bien con de penser que lui dire ce que je ressentais suffirait pour que je parvienne à la conquérir.

— Bon, laisse-moi te faire ce café, ajouta-t-elle en se retournant.

— Merci.

Je m'appuyai contre le plan de travail et l'observai.

Quelques années auparavant, Marion avait été la seule à faire battre mon cœur. Jamais je n'aurais imaginé un seul instant que nous finirions par divorcer ni que je serais capable de tomber amoureux d'une autre femme. Pourtant, c'était arrivé, et une fois de plus j'allais en souffrir.

Heureusement, mon fils, ma famille et ma formation d'auxiliaire de vie m'aideraient à me changer les idées.

Chapitre 17

Camille

Ce samedi soir, Laure nous invita, Benoît et moi, à une soirée chez elle. Ma meilleure amie m'avait assuré qu'il s'agissait juste d'une petite fête comme ça mais, en découvrant qu'elle avait convié tous mes amis, ceux de Benoît ainsi que ma sœur, je devinai sa réelle intention.

— À Benoît et Camille ! Et à leur futur mariage ! cria-t-elle en levant son verre de vin.

Je trinquai avec tout le monde, affichant un sourire ravi. Mais, au fond, je ne me sentais pas du tout à l'aise. Je n'en voulais pas à Laure d'avoir organisé cette fête, même si je trouvais que c'était un peu précipité compte tenu de ma réconciliation récente avec Benoît. Si tout allait bien entre mon fiancé et moi, la conversation que j'avais eue avec Léo repassait constamment en boucle dans mon esprit. À tel point que j'en avais fait des insomnies pendant toute la semaine. Pourquoi, alors que les choses étaient pourtant rentrées dans l'ordre, tout me paraissait encore si compliqué ?

Parce que je l'aime.

Et j'étais certaine que mes sentiments ne risquaient pas de disparaître.

— Alors, vous avez prévu la date ? me demanda Karen, une ancienne amie de l'école d'architecture.

Avec des courts cheveux noirs et aussi mince qu'une feuille, elle n'avait pas changé d'un poil.

— Non, pas encore, répondis-je.

Karen réajusta ses petites lunettes rondes sur son nez.

— Je pense que le mois de mai est idéal ! C'est le printemps, il commencera à faire beau, et on ne mourra pas de chaud. D'ailleurs, si tu veux que je t'aide à trouver une salle pour la soirée, tu peux compter sur moi. Et pour la décoration, tu as une idée du thème ? La nature est assez originale, à mon avis ! Ou bien un mariage « champêtre et chic », qu'en penses-tu ? Ça te correspondrait bien !

Elle parlait si vite que je n'arrivais à assimiler aucune de ses paroles.

— Euh, on va y réfléchir, et je te redirai, répondis-je. Je vais aux toilettes, excuse-moi.

Je me frayai un chemin parmi la quinzaine d'invités se trouvant dans le salon. Certains me félicitèrent encore, d'autres essayèrent de m'attraper pour me parler, mais je les esquivai et filai vers la salle de bains.

Malheureusement, l'appartement de Laure n'était pas très grand, et même une fois enfermée dans la pièce d'eau je pouvais continuer d'entendre les conversations évoquant mon union à venir.

Je m'assis sur les W-C et pris ma tête entre mes mains.

J'ai fait le bon choix. J'ai fait le bon choix, me répétai-je mentalement.

Quelqu'un frappa soudain à la porte.

— Camille ?

C'était Julie.

— Tes amis et ton fiancé se demandent où tu as disparu, m'avertit-elle. Je dois leur dire que tu fais une grosse commission ?

Sérieusement, Julie ?

Je me levai à contrecœur et allai lui ouvrir.

— Ouh là, tu as mauvaise mine, constata-t-elle. Qu'est-ce qu'il y a ?

— Je crois que j'ai bu un peu trop de vin, mentis-je.

Mais ma sœur me connaissait un peu trop bien. Et, si j'avais réussi à jouer le rôle de la fiancée heureuse toute la soirée, mon masque commençait à se fissurer.

Julie entra dans la salle de bains et referma la porte derrière elle.

— Dis-moi ce qui te tracasse ou j'appelle Laure. Et je suis sûre qu'elle te torturera jusqu'à ce que tu parles !

Mais Laure était malheureusement la dernière personne à qui je pouvais me confier actuellement. C'était elle qui avait organisé cette soirée, en l'honneur de nos fiançailles. Je ne pouvais pas gâcher sa fête ni sa bonne humeur.

— Léo est venu me voir lundi devant chez moi, lâchai-je brusquement.

Julie écarquilla les yeux.

— Chez toi ? Mais comment... Ah oui, j'avais oublié qu'il avait débouché ta baignoire... Qu'est-ce qu'il te voulait encore ?

— Il...

Pour je ne sais quelle raison, je me sentais honteuse de lui avouer ça. Était-ce parce que la déclaration de Léo m'avait touchée plus que je ne le voulais ? Ou encore parce que je partageais ses sentiments ?

— Il m'a dit qu'il m'aimait, terminai-je en détournant les yeux.

Julie resta pensive un moment.

— Tu l'aimes aussi, affirma-t-elle.

Je la regardai à nouveau. Elle m'avait démasquée, pourtant elle ne semblait pas en colère contre moi.

— Et donc, qu'est-ce que tu vas faire à présent ? demanda-t-elle, curieuse.

— Je n'en sais rien. Enfin, j'ai repoussé Léo. Je venais de me remettre avec Benoît et je ne pouvais pas le blesser une nouvelle fois.

Son visage se crispa.

— Alors tu es restée avec Benoît parce que tu avais peur de lui briser le cœur et de lui faire de la peine ?

J'entrouvris la porte pour vérifier que personne n'était dans le couloir. Car, si nous pouvions entendre les gens parler depuis le salon, ils pouvaient tout aussi bien nous entendre.

— Bien sûr que non, répondis-je à voix basse, je suis attachée à Benoît et à notre relation. Je n'ai pas envie de tout perdre pour un homme que je connais à peine, qui m'a menti, et qui jusqu'à aujourd'hui était escort.

— Attends, il compte arrêter l'escorting ?

— Ouais. Pas pour moi, hein, mais pour lui et pour son fils.

— Oh ! purée, j'avais raison ! s'exclama-t-elle.

Je lui donnai une tape sur le bras.

— Mais tais-toi ! Eh oui, il est divorcé aussi, au passage. Bref, il a un bon gros package avec lui.

Julie sembla plutôt d'accord avec moi.

— D'un autre côté, même si tu n'as pas envie de t'engager dans une relation avec Léo, je pense que tu ne devrais pas épouser Benoît non plus.

Je me mordis nerveusement la lèvre.

— Tu ne pourras pas être heureuse avec un homme que tu n'aimes plus, poursuivit-elle, et encore moins en en aimant un autre. Car, dans cette situation, la personne qui en souffrira le plus ce n'est pas toi, mais Benoît.

Elle avait probablement raison. Pourtant, je n'arrivais pas à me résoudre à quitter Benoît. Je ne voulais pas que ma vie change, détruire tout ce qu'on avait construit ensemble, ni basculer dans l'inconnu. J'avais peur de ce qui m'attendait si je prenais cette décision, mais je ne pouvais pas continuer de me mentir à moi-même. Mon aventure avec Léo m'avait permis de comprendre que je n'aimais plus Benoît, et probablement depuis un moment. Il était temps que notre histoire se termine, et le plus tôt possible.

— Je croyais que tu n'étais pas la mieux placée pour donner des conseils, lui fis-je remarquer.

Ma sœur haussa les épaules.

— C'est le vin qui m'a aidée, plaisanta-t-elle. Bon, on devrait retourner voir les autres. Tu penses pouvoir tenir le coup ?

— Le vin m'aidera aussi, la rassurai-je en rouvrant la porte.

Nous rejoignîmes les invités dans le salon, et je continuai de faire comme si tout allait bien jusqu'à ce que la soirée prenne fin. Si je m'étais servi de l'alcool pour oublier mes soucis, Benoît, lui, avait bu plus qu'il ne fallait pour s'amuser. Nous laissâmes notre voiture chez Laure et prîmes un Uber pour rentrer à l'appartement.

— Je vais sous la douche, bébé, m'annonça-t-il.

Et il commença à se déshabiller dans le hall d'entrée. Même si je trouvais la situation drôle, cela ne m'excita pas vraiment.

— La salle de bains est un peu plus loin, le prévins-je en essayant de ne pas rire.

Il s'esclaffa.

— Ah oui, c'est vrai ! Tu veux venir avec moi ?

Benoît se pencha vers moi et m'embrassa tendrement sur la bouche.

Toujours rien. Aucune libido. J'aurais aimé partager son envie, mais je ne le pouvais pas. Je ne le pouvais plus.

— Non, j'irai après. Je vais aller me servir un peu d'eau, j'ai la gorge sèche.

— Ah ! tu… Tu n'aurais pas dû boire autant, soupira-t-il en s'éloignant dans le couloir.

À qui le disait-il…

J'allai me remplir un verre au robinet dans la cuisine, puis m'assis à table pour le boire.

Avec regret, je parcourus mon salon du regard. Partir et tout abandonner serait difficile. Mais quitter Benoît encore plus.

J'avais toujours pensé qu'il était l'homme de ma vie, mais je m'étais trompée, il avait seulement été l'un d'eux. J'étais heureuse de l'avoir rencontré et d'avoir partagé un bout de chemin avec lui, mais il était temps que je laisse notre histoire derrière moi et aille de l'avant.

Je pris mon lundi après-midi pour faire mes valises. Benoît était au travail, et je ne voulais pas qu'il soit présent lors de mon départ. Cela aurait été sûrement trop dur à supporter pour nous deux.

Je rangeai mes vêtements et mes autres affaires personnelles dans des cartons, puis les emportai jusqu'à ma voiture. Après quatre allers-retours, l'appartement de Benoît était presque tel qu'il se trouvait avant mon emménagement. Bien sûr, il restait quelques éléments de décoration que j'avais apportés au cours des deux dernières années, mais je ne pouvais pas tout prendre avec moi. Et cela faisait partie des lieux à présent. Alors, à moins que Benoît ne me demande de venir les récupérer plus tard, ils ne bougeraient pas d'ici, ou bien mon ex-fiancé s'en débarrasserait tout seul.

Avant de quitter l'appartement, je rédigeai une lettre à l'attention de Benoît pour lui expliquer la raison de mon départ. Je lui avouai honnêtement que j'étais tombée amoureuse d'un autre homme et que je ne pouvais pas continuer à faire semblant. Par écrit, même si c'était un peu lâche de ma part, car je ne me sentais pas capable de lui annoncer tout ça autrement. J'ajoutai également à quel point j'étais désolée de le blesser une nouvelle fois. Et c'était tout. Entrer dans les détails ou approfondir les excuses n'aurait servi à rien. Le fait était que je le quittais et qu'il devrait continuer sa vie sans moi.

Je déposai mon message sur la table à manger et retirai ma bague de fiançailles, que je laissai à côté.

Une larme roula sur ma joue. Cette fois, il n'y aurait pas de retour en arrière possible. Notre histoire était finie.

Adieu, Benoît.

Je le reverrais, bien sûr, car cela m'étonnerait fortement qu'il s'en tienne à une lettre et ne veuille pas discuter de tout ça avec moi. Mais au moins, une fois que je serais partie, il ne pourrait pas me faire changer d'avis ni me convaincre de rester. Ce serait trop tard.

Lorsque je quittai l'appartement, bien que je sois triste, je me sentais aussi étrangement confiante. Pour la première fois depuis longtemps, je savais que j'avais fait le bon choix. Même si ce ne serait pas facile au début, c'était mieux ainsi pour moi, et pour Benoît.

Je montai dans ma voiture, regardai une dernière fois mon immeuble avec nostalgie, puis je pris la route en direction de Corbas.

Ma sœur était au courant de mon arrivée. C'était même elle qui m'avait proposé d'emménager dans son petit appartement le temps de me trouver un nouveau logement. Heureusement que

Julie était là, car sinon j'aurais probablement fini à l'hôtel. Laure vivait avec Naël, alors il n'était pas question que je vienne perturber leur vie de couple. En plus de ça, leur appartement n'avait qu'une chambre, et puis, comme Laure était également amie avec Benoît, je ne voulais pas que ce dernier s'imagine qu'elle était « de mon côté ». Il aurait probablement plus besoin du réconfort de ma meilleure amie que moi.

En revanche, je devrais annoncer ma séparation à Laure et j'étais certaine qu'elle m'en voudrait. Notamment parce que je l'avais laissée croire que tout s'était arrangé avec mon fiancé alors qu'en réalité ce n'était pas le cas.

Sans oublier qu'elle avait préparé une fête pour nos fiançailles et s'était réjouie plus que tout le monde.

Je l'appelai une fois sur l'autoroute en espérant qu'elle avait terminé sa journée de boulot. Il était 17 heures, mais la grosse entreprise dans laquelle travaillait Laure la surchargeait toujours de boulot. Je lui avais déjà suggéré de chercher un autre poste d'assistante juridique ailleurs mais, parce que Naël bossait à quelques pas de chez son employeur et qu'elle pouvait déjeuner avec lui le midi, elle préférait rester.

— Je suis encore au bureau, soupira-t-elle en décrochant, mais je t'écoute.

J'aurais souhaité aborder ce sujet en face-à-face mais, si j'attendais, Benoît risquait de la mettre au courant avant moi. Et elle m'en voudrait ensuite.

— J'ai quitté Benoît, dis-je simplement.

— Pardon ? Tu plaisantes, j'espère ?

— Non. J'ai récupéré mes affaires et je suis partie. Il ne le sait pas encore, je lui ai laissé un mot à la maison.

— Mais bon sang, Camille, qu'est-ce qui te prend ? Tu le trompes, tu te remets avec lui, puis tu le quittes. C'est un jeu pour toi ?

Je me mordis nerveusement la lèvre.

— Bien sûr que non.

— Et où est-ce que tu vas maintenant ? Tu as déjà trouvé un nouvel appart ? À moins que tu n'ailles chez ton Léo ?

Même si elle était contrariée, elle s'inquiétait pour moi.

— Je vais chez Julie.

Laure ne me répondit pas tout de suite.

— D'accord. Bon, écoute, il faut que je te laisse, mais on en rediscute plus tard. Pour le moment, j'ai encore du boulot.

— OK.

Et elle raccrocha aussitôt. Il allait lui falloir un peu de temps pour digérer la nouvelle, c'était normal. Comment aurait-elle pu imaginer que je quitte Benoît alors que nous venions tout juste de nous réconcilier ? Elle devait très certainement penser que j'avais perdu la tête.

Une dizaine de minutes plus tard, je me garai devant l'immeuble où vivait Julie. Je montai au premier étage avec mes valises et frappai au numéro 8.

Ma sœur ne tarda pas à venir m'ouvrir.

— Je ne pensais pas que tu le ferais vraiment, m'avoua-t-elle, un peu surprise.

Je lui souris tristement, puis m'effondrai dans ses bras.

Ça n'avait pas été une chose facile mais, en réalité, le plus dur restait encore à venir : une nouvelle vie sans Benoît.

Après avoir rangé mes affaires dans la chambre d'amis, je rejoignis Julie dans la cuisine ouverte.

— Ça sent bon, qu'est-ce que tu fais à manger ? demandai-je en regardant par-dessus son épaule.

Deux morceaux de saumon étaient en train de cuire dans une poêle.

— Avec du riz en accompagnement, ça te va ?

— Ça me semble parfait !

— Oh ! et je t'ai fait un tequila sunrise, m'annonça-t-elle en me tendant un verre.

Je fronçai les sourcils.

— Depuis quand tu sais faire des cocktails, toi ?

— J'ai couché avec un barman juste avant d'engager Léo, m'expliqua-t-elle. Il m'a appris deux trois techniques de mixologie pour me draguer, et ça a plutôt bien marché.

Je souris, puis goûtai sa boisson faite maison.

— C'est vraiment délicieux, déclarai-je.

— Merci, lui aussi l'était, plaisanta-t-elle.

Nous rigolâmes, et au même moment quelqu'un sonna à l'appart.

— Tu penses que c'est Benoît ? s'inquiéta-t-elle.

Ma bonne humeur disparut aussitôt.

— Je ne lui ai pas dit que je venais chez toi, mais peut-être que Laure, si.

Julie posa sa spatule.

— Je vais voir. Si c'est lui, je lui dis quoi ?

— J'irai lui parler, répondis-je.

Bien que j'espère ne pas avoir à réfléchir à mes problèmes ce soir, cette discussion serait de toute façon inévitable. Alors la repousser ne servirait à rien.

Julie alla ouvrir, et je tendis l'oreille.

— Camille est là ?

Son ton était glacial.

Mon Dieu... Il doit me détester à présent.

— Euh... Je pense que tu devrais repasser plus tard, répondit Julie.

Des pas se rapprochèrent de la cuisine, et Benoît finit par apparaître devant moi. Il avait l'air hors de lui. Il tenait ma lettre dans la main et l'avait déjà broyée entre ses doigts.

Le voir dans cet état me serra le cœur. Parce que c'était ma faute.

— Tu t'es bien foutue de ma gueule ! s'exclama-t-il furieusement.

— Benoît, je suis désolée, murmurai-je avec sincérité.

Sa mâchoire se contracta.

— « Désolée » ? Pourtant, j'ai l'impression d'être le seul à souffrir dans l'histoire.

Un nœud se forma dans mon estomac.

Benoît se retourna et lança à Julie :

— Tu as le numéro de cet enfoiré ?

Ma sœur fit non de la tête, mais Benoît ne sembla nullement convaincu.

— Donne-moi ton téléphone, Julie, lui ordonna-t-il.

— Benoît, lui casser la gueule ne changera rien à la situation, dis-je d'une voix navrée.

Mon ex-fiancé me fusilla du regard.

— Je veux son putain de numéro, grogna-t-il.

Je regardai ma sœur, puis secouai la tête.

Benoît scruta la pièce avant de sortir dans le couloir d'un pas déterminé.

— Hé, où est-ce que tu vas comme ça ? s'exclama Julie en lui courant après.

Anxieuse, je les suivis. Mon ex n'était pas dans son état normal, et je n'avais pas la moindre idée de ses intentions.

Benoît entra dans la chambre de ma sœur et finit par mettre la main sur son portable.

— Ton code, Julie.

— Non mais tu délires carrément, répondit-elle en croisant les bras sur sa poitrine. Tu vas vite reposer mon téléphone et sortir de chez moi.

Benoît s'approcha d'elle et lui attrapa la main, probablement pour tenter de déverrouiller le portable via son empreinte digitale. Ma sœur se dégagea vivement.

Bon sang, mais il a complètement perdu la tête !

— Mais ça ne va pas ! cria Julie en reculant vers moi.

Il était allé trop loin, et je ne pouvais pas le laisser continuer ainsi.

— Benoît, arrête, le priai-je en essayant de rester calme.

Ses yeux me lancèrent des éclairs.

— Toi, tais-toi. Tu me dégoûtes.

Sa colère à mon égard me coupa le souffle. Jamais je n'aurais pensé qu'il éprouverait autant de haine envers moi, même après ce que je lui avais fait.

Je me sentis mal, vraiment mal.

— Sors, lui enjoignit Julie, tout de suite.

Benoît nous regarda tour à tour, hésitant, avant de se résoudre à poser le portable de ma sœur. Mais, au lieu de partir directement, il s'approcha de moi et me souffla à l'oreille :

— Tu n'as pas besoin d'être payée pour être une pute comme lui.

Il m'observa pendant quelques secondes, comme pour s'assurer qu'il m'avait suffisamment blessée – ce qui était bien le cas –, puis il disparut, bousculant ma sœur sur son passage.

Julie partit vérifier qu'il était bien sorti et revint vers moi quelques secondes plus tard.

— Ça va ? me demanda-t-elle, inquiète.

I Will Be Your Romeo

Est-ce que j'allais bien ? Physiquement, oui. Mentalement ? Pas vraiment. Mais le pire dans tout ça, c'est que je n'étais pas la victime dans l'histoire. Tout ce que m'avait dit Benoît, je le méritais amplement. En fait, il avait même été gentil dans ses propos, compte tenu de la douleur que je lui avais infligée. Alors peu importe comment j'allais, je n'avais pas le droit de me plaindre.

— Ça va, répondis-je, mais je ne l'avais jamais vu aussi en colère, je suis désolée pour ce qui s'est passé.

— Ce n'est pas ta faute. Enfin si, un peu en fait, mais je te pardonne parce que tu es ma petite sœur.

Je tentai un sourire mais, alors que j'étais encore perturbée par les récents événements, mes lèvres ne s'étirèrent que légèrement.

— Tu penses qu'il va réussir à trouver Léo ? lui demandai-je, soucieuse.

— Eh bien, s'il s'amuse à faire tous les sites d'escorting, c'est possible qu'il tombe sur lui. Mais, à moins qu'il ne se fasse passer pour une femme intéressée par ses services, je ne vois pas comment il pourrait le retrouver.

— Il pourrait demander à des policiers de localiser son adresse IP.

Julie écarquilla les yeux.

— Tu penses vraiment qu'il irait jusque-là ?

Je ne savais pas du tout de quoi Benoît était capable dans son état actuel. Mais avec un peu de chance, si Léo ne m'avait pas menti et comptait bel et bien arrêter l'escorting, peut-être qu'il supprimerait son site avant que Benoît se lance dans sa recherche.

— Je crois que je vais avoir besoin d'un autre cocktail, répondis-je simplement.

Julie passa un bras autour de mes épaules et m'entraîna vers la cuisine.

— Heureusement que j'ai acheté une nouvelle bouteille de tequila !

Et heureusement qu'elle était là avec moi. Sans elle, je ne sais pas comment j'aurais fait pour tenir le coup.

Chapitre 18

Comme chaque matin depuis que je dormais chez ma sœur, je me réveillai avec un mal de dos horrible. Mais, puisque ma sœur avait la gentillesse de m'héberger, je n'allais pas me plaindre de la mauvaise qualité de son clic-clac.

En revanche, il était temps que je me trouve un nouveau chez-moi, et très vite. Même si j'adorais ma sœur, elle était toujours aussi bordélique que lorsque nous vivions ensemble – ce que j'avais beaucoup de mal à supporter –, et puis ce n'était pas chez moi, et je ne me sentais pas totalement libre de vivre comme je le désirais.

J'allai me remplir une tasse de café amer dans la cuisine et la bus tout en me massant les omoplates et en faisant défiler les annonces immobilières sur mon portable.

Les rares appartements qui m'avaient tapé dans l'œil étaient soit trop chers pour moi, soit dans le même quartier que Benoît, et mieux valait mettre un peu de distance entre nous. J'avais cependant deux visites de prévues en fin de journée, pour un appartement situé dans le 6e arrondissement, et un autre dans le 3e.

Bien que ma sœur m'ait assuré que je pouvais rester autant que je le souhaitais chez elle, et que cela ne faisait que quatre jours que j'étais ici, je me sentais un peu mal à l'aise d'abuser de son hospitalité.

Elle ne tarda pas à débarquer dans la cuisine, les cheveux emmêlés et vêtue d'un pyjama à rayures.

— Bien dormi ? me demanda-t-elle en bâillant.
— Très bien, mentis-je avec un petit sourire.

Elle se servit une tasse de café, puis vint s'asseoir à table à côté de moi.

— Ça donne quoi, tes recherches ? s'enquit-elle, les yeux encore à moitié fermés.

Mon téléphone sonna avant que j'aie eu le temps de lui répondre. Ma mère.

Je n'étais pas étonnée, car cela lui arrivait de me passer un coup de fil en semaine avant que j'aille au boulot. En revanche, je ne lui avais pas encore annoncé ma rupture avec Benoît, je ne savais pas trop comment aborder le sujet ni quelle explication lui donner. Et puis, la nouvelle risquait de la choquer.

— Salut, maman, dis-je en décrochant, ça va ?
— Très bien, et toi ?
— Oui.
— Dis-moi, j'ai essayé de joindre Benoît hier, mais il ne m'a pas répondu ni rappelée. Il a un souci avec son portable ?
— Pourquoi tu l'as contacté ? l'interrogeai-je, curieuse.
— Oh ! je voulais simplement lui poser une question sur le mariage. Et puis, j'ai le droit d'appeler mon gendre, non ?

Même si je n'étais pas sur haut-parleur, Julie avait l'air un peu gênée, et j'étais certaine qu'elle entendait tout.

— Eh bien, à ce propos, commençai-je d'une voix mal assurée, il n'y aura pas de mariage.

— Comment ça, pas de mariage ? Tu veux dire que vous reportez à l'année prochaine ?

Mal à l'aise, j'hésitai un instant.

— Non, je veux dire qu'il n'y aura pas de mariage du tout, lâchai-je. Avec Benoît, c'est fini.

— Quoi ? s'exclama-t-elle, mais que s'est-il passé ?

— Je l'ai quitté. Parce que je ne l'aimais plus.

Il n'était pas question que j'entre dans les détails avec ma mère. J'avais eu suffisamment de remords pour l'avoir trompé et blessé de la sorte, et j'étais certaine que ma mère saurait me faire encore plus culpabiliser.

— Mais… Mais tout allait bien quand vous êtes venus ! Tu semblais toujours amoureuse ! Je ne comprends pas…

— Non, maman, lui avouai-je. Si j'ai hésité à accepter sa demande en mariage, c'est justement parce que ça n'allait pas. Du moins de mon côté. J'ai fini par lui dire oui, parce que je ne voulais pas détruire notre couple ni faire de la peine à tout le monde, mais en fait c'était une erreur.

Il y eut un grand blanc, puis je l'entendis marmonner quelque chose à quelqu'un. Sûrement était-elle en train de prévenir mon père.

— Est-ce que ça va ? me demanda-t-elle au bout de plusieurs secondes.

— Moi oui, mais je ne peux pas en dire autant de Benoît.

Je n'avais pas eu de nouvelles de lui de la semaine. Même pas par le biais de Laure. Mais le comportement qu'il avait eu lundi me suffisait à penser qu'il n'irait pas bien de sitôt.

— Pauvre Benoît… Je crois qu'il va me falloir un petit peu de temps pour réaliser tout ça, dit-elle d'une voix confuse. Tu es à l'hôtel en ce moment ? Ou chez Laure ?

— Chez Julie. Le temps de me trouver un nouvel appartement.

— D'accord. Je t'aurais bien proposé de venir à la maison, mais c'est un peu loin de ton travail. Enfin, si ça ne va pas, tu sais que tu peux nous rendre visite quand tu veux, n'est-ce pas ?

— Oui, merci, maman.

— Bon, il ne me reste plus qu'à supprimer ma publication Facebook et informer tous mes amis de la triste nouvelle, soupira-t-elle. Mais rassure-moi, ta sœur et Roméo sont toujours ensemble au moins ?

Je jetai un coup d'œil à Julie, qui fit non de la tête. Elle avait raison, un seul drame familial était suffisant pour le moment.

— Oui, tout va bien pour eux.

— Tant mieux. Il ne manquerait plus que je perde mon second gendre idéal…

Si elle savait…

— Il faut que je te laisse, maman. Je dois aller me préparer.

— Camille, il n'y a aucun moyen que Benoît et toi vous…

— Non, la coupai-je en devinant sa question, désolée, maman. J'ai conscience que vous l'aimiez beaucoup, papa et toi, mais c'est vraiment fini. Désolée.

— Oh ! c'est moi qui suis désolée, ma chérie. C'est tellement triste !

Et voilà que je recommençais à me sentir mal.

— Je vais raccrocher, maman, la prévins-je. Bisous à toi et papa.

— Bisous, et passe le bonjour à ta sœur !

Je mis fin à l'appel et posai mon téléphone sur la table.

— Maman te passe le bonjour, dis-je à Julie, et je vais aller me préparer.

— Mais tu n'as rien mangé !

— Je m'arrêterai à la boulangerie en allant au travail, la rassurai-je en me levant.

C'était un mensonge, car en ce moment mon appétit était quasi inexistant. Je devais probablement avoir perdu un ou deux kilos depuis mon retour d'Avignon. Au moins, les problèmes amoureux avaient du bon quelque part !

Après une journée de travail bien remplie, je rejoignis Mathieu Jorez, l'agent immobilier avec qui j'avais rendez-vous pour les visites.

Nous commençâmes par l'appartement du 6e arrondissement situé au quatrième et dernier étage de l'immeuble, avec balcon. Il n'était qu'à quelques kilomètres du quartier de la Part-Dieu et des magasins, ce qui était un plus pour moi. Sans oublier que le Japontori, un restaurant japonais à tomber par terre, n'était pas très loin non plus.

En revanche, l'appartement en lui-même était assez vieillot et mal agencé. La cuisine était d'ailleurs à l'opposé du salon, et les W-C se situaient dans la salle de bains, ce que je trouvais un peu incommodant.

Mathieu m'emmena ensuite dans le 3e arrondissement. Le second appartement était à proximité de la manufacture des Tabacs, qui était aujourd'hui un campus universitaire, et près de la station de métro Sans Souci.

J'aimais beaucoup ce coin, il était agréable et tranquille, malgré la présence d'étudiants dans le secteur.

L'appartement était plus moderne que le précédent, au deuxième étage, et sans balcon, mais ce n'étaient pas des critères rédhibitoires pour moi. De toute façon, j'allais devoir faire des concessions.

La chambre était petite mais chaleureuse, et le salon plutôt grand et lumineux, ce qui était un énorme avantage. Quant au loyer, bien qu'un peu élevé, il restait abordable pour moi. La plupart de mes amis pensaient qu'en tant qu'architecte je gagnais bien ma vie. Mais, bien que je ne sois pas à plaindre, je venais tout juste de commencer mon activité et, surtout, je n'avais pas encore mon propre cabinet. Ce qui signifiait que j'étais loin d'avoir une réputation à tomber par terre et des centaines de clients qui se bousculaient à ma porte.

— Alors, il vous plaît ?

Je me retournai vers Mathieu. C'était un jeune homme adorable d'une vingtaine d'années, comme moi, mais il était assez tendu et ne semblait pas avoir beaucoup d'expérience dans le métier.

J'ouvris la fenêtre du salon et observai la rue. Il n'y avait pas beaucoup de bruit ni de passage en fin de journée, mais il y avait un peu de vis-à-vis. Enfin, en centre-ville, c'était assez courant.

J'allais donc me décider pour le prendre, lorsque j'aperçus Léo. Je crus qu'il s'agissait d'une hallucination, car cela m'arrivait de penser à lui le soir, avant de m'endormir, ou bien lorsque je me douchais, mais après avoir cligné les yeux je sus que je ne rêvais pas.

Il marchait dans la rue, les yeux rivés sur son portable.

— Madame Dupont ? lança Mathieu.

Mais j'étais trop concentrée sur Léo pour lui répondre. Mon cœur battait à cent à l'heure dans ma poitrine.

Je l'observai entrer dans l'immeuble voisin et je réussis à reprendre contenance après plusieurs secondes.

— Euh, je vais réfléchir, rétorquai-je, merci pour la visite, je vous rappellerai.

Et sans attendre je sortis dans le couloir.

Est-ce que Léo habitait juste en face ? À moins qu'il ne soit allé rendre visite à quelqu'un ? Si tel était le cas, il était peut-être préférable que je ne prenne pas cet appartement. D'un autre côté, je ne pouvais pas non plus passer ma vie à fuir deux hommes que j'avais fait souffrir.

Je rentrai chez Julie, encore perturbée, et me laissai tomber sur le canapé. Mais, alors que j'espérais avoir un peu de calme, ma sœur ne tarda pas à me rejoindre sur le sofa.

— Alors, ces appartements, ça a donné quoi ?

— Rien de concluant, répondis-je, évasive.

— Pourtant, celui vers l'arrêt Sans Souci avait l'air sympa.

Je tournai la tête vers elle. Vu mon état second, Julie comprendrait que quelque chose n'allait pas.

— Je crois que j'ai vu Léo là-bas, avouai-je. En fait, j'en suis même sûre.

— Sérieusement ? Tu lui as parlé ?

— Non, il ne m'a pas vue. Je ne sais pas s'il habite là-bas. Peut-être qu'il allait voir quelqu'un, ou une cliente…

Ma sœur secoua la tête et s'assit en tailleur.

— Après que tu m'as dit que Benoît risquait de le retrouver à cause de son site Internet, je suis allée voir s'il l'avait toujours, et non. Le site n'existe plus. Je pense qu'il a vraiment arrêté l'escorting.

— Déjà ? m'étonnai-je. Ça me paraît un peu rapide.

Elle haussa les épaules.

— Si tu es curieuse à son sujet, j'ai toujours son numéro, hein, m'indiqua-t-elle avec un sourire malicieux.

Je levai les yeux au ciel, mais ne répondit rien.

Une part de moi désirait le voir, mais les choses restaient encore trop compliquées. J'avais quitté Benoît, et Léo avait cessé d'être accompagnateur, mais il y avait toujours trop de barrières entre nous, et cela ne changerait pas.

— Pourquoi tu ne le reverrais pas ?

La question de Julie me prit de court.

— C'est vrai que c'est un peu tôt par rapport à ta séparation d'avec Benoît, mais si tu l'aimes…

— Non, l'interrompis-je, lui et moi, c'est impossible.

— Parce qu'il t'a menti et qu'il a un gosse ?

— Entre autres, oui.

Ma sœur se mit debout.

— S'il t'a menti, c'est parce que ça faisait partie de son boulot. Et puis, il a été honnête avec toi en te parlant de son fils alors que vous vous connaissez à peine. Je ne crois pas non plus qu'il va te demander de remplacer sa mère, tu sais.

J'étais complètement perplexe.

— T'es vraiment en train de le défendre ?

— Tout ce que je veux, c'est que ma petite sœur soit heureuse.

— Mais… Tu as pensé à ce que dirait maman si elle apprenait que je sortais avec Léo ? Elle deviendrait complètement folle !

Julie sourit.

— Finalement, je ne suis pas la seule à avoir peur d'être jugée.

— Oui, enfin, il y a quand même une différence entre être célibataire et sortir avec un ex-escort que toute la famille a pris pour le petit copain de ma sœur !

Son sourire disparut, et elle redevint sérieuse.

— C'est vrai que ça risque de leur faire un choc, mais ils finiraient par l'accepter, tu sais. Et puis, tu n'es pas obligée de leur en parler tout de suite. Attends de voir si ta relation avec Léo fonctionne. Et, si c'est le cas, là on verra comment l'annoncer à la famille.

Pour Julie, tout avait l'air facile. Il me suffisait de faire ce dont j'avais envie sans me prendre la tête. Mais pour moi c'était impossible. J'étais obligée de réfléchir à toutes les conséquences qu'une relation avec Léo pouvait engendrer. En plus de ça, je l'avais repoussé, et il était sans doute déjà passé à autre chose.

— Arrête d'être aussi pessimiste, Camille, ajouta Julie, tu ne peux pas savoir ce qui t'attend avec Léo.

— Et c'est justement ça qui me fait peur ! m'exclamai-je.

— Pourtant, tu n'as pas eu peur de t'engager avec Benoît, me fit-elle remarquer.

Elle avait raison. Avec Benoît, tout s'était fait facilement. Nos rendez-vous, notre première fois, l'emménagement…

Et alors je compris. Je n'avais jamais été réellement amoureuse de Benoît. J'avais eu des sentiments pour lui, plus fort au début qu'à la fin, mais ça n'avait pas été de l'amour. Et, si j'avais peur de m'engager avec Léo, c'était parce que je l'aimais et que je craignais de souffrir encore plus qu'à présent si notre histoire ne marchait pas.

Mais avais-je réellement envie de laisser filer le seul homme qui pourrait me rendre vraiment heureuse ?

Je levai les yeux vers ma sœur.

— Il faut que je parle à Léo, déclarai-je, sûre de moi. Mais, après notre dernière conversation, je ne pense pas qu'il voudra me voir.

Après avoir réfléchi un moment, Julie me sourit avec malice.

— Je crois que j'ai une idée. Tu me fais confiance ?

— Je devrais ?

— Quel était le nom de la société de plomberie que tu avais appelée pour ta baignoire ?

— Euh, Plomberie Nico, il me semble.

Julie partit en courant dans le couloir, puis revint dans le salon avec son portable. Je l'observai pianoter sur son clavier, me demandant ce qu'elle avait en tête, puis lorsqu'elle passa un appel je regrettai de l'avoir laissée faire.

— Oui, bonjour, dit-elle en prenant une voix aiguë, Mme Delachau à l'appareil. Je vous contacte parce que ma chasse d'eau ne fonctionne plus et que, vous voyez, c'est très embêtant au quotidien !

La semaine prochaine ? Impossible. J'organise une grande soirée ce week-end et je ne peux pas demander à mes invités de vider un seau d'eau dans la cuvette à chaque fois, c'est inenvisageable… Bien sûr je comprends que vous ayez d'autres urgences, mais c'est une amie qui m'a recommandé votre société en me vantant votre qualité de service et votre rapidité ! Et je… Oui ?

Ma sœur me lança un regard espiègle.

— Demain à 17 heures ? reprit-elle, c'est parfait, merci ! J'habite au 3, impasse des Marronniers, à Corbas. C'est un immeuble, il vous suffira de sonner à l'appartement numéro 8. Très bien, c'est noté. Ah, et une dernière chose, serait-ce possible que ce soit le jeune plombier aux cheveux châtains qui vienne ?

Stressée par la situation, je sentis mon estomac se tordre.

— C'est celui qui est venu réparer les toilettes de mon amie, et elle m'a dit qu'il avait fait un travail remarquable ! ajouta-t-elle. Et puis, je vous avoue que je serais plus en confiance avec un plombier dont j'ai entendu parler, si c'est possible, bien sûr… Oh ! merci beaucoup, c'est très aimable de votre part ! Oui, très bien, au revoir, monsieur !

Julie raccrocha, puis me sourit de toutes ses dents.

— Il va falloir que tu quittes ton boulot un peu plus tôt demain, parce que ton Léo vient à 17 heures ! Normalement il n'est pas possible de choisir son plombier, mais le gars m'a dit qu'il allait faire une exception pour moi. Si ce n'est pas beau ça ! Je crois que ma voix aiguë l'a charmé !

Ma sœur était complètement fière de son coup, quant à moi, j'angoissais déjà à l'idée de revoir Léo.

— Ah, reprit Julie d'un air pensif, il faut que j'aille mettre un

I Will Be Your Romeo

post-it sur l'Interphone en bas sinon notre plan va tomber à l'eau !
Je reviens.

Elle s'éclipsa à nouveau, et je me retrouvai seule dans la pièce.

Je respirai profondément en espérant que Léo me laisserait une chance de lui parler.

Chapitre 19

Léo

D'après ce que m'avait dit mon frère, Mme Delachau avait un problème de chasse d'eau et avait tenu personnellement à m'avoir comme plombier attitré.

Elle m'avait tout l'air d'être une cliente exigeante et chiante, mais bon, j'allais faire comme si de rien n'était et essayer dans la mesure du possible de réparer son problème de toilettes aujourd'hui.

Arrivé devant l'immeuble, j'appuyai sur l'Interphone correspondant à son nom, et la porte se déverrouilla sans qu'on me demande de me présenter.

Quel accueil !

J'entrai dans le hall et cherchai l'appartement numéro 8. Comme il n'y avait pas de sonnette, je frappai à la porte et attendis.

Pas de réponse. Je toquai une nouvelle fois, plus fort.

— Bonjour, il y a quelqu'un ? C'est le plombier !

Je commençais à m'impatienter lorsqu'on m'ouvrit enfin.

Camille.

J'en restai bouche bée.

Non… C'est impossible…

Pourtant, elle était là, devant moi, vêtue d'un pantalon noir habillé et d'un chemisier marron. Elle était toujours aussi belle. Mais il fallait que j'arrête de la contempler et essaye de comprendre la situation.

Qu'est-ce qu'elle faisait ici ? Ou plutôt, pourquoi s'était-elle fait passer pour Mme Delachau et chez qui étions-nous ? Était-ce un piège ? Je doutais qu'il y ait réellement un problème de chasse d'eau dans cet appartement.

— Tu m'expliques ? l'interrogeai-je, intrigué.

— Il fallait que je te voie.

Déconcerté, je fronçai les sourcils.

— Pourquoi ? Et on est chez qui, là ?

Elle avait l'air agitée.

— Julie. Tu veux bien entrer un moment ?

Je hochai la tête et la suivis à l'intérieur. Camille m'emmena dans le salon et s'assit sur l'accoudoir du canapé.

Je déposai ma boîte à outils sur le sol et attendis qu'elle m'éclaircisse sur les raisons de ma présence.

— Tu as vraiment arrêté l'escorting ? demanda-t-elle en jouant nerveusement avec ses mains.

Pourquoi me questionnait-elle à ce sujet ? Et surtout, en quoi cela lui importait-il ? N'était-il pas déjà trop tard pour que cela puisse changer quoi que ce soit entre nous ?

— Oui, répondis-je en toute honnêteté.

J'avais supprimé mon site Internet et informé toutes mes clientes que je prenais définitivement ma retraite. Beaucoup avaient été déçues, et certaines m'avaient même proposé de me payer le double pour que je continue à leur rendre quelques services de temps en temps. Mais ma décision était définitive, et je ne voulais pas revenir dessus. Ça allait me manquer, mais c'était mieux ainsi.

— J'ai quitté Benoît, m'avoua soudain Camille.

Ses beaux yeux guettèrent ma réaction. J'étais surpris, bien sûr. L'avait-elle quitté pour moi ? Sinon pourquoi m'avoir fait venir ici pour me l'annoncer ? Mais avant de faire ce dont j'avais envie, et cela depuis des jours, je voulais qu'elle me le dise de vive voix.

Je fis un pas vers elle.

— Pourquoi ? demandai-je sans détourner le regard.

Elle détourna la tête, embarrassée.

— Parce que je t'aime, murmura-t-elle.

Mon cœur rata un battement.

Elle m'aimait ! Camille m'aimait ! Dieu soit loué !

Je comblai la distance qui nous séparait et pris son visage entre mes mains.

Enfin je peux la toucher. Et surtout, je n'ai plus à me sentir coupable pour ça.

— Je t'aime aussi, dis-je en caressant ses joues.

Elle parut surprise.

— Tu… Tu ne m'en veux pas pour ce que je t'ai dit l'autre jour ?

C'est vrai que j'avais été énervé sur le coup. Elle savait pertinemment qu'elle n'était pas totalement heureuse avec Benoît, mais elle avait préféré continuer à se mentir à elle-même. Mais comment pouvais-je lui en vouloir alors qu'elle venait enfin d'être honnête sur ses sentiments et de me choisir ?

— Non, répondis-je avec sincérité.

Et puis, quelle importance ? Elle m'aimait, bon sang ! C'était tout ce qui comptait pour moi.

Camille soupira, visiblement soulagée, puis elle se mit debout.

Nous étions si près que nos corps se touchaient presque.

Son souffle se mêla au mien, et la tension monta d'un cran. Elle parcourut lentement mon visage, puis fixa ma bouche avec envie. Avant que j'aie le temps de le faire, elle m'attrapa le menton et m'embrassa avec tendresse.

Putain, ce que c'était bon !

Lorsqu'elle s'arrêta, je l'observai avec avidité. Ce baiser, bien qu'incroyablement doux et savoureux, ne m'avait pas du tout suffi. J'enroulai les bras autour de son corps et l'attirai contre moi pour l'embrasser à nouveau avec fougue. Ses mains se nouèrent dans mon cou, puis s'égarèrent dans mes cheveux. Je l'amenai à reculer contre le canapé, mais Camille nous stoppa avant que je la fasse basculer en arrière.

— Pas ici, murmura-t-elle contre ma bouche.

Il est vrai qu'il s'agissait de l'appartement de Julie. Nous envoyer en l'air chez elle n'aurait pas été très respectueux de notre part. Et sur son canapé encore moins…

J'acquiesçai, compréhensif, puis l'embrassai tout de même une nouvelle fois, avec douceur. Camille caressa mon visage, puis me regarda avec amour, le souffle court. Bon sang, ce que j'avais envie d'elle.

— Mais je ne vais pas tenir très longtemps, lui avouai-je d'un air taquin.

Elle me sourit, visiblement ravie de me faire cet effet.

— Résiste ! Prouve que tu existes[1] ! chantonna-t-elle en remuant son corps de gauche à droite.

J'éclatai de rire. Elle était ridiculement adorable.

— OK, c'est bon, je pense que je vais pouvoir me retenir maintenant.

---

1. Référence à la chanson *Résiste*, écrite par Michel Berger et interprétée par France Gall.

Ou du moins, je le croyais jusqu'à ce qu'elle me regarde à nouveau avec un mélange d'envie et d'appréhension.

Heureusement, elle se détacha de moi avant que je me jette à nouveau sur ses lèvres.

— Julie ne va pas tarder à rentrer, m'annonça-t-elle, un peu gênée.

Ce qui signifiait qu'il était temps que je m'en aille. Cependant, même si elle m'avait avoué ses sentiments, notre relation n'était pas encore complètement claire.

— Tu es libre demain ? demandai-je.

Elle réfléchit un instant, puis hocha la tête.

— Très bien, je t'emmène en rencard.

— « En rencard », répéta-t-elle, amusée.

— Appelle ça comme tu veux, mais je passe te prendre à 19 heures… Euh, où est-ce que tu habites maintenant ? À moins que tu ne vives encore chez Benoît ?

— Non. Je squatte chez ma sœur en attendant de me trouver un nouvel appart. Donc tu peux venir me chercher ici.

— Parfait.

Je la regardai un moment, puis, ne pouvant pas résister à l'appel de ses lèvres, l'embrassai une dernière fois avant de partir. Elle gémit légèrement contre ma bouche, et je pris sur moi pour garder mon sang-froid et m'arrêter.

— À demain, Camille, dis-je en récupérant ma boîte à outils.

— À demain… Léo.

Je quittais Camille à contrecœur et n'avais qu'une hâte, la revoir demain.

Je montai dans ma camionnette de travail et appelai aussitôt Marion. Il fallait que je lui demande si elle pouvait, exceptionnellement, garder Mathis demain soir. Sinon je pourrais toujours demander à mon frère de jouer le baby-sitter. Dans tous les cas, je ne raterais pour rien au monde ce rendez-vous avec elle.

Camille

Je passai mon samedi après-midi à faire des essayages avec ma sœur à l'appartement. Bien que Julie n'ait pas les mêmes goûts vestimentaires que moi, elle savait parfaitement s'adapter à mon style et me proposa les tenues les plus appropriées pour mon rendez-vous avec Léo.

Après plusieurs hésitations entre la robe rose pâle aux épaules dénudées et la robe patineuse noire, Julie finit par me dénicher la perle rare. Une robe en velours couleur lie-de-vin, que j'avais achetée quand j'étais étudiante. Et, malgré mes petits kilos en trop, je rentrais toujours dedans.

— On ne voit pas trop mes bourrelets ? demandai-je en m'observant dans le miroir.

— Mais non, tu es parfaite ! m'assura Julie.

Je fis glisser les mains sur ma robe. Elle s'arrêtait à mi-cuisse et était assez moulante. Mais, avec un long manteau beige et des talons pas trop hauts, je ne serais pas trop sexy pour aller au restaurant. Enfin, peut-être que Léo avait l'intention de m'emmener manger ailleurs. Irait-on directement chez lui ? Même si j'avais très envie de lui, ce début d'histoire me rendait assez nerveuse. Je savais très peu de choses sur lui et je souhaitais qu'on en apprenne plus l'un sur l'autre avant de faire l'amour.

— Par contre, je serais toi, j'irais me maquiller maintenant, m'avertit Julie. Il est déjà 18 h 30.

— Déjà ? Mais pourquoi tu ne m'as pas prévenue plus tôt ? lançai-je en filant vers la salle de bains.

— Parce que tu n'avais pas trouvé ta tenue ! cria-t-elle depuis la chambre.

Certes.

Je terminai de me préparer en quinze minutes. Un peu de fond de teint, de mascara et de rouge à lèvres *nude*. Je laissai mes cheveux détachés et les froissai légèrement pour leur donner davantage de volume.

— Camille ! m'appela Julie depuis le couloir, Léo est là !

Je ne l'avais même pas entendu frapper !

J'enfilai mes sandales noires, mon manteau beige et sortis de la chambre.

Léo était en train de discuter avec Julie. Il portait un pantalon noir habillé et une chemise blanche sous un blazer bleu marine. Un frisson me parcourut. Il était toujours aussi sexy…

Il dut m'entendre marcher dans sa direction, car il tourna la tête vers moi.

— Tu es magnifique, dit-il en me regardant de bas en haut.

Du coin de l'œil, j'aperçus Julie sourire malicieusement. Elle se disait probablement : « Et attends de voir ce qu'elle a en dessous ! »

— Merci, tu n'es pas trop mal non plus.

— Bon, allez-y, nous lança Julie. J'aimerais bien me mettre en pyjama et regarder un truc à la télé !

Et je pouvais être certaine qu'elle visionnerait une émission de télé-réalité. J'avais découvert sa passion secrète il y a quelques mois, lorsque j'avais débarqué à l'improviste chez elle et que je l'avais surprise en train de pleurer devant la télé parce que Guillaume et Justine s'étaient séparés. J'avais beau lui avoir dit que leur couple était bidon, ça n'avait fait qu'accentuer son chagrin. Le lendemain,

Julie m'avait demandé de faire comme si rien ne s'était passé, et j'avais accepté. Après tout, j'avais moi aussi des secrets, comme le fait que j'étais toujours aussi fan de Patrick Bruel que dans ma jeunesse. Mais je voulais que personne ne découvre mon compte fan sur Instagram, étant donné que je commentais toutes ses publications et réagissais à chacune de ses *stories* dans l'espoir qu'il me réponde un jour. Ah, si seulement… Non, ce n'était pas le moment de penser à Patrick !

J'embrassai brièvement Julie sur la joue, puis sortis avec Léo.

— Qu'est-ce que ma sœur t'a dit quand tu es arrivé ? le questionnai-je en allant jusqu'à sa voiture.

— Que si je te faisais du mal elle me couperait les couilles au sécateur. Charmant, non ?

Je pouffai.

— C'est du Julie tout craché ça.

— Tant que tu ne ressembles pas à ta sœur de ce côté-là, ça me va !

Il m'ouvrit la portière et m'invita à entrer dans sa voiture.

— Peut-être que je suis pire, dis-je avec un clin d'œil.

Léo me sourit.

— Je suis prêt à courir le risque. Allez, monte.

Je lui obéis et m'installai confortablement.

Léo prit place côté conducteur. Il brancha son portable au port USB et, lorsqu'il démarra, une chanson se lança. Et si je ne prêtai pas grande attention aux paroles du début, notamment parce qu'elles étaient en anglais, le refrain m'interpella.

« *So maybe*

(Alors peut-être)

Maybe we were always meant to meet

(Peut-être qu'on était censés se rencontrer)

I Will Be Your Romeo

Like this was somehow destiny
(Comme si c'était notre destin)
Like you already know
(Comme tu le sais déjà)
Your heart will never be broken by me
(Je ne te briserai jamais le cœur)
So is it crazy
(Donc est-ce fou)
For you to tell your friends to go on home ?
(Que tu dises à tes amis de rentrer chez eux ?)
So we can be here all alone
(Pour que nous puissions être ici tout seuls)
Fall in love tonight
(Tomber amoureux ce soir)
And spend the rest of our lives as one
(Et passer le reste de nos vies comme si nous n'étions qu'un) »[1]

Je jetai un coup d'œil amusé à Léo qui conduisait tranquillement.

— Tu écoutes vraiment ce genre de musique ?

— Tu ne connais pas James Arthur ? s'étonna-t-il.

Le nom de ce chanteur me disait vaguement quelque chose.

— Peut-être. Mais j'écoute plutôt de la variété française ou des chansons des années 1970.

— Je sais, je m'en souviens. Tu es une grande fan de Patrick Bruel.

— J'étais, mentis-je.

Léo sourit étrangement, puis changea de chanson.

Patrick Bruel. *Casser la voix.*

Oh ! mon Dieu ! L'une de mes chansons préférées ! Il me suffisait d'entendre les premières notes pour la reconnaître.

---

1. Extrait de la chanson *Maybe*, écrite par James Arthur et Jamie Martin Graham.

Je pinçai les lèvres, me retenant de chanter avec mon idole. Même si Léo semblait avoir compris mon mensonge, je ne voulais pas le laisser avoir raison.

Mais, lorsque le refrain débuta, je remuai légèrement au rythme de la musique.

Léo éclata de rire.

— Allez, chante, si tu en as envie, je te promets de garder ton petit secret, se moqua-t-il.

— Jamais.

Je tiendrais bon ! En revanche, s'il mettait ensuite *Place des grands hommes,* je serais fichue. C'était MA chanson.

— Et sinon, où est-ce qu'on va ? lui demandai-je en essayant de ne pas écouter la chanson.

— Tu verras, répondit-il d'un air mystérieux.

Je croisai les bras sur ma poitrine, faussement agacée.

— Mais ça va te plaire, ajouta-t-il, il paraît que les desserts y sont exquis.

Je fronçai les sourcils.

— Tu veux me faire grossir ?

— Non, je veux te faire plaisir. Et je sais que t'es une grande gourmande.

Finalement, je m'étais trompée. Léo savait des choses sur moi. Mais je ne pouvais pas en dire autant.

— Et toi ? Tu aimes quoi ?

Il quitta la route des yeux un court instant pour me regarder.

— Toi.

Même si sa réponse était ridicule, je sentis une agréable chaleur dans la poitrine.

— Et plus sérieusement ?

— Camille, on a tout le temps qu'il faut pour apprendre à se connaître, alors détends-toi un peu.

Cette fois, il m'avait vraiment contrariée. Qu'en savait-il du temps que nous avions devant nous ? Chaque seconde, chaque minute, chaque heure était importante. Il pouvait nous arriver n'importe quoi à chaque instant de notre vie. Alors, pourquoi attendre pour se confier à l'autre ?

— Je veux juste qu'on se découvre petit à petit, ajouta Léo. Je trouve ça plus intéressant que de se questionner directement sur ce qu'on aime ou sur ce qu'on n'aime pas, non ?

— D'accord, mais j'ai l'impression que tu en sais plus à mon sujet que moi sur toi.

Léo posa une main sur ma cuisse.

— Non. J'ai encore beaucoup de choses à découvrir à ton sujet, Camille. Tu es la femme la plus fascinante que j'aie jamais rencontrée.

C'était la première fois qu'un homme me disait ce genre de choses. Et, même si je ne voyais pas trop ce qu'il pouvait trouver de fascinant chez moi, cela me faisait plaisir.

Je posai la main sur la sienne.

— Et toi, tu es probablement l'homme le plus énigmatique que je connaisse…

— Je prends ça comme un compliment, répondit-il en rigolant.

Je me détendis sur mon siège, et le reste du trajet se déroula dans une ambiance agréable, et légèrement romantique.

Léo m'avait bel et bien emmenée dans un restaurant français situé en plein centre de Lyon. C'était un lieu que je ne connaissais pas, caché dans une ruelle. Si l'extérieur n'attirait pas spécialement les regards, une fois que nous fûmes à l'intérieur, je trouvai l'endroit très accueillant, joliment décoré, dans des tons chauds, et l'odeur de nourriture fit gargouiller mon ventre.

Un serveur nous conduisit à la table que Léo avait réservée, au fond de la salle, dans un coin tranquille.

Lorsque je retirai mon manteau, j'aperçus Léo qui déglutissait nerveusement en me regardant.

Julie avait choisi la robe parfaite. Je lui faisais de l'effet et j'aimais ça. Nous prîmes place, et j'ouvris le menu la première.

— Je constate que tu as faim, plaisanta Léo.

— Je veux seulement voir s'il y a des choses qui me plaisent, répliquai-je fièrement.

Léo retira son blazer et regarda également la carte.

En réalité, tout me faisait envie. Surtout les desserts. Parce que, oui, j'examinais toujours la liste des desserts en premier au restaurant. Quant au plat, j'allais avoir du mal à me décider entre le foie gras de canard mi-cuit et le filet de bœuf Angus.

— Est-ce que tu emmenais tes clientes ici ? l'interrogeai-je, suspicieuse.

Léo fronça les sourcils.

— Tu me crois vraiment capable de t'emmener là où j'allais avec mes clientes ?

Je haussai les épaules, n'en ayant pas la moindre idée.

— Non, répondit-il, je ne suis jamais venu ici à vrai dire. C'est mon frère qui m'a parlé de cet endroit et m'a conseillé de t'y amener.

J'étais étonnée.

— Tu as parlé de moi à ton frère ?

— Ouais. Je n'aurais pas dû ?

— Non, ça ne me dérange pas, le rassurai-je, ça me surprend juste.

J'étais plutôt contente que sa famille soit au courant de mon existence. Car, même s'il m'avait dit qu'il m'aimait, cela me prouvait encore davantage que j'étais importante pour lui. Mais j'espérais tout de même que les choses n'aillent pas trop vite entre nous.

— Et tu as parlé de moi à ton fils ? lui demandai-je, un peu tendue.

Léo secoua négativement la tête.

— C'est trop tôt. Autant pour lui que pour toi, j'imagine.

Il me scruta de ses beaux yeux noirs.

— Oui, admis-je en baissant le regard sur le menu.

— Et on ne parlera pas de Mathis tant que tu ne seras pas prête, ajouta-t-il comme s'il avait senti ma gêne.

J'aimais les enfants et je rêvais d'en avoir un jour, mais pas tout de suite. Alors oui, j'étais loin de devenir la belle-mère de Mathis, mais je m'attachais vite et je ne voulais pas entrer dans la vie d'un enfant, ni qu'il entre dans la mienne, si un jour Léo et moi risquions de nous séparer. Pourtant, je savais que les relations amoureuses étaient les plus incertaines de toutes.

— Merci, dis-je seulement.

Le serveur ne tarda pas à revenir vers nous pour prendre notre commande. J'optai finalement pour le foie gras, et Léo choisit une assiette de truite marinée. Il ajouta également des verres de vin rouge pour nous deux et me rassura en me disant qu'il aurait éliminé l'alcool d'ici la fin de notre dîner.

Pendant que nous attendions les plats, Léo me parla un peu de son frère, Guillaume, de sa belle-sœur, Cécile, et de ses deux nièces. Il me montra des photos des deux adolescentes en question, et je les trouvai tellement mignonnes ! J'en apprenais enfin un peu plus sur lui et j'en étais ravie.

Nous mangeâmes tranquillement tout en nous observant du coin de l'œil. La tension grimpait au fil des minutes que nous passions ensemble. Les yeux de Léo descendaient de temps à autre sur mon décolleté tandis que les miens fixaient surtout ses lèvres appétissantes. Finalement, j'avais en tête un autre dessert que le moelleux au chocolat qui m'attendait après mon foie gras.

— Le plat était délicieux, déclarai-je en posant mes couverts.

— Ouais, il faudra qu'on revienne ici.

— Seulement si c'est toi qui m'invites, plaisantai-je.

Je repoussai mes cheveux en arrière, et Léo suivit mon geste du regard.

— Évidemment.

— Et du coup, tu travailles en tant que plombier à temps complet maintenant ? demandai-je, curieuse.

— Pour le moment, oui, mais en parallèle je suis une formation à distance pour bosser dans l'aide à la personne, me révéla-t-il. Je ne gagnerai pas autant qu'avant, mais au moins je ferai un métier que je n'aurai pas à cacher.

Je hochai la tête, plutôt d'accord avec ça.

Et, de toute façon, l'arrêt de son job d'escort faisait partie de mes conditions pour être avec lui. Je n'aurais pas pu supporter qu'il embrasse ni touche une autre femme que moi. Je n'étais pas du genre jalouse excessive, mais cela me paraissait normal dans un couple de ne pas avoir de contacts « intimes » avec d'autres individus du sexe opposé.

— Au fait... Tu habites dans le 3e arrondissement ?

Ma question l'étonna.

— Comment as-tu deviné ?

— J'ai visité un appartement là-bas jeudi et je t'ai aperçu entrer dans un immeuble...

— Alors comme ça, tu m'espionnes, me taquina-t-il. Oui, j'habite bien là-bas. Tu vas devenir ma voisine ?

— T'aimerais bien, hein ? Mais non.
Il rigola. Son rire était tellement plaisant…
— Dommage. Ça aurait été bien pratique pour se voir.
— Et si on se sépare un jour, ça sera horriblement gênant !
— Tu es tellement optimiste, soupira-t-il.
Ah, Julie me l'avait déjà dit ça. Et ce n'était une nouvelle pour personne.

Nous prîmes ensuite nos desserts et, comme je m'y attendais, le moelleux au chocolat était aussi succulent que le reste. Ce restaurant faisait désormais partie de mon top 3. Même si le Japontori était toujours le *number* 1 !

Lorsque nos assiettes furent toutes deux vides, Léo partit régler l'addition au comptoir. Le dîner avait été parfait. La prochaine fois, parce que, oui, il y aurait sans aucun doute une prochaine fois, ce serait à mon tour, et il n'aurait pas son mot à dire là-dessus.

J'enfilai mon manteau, puis nous sortîmes. Il était déjà 22 heures passées. Avec lui le temps avait filé.

— On va chez moi ?

Je pivotai la tête vers lui et croisai son regard lourd de sens. Même si je n'avais pas imaginé la soirée se finir autrement, le fait qu'il ait autant envie de moi à cet instant présent fit battre mon cœur plus fort.

Oh que oui, on allait chez lui ! Et très vite.

Chapitre 20

Léo

— C'est super joli ! s'exclama Camille en découvrant mon salon blanc à l'ambiance végétale.

Je l'observai tourner dans la pièce, émerveillée par la décoration.

— Je t'ai dit que ma belle-sœur était décoratrice d'intérieur, tu te souviens ? C'est elle qui m'a aidé à faire tout ça.

Camille leva les yeux vers la suspension en osier, avant de toucher du bout des doigts la plante grimpante que j'avais placée sur une étagère en bois.

— J'adore, c'est frais et léger.

Je retirai mon blazer et le posai sur une chaise en rotin.

— Venant d'une architecte, ça fait plaisir à entendre. Tu veux garder ton manteau ?

Elle l'ôta lentement, puis me le tendit avec un sourire en coin.

— Tu as du vin ? demanda-t-elle.

Évidemment. Et j'en avais acheté le jour même pour l'occasion.

Je la laissai seule un instant pour aller accrocher son vê

ment sur la patère de l'entrée et nous servir deux verres de rosé dans la cuisine.

À mon retour dans le salon, je trouvai Camille en train de contempler des cadres photos aux murs et sur lesquels figurait notamment Mathis.

— Il te ressemble beaucoup, dit-elle en tournant la tête.

Je souris, puis m'approchai d'elle et lui tendis son verre.

— C'est elle ton ex-femme ?

Elle me désigna l'une des photos où l'on voyait Marion pousser Mathis sur une balançoire.

— Ouais.

Camille l'observa un moment.

— Pourquoi vous êtes-vous séparés ?

— Tu veux vraiment parler de ça maintenant ?

Elle me regarda à nouveau et hocha la tête.

— D'accord, dis-je.

Je m'assis sur le canapé et l'invitai à faire de même.

— J'ai découvert que Marion m'avait trompé et je n'ai pas réussi à lui pardonner. De toute façon, les choses n'allaient déjà plus vraiment entre nous. Enfin, de son côté, c'était fini.

Camille sembla un peu mal à l'aise. Et je comprenais parfaitement pourquoi. Après tout, elle avait fait la même chose à Benoît. Mais elle n'était pas la seule responsable dans cette histoire, et je voulais qu'elle en ait conscience.

— On a tous les deux merdé, déclarai-je avec sérieux.

Elle me sourit tristement, puis posa son verre sur la table basse.

— Tu sais, le pire dans tout ça, c'est que je me dis que, si les choses ne s'étaient pas déroulées de cette façon, je ne serais sûrement pas là avec toi aujourd'hui. Et ça, je l'aurais encore plus regretté.

Est-ce que je pense la même chose ? Oui.
Un petit rire nerveux lui échappa.
— Je suis horrible, n'est-ce pas ?
Peut-être. Mais, si tel est le cas, alors nous sommes deux.
Je posai à mon tour mon verre sur la table.
— Personne n'est parfait, Camille, répondis-je en prenant sa main dans la mienne. Benoît ne méritait pas ça, et je ne méritais probablement pas non plus ce que Marion m'a fait.
Je m'arrêtai un instant pour choisir mes mots.
— Ça aurait pu mieux se passer, et autrement, mais ce qui est fait est fait. Dans tous les cas, je suis certain que Benoît s'en remettra, comme je m'en suis remis, et qu'il finira par trouver la bonne personne lui aussi.
Camille soupira, puis entrelaça les doigts aux miens.
— Tu sais que tu es vraiment un beau parleur ? me taquina-t-elle.
Au moins, mes « belles paroles » semblaient lui avoir remonté le moral.
— C'est une des qualités requises pour être accompagnateur, plaisantai-je.
Mais je le regrettai aussitôt. Ce n'était peut-être pas le meilleur sujet sur lequel faire des blagues. Et, à voir l'expression sérieuse de Camille, elle devait être du même avis.
— Tu t'es lancé dans l'escorting après ta séparation d'avec Marion ? me demanda-t-elle alors.
— Ouais. J'ai eu une période où j'enchaînais un peu les rencontres pour essayer de l'oublier. Et un jour une de mes conquêtes m'a dit que j'étais de bonne compagnie et que des femmes seraient prêtes à payer pour passer du temps avec

moi. Et, comme j'en avais marre de la plomberie, j'ai fini par réfléchir à son idée et à me lancer là-dedans.

— Je vois, murmura-t-elle d'un air pensif.

— Mais tout ça c'est du passé, la rassurai-je avec sincérité. Tout ce que je veux à présent, c'est être avec toi, Camille. Et seulement toi.

Elle me sourit, puis se pencha vers moi pour m'embrasser avec douceur.

— Moi aussi, c'est ce que je veux, souffla-t-elle contre mes lèvres.

Mon cœur s'emballa. Je lâchai ses doigts pour prendre son visage entre mes mains et l'embrasser à nouveau.

C'était si bon de pouvoir enfin la toucher sans contrainte. Sans craindre que quelqu'un nous surprenne. Sans culpabiliser.

Camille se rapprocha de moi jusqu'à ce que nous soyons collés l'un à l'autre. Je sentais sa poitrine contre mon torse et la chaleur qu'elle dégageait. Bon sang, ce que j'avais envie d'elle.

Je nous fis basculer en arrière, la laissant se positionner au-dessus de moi. D'un geste sexy, elle repoussa ses cheveux sur le côté, puis m'embrassa encore.

Je descendis les mains sur ses cuisses, puis remontai sa robe pour caresser sa peau. Un frisson de plaisir la traversa. Et un deuxième lorsque je glissai les doigts sous sa culotte. Camille cessa de m'embrasser pour me regarder un instant. Ses yeux brillaient d'excitation et de désir. Elle devait bien sentir l'effet qu'elle me faisait, car elle me sourit avec malice, puis me mordilla la lèvre. Je nous fis nous redresser subitement.

Je voulais la voir nue. Et la prendre. Maintenant.

Camille sembla comprendre le message, car elle passa sa robe par-dessus sa tête avant que j'aie eu le temps de le faire.

Et elle ne portait pas de soutien-gorge. Sa poitrine était magnifique. Mon entrejambe pulsait intensément. Il fallait que j'enlève mon pantalon, et rapidement.

Camille déboutonna ma chemise avec sensualité, puis me l'ôta et la jeta sur le sol.

— Je dois aller prendre une capote, dis-je en me levant.

— Vas-y, répondit-elle en retirant sa culotte.

Putain… Je me dépêchai d'aller chercher un préservatif dans ma chambre et de l'enfiler. À mon retour dans le salon, Camille m'attendait assise nue sur mon canapé. C'était mieux que n'importe quel fantasme.

Je la rejoignis et l'allongeai sur le dos. Sa bouche retrouva la mienne. Et d'une main je guidai mon sexe à l'intérieur du sien. Une vague de chaleur intense irradia dans tout mon corps. Alors, doucement, je commençai à bouger. Camille gémit fortement, et ce son m'excita davantage. La température monta encore, et je continuai mes mouvements de va-et-vient. Camille m'agrippa le dos, je sentis ses ongles griffer ma peau, puis ses mains atterrirent sur mes fesses, qu'elle ne put s'empêcher de presser.

Je grognai de plaisir contre ses lèvres et accélérai jusqu'à nous faire tous deux atteindre l'orgasme.

Je me laissai tomber sur elle, à bout de forces, la tête contre sa poitrine. Son cœur battait encore très vite, et sa respiration était agitée.

— C'était… génial, souffla-t-elle en glissant les doigts dans mes cheveux.

Je relevai la tête et croisai son regard comblé.

— Mieux qu'avec Benoît j'imagine, la taquinai-je.

Faussement contrariée, elle me pinça le bras.

— J'ai de la peine pour lui, je lui ai brisé le cœur en le quittant.

— Mais, si tu ne l'avais pas fait, tu aurais été malheureuse.
Camille caressa lentement mon visage.
— Je sais… C'est pour ça que je suis là.
Je l'embrassai amoureusement.
— Et je ne te laisserai plus jamais partir.
Ses lèvres s'étirèrent, et elle pressa à nouveau sa bouche sur la mienne.
La soirée était loin d'être finie…

Ce lundi matin, à mon arrivée au boulot, mon frère n'eut pas besoin de me demander comment s'était passé mon week-end. Le bonheur devait se lire sur mon visage, car Guillaume me lança aussitôt :
— Alors, quand est-ce que tu nous la présentes, ta dulcinée ?
Je secouai la tête, amusé.
— Chaque chose en son temps, répondis-je en allant aux vestiaires.
Mon frère me suivit.
— Pourtant, tu as déjà rencontré sa famille, me taquina-t-il, alors, qu'elle nous rencontre maintenant me paraît approprié.
Je regrettais d'avoir fini par raconter mon aventure chez les Dupont à mon frère. Mais il avait toujours été la seule personne à qui je pouvais faire confiance, et la seule à me donner de bons conseils.
— Oh ! Guillaume, fous-moi la paix, tu veux bien ? soupirai-je en ouvrant mon casier.
Je récupérai ma combinaison de travail et me changeai.
— OK, j'ai compris, on en reparlera plus tard ! Je t'envoie les coordonnées de M. Géraud. On avait déjà fait un devis chez

lui, et son robinet de cuisine était à changer parce qu'il fuyait. Le robinet neuf est dans la camionnette, tu n'as plus qu'à aller l'installer à 8 h 30 chez lui, ça marche ?

— Ça marche, patron, répondis-je en terminant de me préparer.

De bonne humeur, notamment en raison de mon super dimanche passé au lit avec Camille, je partis faire ma première intervention de la journée.

J'avais hâte de la revoir. Nous avions prévu de déjeuner ensemble à midi, si elle avait le temps entre deux rendez-vous chez des clients. En revanche, elle ne repasserait pas la soirée chez moi avant mercredi, car aujourd'hui et demain Mathis dormait à la maison. J'allais donc devoir prendre mon mal en patience et attendre deux jours avant de pouvoir lui faire l'amour à nouveau. Et Dieu seul sait à quel point j'en avais envie. Vu notre week-end torride, j'étais certain qu'elle en avait autant envie que moi.

Je songeai à autre chose en arrivant chez M. Géraud. Je ne voulais pas que le sexagénaire s'imagine que c'était lui qui m'excitait autant !

En quinze minutes, le robinet fut changé. Guillaume m'avait envoyé par mail une nouvelle adresse pour que j'aille effectuer un devis chez une cliente. Je retournai rapidement à la camionnette, que j'avais garée dans l'allée, et m'arrêtai en apercevant Benoît sur le trottoir.

Je n'avais pas la moindre idée de comment il m'avait trouvé, mais en tout cas il n'avait vraiment pas l'air content.

Il s'avança vers moi d'un pas déterminé et, sans que je m'y attende, me colla son poing dans la figure. Le coup fut assez violent pour me faire tituber, mais je restai debout. La douleur était supportable, en revanche j'étais certain qu'un joli coquard apparaîtrait dans les heures à venir.

La colère et l'envie de lui éclater la gueule grimpèrent en moi, mais je me retins. Je lui avais volé sa fiancée. Il avait le cœur brisé par ma faute. Ce coup, je le méritais amplement.

Par contre, lorsqu'il me cogna à nouveau et que je sentis du sang dans ma bouche, je ne pus m'empêcher de répliquer. Mais, quand il cria, je regrettai instantanément d'avoir frappé aussi fort. Benoît me fixa, estomaqué.

— Tu m'as… été la… âchoire, onnard, bafouilla-t-il en se tenant la bouche d'une main.

Je ne l'avais pas entendue craquer, mais après tout j'étais loin d'être réellement médecin. En revanche, vu qu'il avait l'air de flipper un peu…

— Tu ferais mieux d'aller aux urgences, dis-je. Tu vas peut-être avoir besoin d'une opération…

Il écarquilla les yeux.

— Tu veux que je t'accompagne ? lui proposai-je en retenant un sourire amusé.

Mais la situation était beaucoup trop cocasse pour que je reste sérieux.

— Va… te faire outre, grogna-t-il.

Il me fusilla du regard mais, vu son visage crispé par la douleur, il y avait peu de chances qu'il essaye à nouveau de me casser la gueule. Peut-être que je lui avais vraiment pété la mâchoire après tout…

Benoît finit par retourner à sa voiture, garée juste derrière la mienne.

Je soupirai. Bon… Il allait falloir que je prévienne Camille.

Camille

Je me garai dans le parking souterrain de mon ancien immeuble, puis pris l'ascenseur jusqu'à l'appartement de Benoît.

Peut-être n'était-il pas chez lui, peut-être était-il encore à l'hôpital. Léo n'avait pas su me dire s'il lui avait, ou non, vraiment cassé la mâchoire. Je l'avais alors prévenu que je m'assurerais que Benoît allait bien après le boulot. Léo ne m'avait rien répondu. Que je rende visite à mon ex ne devait pas lui plaire, mais je ne pouvais pas non plus faire comme si de rien n'était. J'avais vécu trois ans avec Benoît et en plus, s'il était dans un sale état actuellement, c'était en partie à cause de moi.

Par respect, même si j'avais encore les clés, je sonnai à son appartement. J'étais probablement la dernière personne qu'il avait envie de voir, mais je devais quand même vérifier qu'il allait bien. Comme il ne répondait pas, je me décidai finalement à ouvrir la porte et à entrer. La télé du salon était allumée, mais il n'y avait personne dans la pièce. La cuisine aussi était vide, quant à la chambre…

Mon ex-fiancé dormait à poings fermés, avec un sac de glaçons sur le menton. Bon, son état ne semblait pas si grave que ça.

Je le laissai se reposer, puis allai déposer mes clés sur la table du salon. Je n'en avais plus besoin.

J'éteignis également la télévision puis, en me retournant pour partir, je sursautai en apercevant Benoît. Son expression était impassible.

— Qu'est-ce que tu fais là ? demanda-t-il en ayant du mal à articuler.

— Je venais m'assurer que tu allais bien.

— Je vais bien. Maintenant, sors de chez moi.

Compréhensive, je quittai son appartement sans un mot. La porte claqua fort derrière moi.

Le voir me détester de la sorte m'attristait beaucoup, mais je savais que je ne pourrais rien y changer. Au moins il n'était pas mourant, c'était le plus important.

Je commençais à descendre l'escalier lorsque j'entendis la porte s'ouvrir à nouveau. Benoît sortit dans le couloir et me regarda d'un air consterné.

— Qu'est-ce que ce type a de plus que moi ? C'est une pute, et un plombier ! Tu veux vraiment sortir avec ça ?

J'hésitai à lui dire que Léo n'était plus escort, mais quelle importance ? Aux yeux de Benoît, il le resterait sans aucun doute.

Peinée, je hochai simplement la tête.

— Samedi soir... J'étais allé chez Julie pour m'excuser, m'avoua alors Benoît d'une voix brisée. Puis je l'ai vu descendre de sa putain de voiture et entrer dans l'immeuble.

Mais comment avait-il fait pour retrouver Léo ? Nous avait-il suivis toute la nuit ?

Comme s'il avait lu dans mes pensées, il ajouta :

— J'ai noté sa plaque d'immatriculation. C'est fou tout ce qu'on peut trouver sur une personne grâce à une voiture... Nom, domicile, boulot... Ça n'a pas été difficile de retrouver cet enfoiré.

Même s'il était profondément blessé, je ne comprenais pas qu'il ait été aussi loin.

— Tu aurais pu attendre avant de te le taper, continua-t-il d'un ton agressif. Tu aurais pu avoir un minimum de respect pour moi, mais c'était sûrement trop te demander.

Mon estomac se noua.

— Je... Je suis désolée, bredouillai-je.

Benoît secoua la tête. Il n'avait pas l'air de me croire une seule seconde.

— Non, tu ne l'es pas. Comme tu ne l'es pas de m'avoir trompé. Maintenant, fous le camp, Camille. Je ne veux plus jamais te revoir de ma vie.

Il avait raison. J'étais désolée de le faire souffrir, mais coucher avec Léo avait été le meilleur moment de mon séjour à Avignon… J'étais horrible.

— Je t'ai dit de foutre le camp ! cria brusquement Benoît.

Ses mots me firent un électrochoc, et je dévalai aussitôt les marches presque en courant.

Arrivée au parking souterrain, je m'accroupis et repris mon souffle. Venir le voir avait été une mauvaise idée. Je me sentais encore plus mal à présent que je ne l'avais été depuis notre rupture.

Tout ce dont je rêvais maintenant, c'était que Léo me serre dans ses bras. Mais ce soir c'était impossible. Son fils était avec lui, alors je ne pouvais pas le voir.

Pourquoi ma vie était toujours aussi compliquée ?

Léo

Finalement, il était préférable que je n'aie pas pu voir Camille avant aujourd'hui. Marion avait littéralement grimacé en apercevant mon œil au beurre noir violacé et ma lèvre fendue, quant à Mathis, il m'appelait maintenant « le gangster ».

Et dire que je m'étais seulement pris deux coups dans la gueule… Benoît avait quand même une sacrée droite !

Camille me rejoignit à mon appartement aux alentours de

19 heures. Je lui avais dit que je me chargerais de préparer le repas, alors je m'attelais actuellement à l'épluchage des pommes de terre pour en faire un gratin. L'un des avantages d'être père au foyer, c'est que j'avais l'habitude de cuisiner pour Mathis et que je ne me débrouillais désormais pas trop mal. Pour ce qui était du dessert en revanche, mes capacités se limitaient aux crêpes. La première et dernière fois que j'avais fait des muffins au chocolat avec Mathis, nous avions passé la soirée à avoir des crampes abdominales et à couler des bronzes. Pourtant, nous avions suivi la recette à la lettre alors, par crainte que cela ne se reproduise, j'achetais toujours mes desserts en pâtisserie. Et c'est ce que j'avais fait aussi pour ce soir. Camille aurait donc droit à un moelleux au chocolat digne d'un chef pâtissier, qui, je l'espérais, ne la ferait pas passer sa nuit aux toilettes !

Je venais tout juste d'enfourner mon gratin lorsque ma copine sonna. Parce que, oui, c'était ma copine à présent, et j'en étais on ne peut plus fier !

Je vérifiai un instant que je n'avais pas taché mon T-shirt gris et mon jean en cuisinant, puis allai lui ouvrir.

Le sourire qu'elle affichait disparut aussitôt lorsqu'elle constata mon état.

— C'est Benoît qui t'a fait ça ? m'interrogea-t-elle, stupéfaite.
— Ouais, mais c'est trois fois rien, la rassurai-je.

Elle fronça les sourcils. Elle n'était pas inquiète mais contrariée.

— Pourquoi tu ne m'as pas dit qu'il t'avait fait ça ?
— Je t'ai dit qu'il m'avait un peu provoqué, non ?

Je la laissai entrer dans l'appartement.

— Provoquer et frapper, ce n'est pas la même chose, marmonna-t-elle en retirant sa veste.

Heureusement, malgré mon œil blessé, je pouvais quand

même la contempler sans soucis. Camille portait une jolie jupe crayon marron et un sous-pull blanc à col roulé qui la moulait à la perfection. Je la trouvais sexy, et encore plus quand elle était en colère.

— Tu étais déjà inquiète pour Benoît, expliquai-je, je ne voulais pas t'angoisser davantage.

— Je t'ai dit que je ne voulais plus de mensonge entre nous.

— Parce que tu as vraiment été honnête avec moi lundi soir ?

Camille m'avait bien sûr informé qu'elle rendrait visite à Benoît pour s'assurer de son état. Et elle m'avait également appelé une fois rentrée chez Julie pour me dire qu'il n'allait pas trop mal mais qu'il lui avait demandé de partir. Pourtant, j'avais compris au son de sa voix qu'elle ne m'avait pas tout raconté.

— J'ai été honnête, répondit-elle en soutenant mon regard.

— Non, tu n'étais pas bien. Il t'a dit quelque chose, hein, pas vrai ?

Elle baissa les yeux, et je sentis mon corps se tendre de colère.

— Non… Enfin, rien que je ne sache pas déjà. C'est un homme bien, et il ne méritait pas ce que je lui ai fait.

Je pris son visage entre mes mains et la forçai à me regarder à nouveau.

— Ce qu'on lui a fait, la corrigeai-je, c'est vrai que je n'en suis pas fier non plus mais, si c'était à refaire, je le referais, Camille. Parce que sinon on n'en serait pas là tous les deux aujourd'hui.

Visiblement d'accord, elle hocha la tête, puis refoula son sentiment de culpabilité au fond de son esprit.

— Bon, qu'est-ce que tu as préparé de bon ? demanda-t-elle pour changer de sujet.

— Gratin de pommes de terre et tournedos. Ça te va ?

Camille fronça les sourcils.

— Je parlais du dessert, voyons !

Je lui désignai mon corps d'un geste de la main.

— Appétissant, n'est-ce pas ? la taquinai-je.

Elle effleura le haut de ma joue, et un léger spasme me traversa.

— Je croyais que ça ne faisait pas mal, se moqua-t-elle. Et en plus, ce n'est pas très appétissant…

Je me rapprochai dangereusement d'elle.

— Vraiment ?

Sa respiration s'accéléra, mais elle essaya de rester impassible.

— Vraiment.

Je posai les mains sur ses hanches, puis les enfouis lentement sous son pull. Un frisson la traversa.

— Vraiment ? chuchotai-je à son oreille.

Pas de réponse.

Je l'embrassai dans le cou, puis remontai sur sa joue, avant de trouver sa bouche. Camille me rendit aussitôt mon baiser avec passion et noua les bras autour de ma tête.

Heureusement que le gratin de pommes de terre en avait pour encore quarante minutes de cuisson…

Chapitre 21

Camille

Ce vendredi soir, Laure me proposa de passer chez elle après le boulot. Je lui avais annoncé dans la semaine que je sortais désormais officiellement avec Léo et, même si elle m'en voulait encore un peu, elle avait probablement envie qu'on discute enfin de mes relations compliquées.

Lorsque je sonnai à son appartement, ce fut Naël qui vint m'ouvrir. Grand, brun à la peau mate, c'était un homme très sympathique qui était fou amoureux de ma meilleure amie et qui la traitait comme une vraie princesse. Et, comme Laure adorait qu'on soit aux petits soins pour elle, je savais que ma meilleure amie n'aurait pas pu rêver mieux.

— Salut, Camille, ça va ? me demanda-t-il en se poussant pour me laisser entrer.

— Oui, ça va, merci, et toi ?

— Super. Laure est dans le salon. Elle est en train de choisir une nouvelle série Netflix pour ce soir. On vient de finir la dernière saison de *Peaky Blinders,* et elle a l'impression qu'aucune autre série n'est à la hauteur de celle-là. Si ça continue, on ne va rien regarder du tout.

Ah oui, je savais que ma meilleure amie regardait cette série. Elle était totalement *in love* du personnage de Thomas Shelby ! Lui trouver un remplaçant risquait d'être compliqué.

— Je vais voir ce que je peux faire, annonçai-je avec un sourire.

— Viens voir, Camille, j'ai trouvé la série parfaite pour toi et Léo ! me cria Laure depuis le salon.

Curieuse, je la rejoignis dans la pièce. Le résumé de la série *Baby* était affiché sur sa télévision.

— Une collègue de bureau m'a dit que c'était sur deux adolescentes qui se prostituaient, ajouta-t-elle, ton nouveau copain doit connaître, non ?

Je la fusillai du regard. Primo, parce que Naël était derrière moi et que, même si elle avait dû lui parler de Léo, je n'aimais pas qu'elle le critique devant son copain, et, deuzio, parce qu'elle se montrait vraiment mesquine.

— Laure, que ça te plaise ou non, je suis avec Léo maintenant. Alors j'aimerais que tu le respectes un minimum, OK ?

Ma meilleure amie m'observa longuement avant de finalement hocher la tête.

— Désolée, me dit-elle, je n'aurais pas dû plaisanter là-dessus.

Voyant qu'elle semblait sincère, je décidai de la rejoindre sur le canapé.

— Tu l'aimes vraiment, n'est-ce pas ? me demanda-t-elle après plusieurs secondes.

Je soupirai.

— Si tu savais à quel point...

Laure posa la télécommande à côté d'elle, puis passa un bras autour de mes épaules. Je me blottis contre elle.

I Will Be Your Romeo

— Tu sais, commença-t-elle, j'étais très énervée quand tu m'as annoncé que tu quittais Benoît. Je pensais que tout allait bien entre vous, et je t'en ai beaucoup voulu pour lui avoir brisé à nouveau le cœur.

— Je sais. Et je m'en veux aussi de lui avoir fait ça. Je n'aurais jamais dû accepter la seconde chance qu'il m'a donnée. Je ne la méritais pas. Mais, à ce moment-là, j'étais encore perdue dans mes sentiments et je croyais que rester avec lui était la meilleure chose à faire pour moi... pour nous... Mais j'ai eu tort.

Il y eut un long silence entre nous, mais ce n'était pas gênant.

— Je suis désolée de ne pas avoir été là pour toi ces derniers jours, reprit soudain Laure, ça a dû être dur pour toi aussi, mais il m'a fallu du temps pour le comprendre.

Je souris, heureuse d'entendre ces mots de sa part.

— Ne t'en fais pas, je n'étais pas toute seule. Il y avait Julie, et Léo. Et puis, ce n'est pas moi la victime dans l'histoire... Est-ce qu'*il* va bien ?

— Pas vraiment, m'avoua-t-elle, mais avec le temps ça ira mieux. Enfin, je l'espère.

C'était certain. Benoît était fort. Il arriverait à surmonter notre rupture, comme je l'avais fait. Et il rencontrerait un jour la bonne personne avec laquelle il serait pleinement heureux.

— Est-ce que vous voulez du thé ?

Nous nous retournâmes toutes les deux vers Naël, qui se tenait debout, à l'entrée du salon.

— Moi j'en veux bien, au citron s'il te plaît, amour ! lui répondit Laure.

— Rien pour moi, ça ira, merci, lui dis-je à mon tour.

— T'es sûre ? s'enquit Laure.

— Sûre.

Nous attendîmes que Naël ait quitté la pièce pour revenir à notre conversation.

— Et sinon… Comment ça se passe avec Léo ? me demanda-t-elle avec curiosité.

Au même moment, mon téléphone sonna. Je le sortis de la poche de ma veste et observai l'écran.

En parlant du loup…

— Décroche et mets-le sur haut-parleur, m'ordonna Laure avec un sourire malicieux. Je veux savoir s'il a une voix sexy ou pas.

Évidemment, elle n'avait pas pu s'empêcher de regarder de qui il s'agissait.

— T'es vraiment bizarre comme fille ! lui fis-je remarquer avec amusement.

Laure acquiesça.

— Naël me le dit souvent. Allez, fais-le !

— Je te préviens, tu n'as pas intérêt à dire n'importe quoi, déjà que tu me gonfles avec Paul.

Elle s'apprêtait à ajouter quelque chose, mais je décrochai au même moment et activai le haut-parleur.

— Salut, me dit Léo, t'es encore au boulot ?

— Non, je suis chez Laure.

— Ah.

Il était étonné, et c'était normal. Il savait que ma meilleure amie ne m'avait pas parlé ces derniers temps, et pourquoi, mais je ne lui avais pas dit que Laure et moi devions discuter aujourd'hui ?

— J'espère que ça va mieux entre vous, ajouta-t-il.

Laure sourit, puis imita un cœur avec les mains. Cela signifiait sans doute qu'elle le trouvait chou.

— Oui, tout va bien, répondis-je, je peux te rappeler plus tard ?

— Euh, ouais, bien sûr. Enfin, je voulais te proposer de dîner chez moi ce soir, mais comme tu es chez Laure je suppose que ce sera pour une autre fois ?

Je souris, ravie de son invitation. Mais il était presque 19 heures et, en effet, je n'avais aucune idée du temps que je comptais passer chez ma meilleure amie.

— Ça aurait été avec plaisir, mais je…
— À quelle heure ? demanda Laure.

Je la regardai avec surprise.

— Euh… Disons 20 heures chez moi ? répondit Léo avec une once d'amusement dans la voix.
— Parfait, elle sera là ! répliqua mon amie.
— Ravie de t'avoir parlé, Laure.
— Le plaisir est partagé. D'ailleurs, tu as une belle…

Mais je raccrochai aussitôt, avant qu'elle commence à dire n'importe quoi et à lui faire peur.

— Je suis sûre qu'il aurait apprécié mon compliment, geignit-elle.
— Pourquoi tu as accepté le dîner ? la questionnai-je en ignorant sa remarque. Je peux quand même survivre une soirée sans le voir.

Laure me sourit.

— Tu peux, mais je sais aussi que tu as envie de le voir. Et, comme tout va bien entre nous à présent, on aura tout le temps pour reprendre cette conversation un autre jour.

Elle était adorable.

Au même moment, Naël revint dans le salon, une tasse dans la main.

— Et voilà le thé pour madame.
— Merci, amour !

Laure le récupéra, puis Naël disparut à nouveau de la pièce.

Son compagnon était vraiment aux petits soins pour elle. Léo agirait-il ainsi avec moi si nous vivions ensemble ? Probablement.

Je savais déjà que ce soir c'était lui qui cuisinait. J'avais eu un aperçu de ses talents culinaires au cours de nos précédents dîners chez lui et j'avais hâte de découvrir ce qu'il me préparait de bon aujourd'hui.

— Bien, puisque tu as insisté pour que j'y aille, je vais y aller, soupirai-je, faussement agacée.

Il y avait de grandes chances pour que je passe la nuit chez Léo, et pour ça j'avais besoin de récupérer quelques affaires chez Julie.

— J'espère que tu ne t'ennuieras pas trop avec lui, se moqua Laure.

Oh ça, ça ne risquait pas d'arriver. Léo avait, tout comme moi, beaucoup d'imagination. Et dans tous les domaines.

J'embrassai Laure sur la joue, puis me levai.

— On s'appelle dans la semaine, lui dis-je, on pourrait prendre un verre dehors d'ailleurs.

— Si ton mec ne t'accapare pas trop, ce sera avec plaisir.

Percevant l'ironie de ses paroles, je poursuivis :

— Ah, et j'oubliais, je te conseille de regarder la série *Sons of Anarchy*, l'acteur principal est magnifique, il va te plaire à coup sûr.

— D'accord, c'est noté. Passe une bonne soirée !

J'aperçus Naël dans la cuisine. Lui aussi était visiblement en train de préparer le repas.

— Si ta copine m'écoute, normalement vous aurez un truc sympa à regarder ce soir ! lui lançai-je.

— Ah, super, tu me sauves la vie ! Merci. Tu t'en vas déjà ?

— Ouais, j'ai un truc de prévu. À la prochaine !

— Ça marche. Salut !

Je quittai les lieux, le sourire aux lèvres.

Même si, entre mon quotidien chez Julie, mon histoire avec Léo et ma recherche d'appartement, j'avais encore un tas de choses à raconter à ma meilleure amie, cette discussion avait permis de crever l'abcès entre nous.

Je regagnai ma voiture, l'esprit tranquille, mais impatiente de retrouver mon petit ami.

Léo

Une semaine plus tard

Ce matin, je n'avais pas besoin d'ouvrir les yeux pour savoir que je n'étais pas seul dans mon lit. Je pouvais sentir la jambe nue de Camille sur la mienne, et la chaleur que son corps dégageait tout près du mien.

Quand elle s'agita sur le matelas, je devinai qu'elle était déjà réveillée. J'ouvris lentement les paupières et l'observai discrètement. Elle s'était redressée contre le mur et pianotait sur son portable. Même si j'adorais la contempler sans qu'elle le sache, j'étais pour le coup assez curieux.

— Qu'est-ce que tu fais ? demandai-je, à moitié endormi.

Visiblement concentrée, elle me répondit sans détourner les yeux de l'écran :

— Je regarde les annonces pour les apparts.

— Et tu es obligée de faire ça de bon matin ? la taquinai-je en m'étirant.

— Je n'ai pas le temps de faire ça au boulot, ni le soir quand je suis avec toi, donc ouais, c'est le bon moment, rétorqua-t-elle.

Je me relevai sur les coudes et l'embrassai sur le bras.

— Moi, je pense que c'est le bon moment pour faire autre chose, murmurai-je en caressant sa cuisse.

Camille rigola.

— Léo, on a dû faire l'amour au moins cinq fois hier soir !

— Et je ne crois pas que ça t'a déplu, lui fis-je remarquer avec malice.

Elle me regarda avec intensité, puis finit par poser son portable sur la table de chevet.

— Si je ne trouve pas d'appart d'ici la semaine prochaine ce sera ta faute, me prévint-elle avant de s'allonger sur moi.

Yes ! J'avais gagné.

— J'en prendrai l'entière responsabilité, murmurai-je avant de l'embrasser fougueusement.

Mais, alors qu'une de ses mains se glissait dans mon caleçon, la réalité me frappa de plein fouet.

— Quelle heure est-il ? lançai-je, paniqué, en la repoussant doucement.

— Euh, 9 heures, pourquoi ?

Eh, merde !

— Marion vient me déposer Mathis dans trente minutes, annonçai-je en sautant du lit.

— Quoi ? s'exclama Camille. Mais pourquoi tu ne m'as pas prévenue hier ?

Elle se leva à son tour et attrapa ses sous-vêtements gisant sur le sol.

— Peut-être parce qu'on a passé la nuit à baiser et que j'avais d'autres choses en tête que l'arrivée de mon fils le lendemain ?

Ma réponse la fit sourire.

Nous terminâmes de nous rhabiller en moins de cinq minutes.

— Tu veux boire un café avant de partir ? lui proposai-je pendant qu'elle récupérait son sac à main dans le salon. Ou alors… Tu n'es pas obligée de t'en aller tout de suite.

Je savais que Camille n'était pas prête à rencontrer Mathis et je ne comptais pas non plus la forcer. Mais je voulais également qu'elle sache que, moi, j'étais prêt. Et mon fils aussi d'ailleurs.

Mardi soir, Camille avait oublié son foulard dans mon salon, et je ne m'en étais aperçu que lorsque mon fils l'avait trouvé. Mathis n'avait que huit ans, mais il était déjà assez malin et intelligent. Il savait que sa mère ne mettait pas ce genre d'accessoires ni sa tante Cécile, alors il m'avait questionné pour découvrir à qui il appartenait. J'avais hésité à lui mentir mais, puisqu'un jour j'allais bien finir par lui présenter Camille, du moins je l'espérais, je lui avais finalement avoué que j'avais une « amoureuse ». N'ayant pas anticipé sa réaction, j'avais été surpris lorsqu'il m'avait révélé qu'il était aussi content pour moi que pour sa mère qui sortait avec un nouvel homme, et que si je voulais lui présenter mon « amoureuse » il n'y avait aucun problème.

Bien sûr, j'avais préféré ne pas en parler à Camille. Je craignais de lui mettre la pression et qu'elle ne prenne peur. Alors je m'en tenais simplement à lui faire comprendre qu'elle faisait partie de ma vie à présent et qu'elle était la bienvenue chez moi, même lorsque Mathis était là.

— Merci pour le café, et… pour l'invitation, mais je vais quand même y aller, me dit-elle, visiblement mal à l'aise.

Elle récupéra sa veste sur le portemanteau, puis l'enfila.

— On déjeune ensemble lundi ? me demanda-t-elle avant de déposer un rapide baiser sur mes lèvres.

— Ouais.

— Parfait ! Amuse-toi bien avec Mathis.

Je la regardai ouvrir la porte, puis se figer brusquement.

— Bonjour.

Cette voix venait du couloir, et je savais parfaitement à qui elle appartenait. Marion.

— B... Bonjour, bredouilla Camille.

— Vous êtes l'amoureuse de mon papa ?

Et ça, c'était Mathis.

Bon... Eh bien... La rencontre a eu lieu finalement. Il ne reste plus qu'à espérer que tout se passe bien.

J'ouvris grand la porte afin d'apercevoir mon fils et mon ex-femme. Si l'expression de Mathis était enthousiaste, celle de Marion en revanche était assez perplexe.

— Salut, papa ! s'exclama Mathis. C'est elle ton amoureuse ?

Je jetai un coup d'œil à Camille, qui semblait complètement désemparée.

— Ouais, c'est elle, répondis-je. Camille, je te présente mon fils, Mathis, et sa mère. Mathis, Marion, je vous présente Camille.

— Je peux te parler un instant, Léo ? me demanda Marion.

Et, sans attendre ma réponse, elle entra dans mon appartement.

— Camille, tu aimes les films de Miyazaki ? la questionna Mathis.

Camille sembla soudain revenir à elle.

— Euh, je t'avoue que je n'en ai vu aucun...

— Aucun ? s'écria Mathis, ce n'est pas possible !

Ma petite amie m'observa un court instant, mais son expression était indéchiffrable. Puis elle reporta son attention sur Mathis et lui dit :

— Si tu veux, on peut en regarder un ensemble.

Les yeux de mon fils s'illuminèrent de bonheur. Probablement autant que les miens.

— C'est vrai ?

— Léo, tu viens, oui ? me lança Marion depuis la cuisine.

Oups, je l'avais oubliée.

J'abandonnai à contrecœur mon fils et Camille pour aller la rejoindre.

— Qu'est-ce qu'il y a ? demandai-je en fermant à moitié la porte derrière moi.

— Tu aurais pu me parler d'elle avant de la présenter à notre fils, non ? Je te rappelle que c'est ce que j'ai fait pour mon nouveau copain !

J'hésitai un instant à lui dire que ce n'était pas prévu, mais cela reviendrait à admettre que j'avais oublié que Mathis venait à la maison ce matin.

— Désolé, lâchai-je simplement.

Elle soupira.

— Tu n'es pas croyable, Léo… Et donc, d'où est-ce qu'elle sort ? Tu m'avais dit il y a quelques semaines que tu n'avais personne dans ta vie, alors je suppose que c'est tout récent. Tu es vraiment sûr de vouloir la laisser entrer dans la vie de notre fils ?

— Ouais. C'est du sérieux, lui assurai-je.

Mais cela ne sembla pas suffire à la convaincre totalement.

— Bon, écoute, Sébastien m'attend dans la voiture pour m'emmener à Barcelone. On en reparle quand je rentre, OK ? Fais attention à Mathis, OK ?

Marion sortit de la cuisine la première, puis alla dire au revoir à Mathis et à Camille. Ces derniers s'étaient installés devant la télé et s'apprêtaient à lancer *Ponyo sur la falaise*.

Le courant avait l'air de bien passer entre eux, et j'étais ravi que Camille n'ait pas pris ses jambes à son cou en voyant Mathis.

— Elle a l'air gentille, me glissa Marion avant de quitter mon appartement.

Je souris, puis observai mon fils et ma magnifique petite amie regarder leur film.

Soudain, Camille tourna la tête vers moi. Encore une fois, il m'était impossible de savoir ce à quoi elle pensait, jusqu'à ce qu'elle finisse par sourire et me faire signe de les rejoindre.

Et je m'exécutai. Parce qu'il s'agissait des deux personnes qui comptaient le plus dans ma vie, et que je ne voulais rater aucun moment de bonheur avec eux.

Camille

Même après 1 h 40 de film, je me demandais ce qui m'avait pris de rester.

Je ne le regrettais pas le moins du monde, car Mathis était un petit garçon adorable, mais rencontrer le fils de Léo après seulement trois semaines de relation, c'était beaucoup trop rapide pour moi.

Pourtant, j'aurais pu prétexter une excuse et m'enfuir en même temps que Marion. Mais je ne l'avais pas fait.

— Ça vous dit qu'on aille manger au McDonald's ? nous proposa Léo en éteignant la télé.

— Oh ouais, mais je vais faire pipi d'abord ! nous avertit Mathis.

Léo et moi le regardâmes courir vers les toilettes.

— Il devait se retenir pour ne pas rater un bout du film, se moqua Léo.

— Même s'il l'a déjà vu cinquante fois ?

Leo me sourit.

— Ouais.

Un silence gênant s'installa entre nous. Cette situation n'aurait pas dû se produire aujourd'hui, nous le savions tous les deux.

— Il t'aime bien, dit soudain Léo.

— Je l'aime bien aussi, répondis-je en toute sincérité.

En plus d'être mignon, Mathis était drôle, intelligent et s'y connaissait tellement en films d'animation japonais que j'en restais bouche bée. D'ailleurs, lui et Charlotte s'entendraient à la perfection ! Enfin, il était beaucoup trop tôt pour que je parle de Léo à ma famille, et encore plus de Mathis !

Pourtant, durant cette matinée à leurs côtés, je m'étais sentie plus que bien. J'avais été un peu tendue au début, parce que je ne savais pas vraiment comment me comporter vis-à-vis de Mathis, mais finalement celui-ci avait réussi à me mettre à l'aise, et tout s'était très bien passé.

Bien sûr, cela ne faisait que quelques heures, et je ne pouvais présager la manière dont le reste de la journée se déroulerait. Parce que je n'avais pas l'intention de partir. J'avais conscience que Léo n'en avait pas envie et, à vrai dire, à présent moi non plus.

Surtout lorsque Léo me regardait comme il était en train de le faire. Il était heureux, et plus encore… amoureux. Je ne pus résister à la tentation de l'embrasser mais, au moment où mes lèvres effleurèrent les siennes, nous entendîmes :

— Ah, beurk !

Léo s'écarta en rigolant. Mathis était déjà de retour, et je sentis mes joues rosir légèrement.

— Bon, à la place de vous embrasser, on va manger ? nous lança-t-il, impatient.

— Mets tes baskets, on arrive, répondit Léo avant de se tourner vers moi, sauf si tu préfères…

Je posai aussitôt un doigt sur ses lèvres.

— Non. Un menu Big Mac me conviendra parfaitement.

Ravi, Léo embrassa mon doigt, puis se leva en me tendant la main.

— Alors, allons-y.

Je le fixai un instant, puis je compris. Si j'étais restée, c'était pour lui. Parce que je l'aimais. Et que, si je voulais que cet homme fasse partie de ma vie, je devais l'accepter lui, et tout ce que cela impliquait.

Léo avait un passé d'escort, il avait été marié et il était père d'un merveilleux petit garçon de huit ans. En plus de ça, toute ma famille le prenait actuellement pour le petit copain de ma sœur. Mais j'étais tombée amoureuse de lui, et c'était tout ce qui comptait en fin de compte.

Je saisis sa main et le suivis dans le couloir. Peu importe ce que nous réservait notre futur ensemble, tout ce que je souhaitais aujourd'hui, c'était rester à ses côtés.

Ce lundi, en fin de journée, je fis une visite décisive.

L'appartement que j'allai voir, situé dans le quartier de Mermoz-Pinel, fut un coup de cœur. Je déposai aussitôt mon dossier de location après en avoir fait le tour et rentrai chez Julie en espérant que personne ne me le piquerait.

Ma sœur, qui n'était pas encore chez elle, serait sans doute un peu triste que je l'abandonne. Je savais qu'elle appréciait ma compagnie, et surtout, nos soirées pizzas devant la télé. Mais je ne pouvais pas vivre éternellement chez elle, même en participant aux dépenses quotidiennes et aux tâches ménagères. J'aimais avoir mon propre chez-moi, ne pas voir de choses traîner partout dans l'appartement et pouvoir me sentir complètement à l'aise.

I Will Be Your Romeo

Léo regretterait également que je n'aie pas décidé de louer l'appartement en face de son immeuble. C'est vrai que ça aurait été pratique pour nous deux, mais je trouvais ça un peu bizarre. Et, si c'était pour vivre juste à côté, autant habiter ensemble, non ? Et nous n'en étions pas encore là ! Enfin, avec Léo, notre relation me paraissait toujours évoluer rapidement. Mais, finalement, c'était comme ça que nous devenions encore plus proches, et ce n'était pas plus mal.

Alors que je me déshabillais pour prendre ma douche, j'entendis mon téléphone sonner. Comme Julie n'était toujours pas rentrée, je filai nue le récupérer dans ma chambre en pensant que c'était Léo qui m'appelait.

Erreur. C'était tante Lucille.

Oh ! bon sang ! Le bébé !

Je décrochai aussitôt, tout excitée.

— C'est une fille ! cria ma tante dans l'appareil.

Une joie immense me traversa.

— Oh ! toutes mes félicitations ! Comment va Charlotte ? L'accouchement s'est bien passé ?

— Oui, super bien ! Je viens de parler avec ta mère au téléphone pendant trente minutes, elle te racontera parce qu'il faut que je retourne voir Charlotte.

— Oui, bien sûr, vas-y, tata ! Ah, et attends, Charlotte et Paul lui ont donné un prénom ?

— Oui ! Ce sera Anna !

J'étais complètement émue.

— C'est magnifique !

— Oh ! Richard et moi avions nos préférences, mais bon après tout, ce n'est pas notre enfant ! Allez, je te laisse, ma belle, je vous enverrai des photos plus tard ! Bisous !

Et elle raccrocha.

C'était un vrai appel express, mais le plus beau de la journée. Sauf si Léo me contactait et me disait à quel point il était fou de moi. Dans ce cas-là, les départager serait dur.

Le sourire aux lèvres, je retournai dans la salle de bains au moment même où ma sœur débarqua chez elle.

Je ne l'avais pas entendue ouvrir la porte, mais son cri de stupéfaction me confirma bien ce qu'elle avait vu, et ce que j'aurais préféré qu'elle ne voie pas. Il était grand temps pour moi de déménager !

Épilogue

Six mois plus tard

Camille

Aujourd'hui, c'était le grand jour.

Après presque sept mois de relation, j'allais enfin révéler à ma famille l'identité du « remplaçant » de Benoît. J'avais d'ailleurs parlé de Léo à ma mère il y a seulement quelques semaines. Si nous étions plutôt confiants concernant la pérennité de notre couple, aucun de nous ne savait comment expliquer notre histoire à mes parents. D'autant plus que Julie y était mêlée et qu'elle avait également dû informer mes parents de sa prétendue rupture avec « Roméo » au cours de l'été. Ainsi, nous avions tous les trois convenu que les fêtes de Noël seraient idéales pour faire éclater la vérité au grand jour.

Ce 25 décembre allait sans doute être mémorable pour mes parents !

Je passai les deux heures et quart de route jusqu'à Avignon à angoisser littéralement. Et ni Patrick Bruel ni la main de Léo posée sur ma cuisse ne m'aidèrent à me détendre.

Lorsque nous arrivâmes à bon port, il me fut impossible de sortir de la voiture.

Non mais, sérieusement, comment réagiraient-ils en me voyant au bras de « Roméo » et en apprenant qui il était réellement ? L'accepteraient-ils ? Ma mère pardonnerait-elle à ma sœur d'avoir engagé et de lui avoir présenté un faux petit ami ? Ça risquait d'être un bordel sans nom mais, heureusement, cette année nous ne serions qu'en petit comité.

En raison de la naissance du bébé de Charlotte et de Paul, les jeunes parents ainsi que ma tante, mon oncle et mon cousin avaient préféré rester fêter Noël chez eux à Paris.

— Camille, tu sais qu'il va bien falloir sortir un jour de cette voiture, hein ? m'encouragea Léo. Tu ne voudrais quand même pas rater la bûche !

En plus, ma mère avait commandé ma préférée, vanille framboise à la crème pâtissière. Un délice. Rien que d'y penser, j'en salivais d'avance.

— Je te déteste, grognai-je à Léo en ouvrant la portière.
— Je n'en doute pas, répondit-il.

Je n'avais pas besoin de le voir pour deviner qu'il souriait.

Julie était déjà chez mes parents depuis la veille. Léo et moi avions fêté le réveillon chez son frère et sa belle-sœur, avec leurs enfants et Mathis. La soirée avait été géniale. Nous avions ri, fait des jeux de société et dansé comme des fous jusqu'à 1 heure du matin. Léo avait eu la gentillesse d'inviter ma sœur, mais elle avait refusé et préféré aller se goinfrer de foie gras chez mes parents.

En tout cas, le principal était qu'elle soit là aujourd'hui, parce que j'aurais sans doute besoin de son soutien moral.

Lorsque je frappai à la porte d'entrée, mon stress grimpa encore d'un cran.

— Ça va aller, dit Léo pour tenter de me rassurer.

Même si j'appréciais le geste, c'était totalement inutile.

Après plusieurs interminables secondes, ma mère vint enfin nous ouvrir.

Et, comme je pouvais m'y attendre, elle avait l'air totalement abasourdie de voir « Roméo ».

— Qu'est-ce que..., bredouilla-t-elle.

Je pris une profonde inspiration, puis me lançai.

— Maman, je te présente mon nouveau copain.

— Mais... Mais je croyais que ton copain s'appelait Léo ! Et... Et ta sœur ? lâcha-t-elle, paniquée.

— Ne t'inquiète pas, Julie est au courant, il n'y a aucun souci, affirmai-je pour la tranquilliser.

Mais ma mère paraissait toujours agitée.

— Oui, enfin, ça reste son ex-petit copain...

Elle reporta son attention sur Léo.

— Non pas que je ne t'apprécie pas, Roméo, bien au contraire, mais tu comprends, la situation est assez étrange !

Et elle risquait encore de le devenir davantage...

— Bon, entrez, ajouta-t-elle en nous laissant passer. Philippe ne va pas en croire ses yeux...

Nous rejoignîmes mon père et ma sœur dans le salon. Ma mère avait bien évidemment décoré un énorme sapin de Noël avec des guirlandes et des boules de toutes les couleurs, mais également la pièce avec plusieurs ornements qu'elle avait accrochés au plafond et au-dessus des fenêtres.

Julie était en train de s'amuser à changer la couleur de la guirlande lumineuse du sapin, et mon père lisait le journal, assis dans son fauteuil. Il releva les yeux de son papier en nous entendant arriver.

— Mais qu'est-ce que c'est que ce délire ! s'exclama-t-il en fronçant les sourcils.

Il se mit debout, visiblement contrarié.

— Papa, s'il te plaît, ne t'énerve pas, le pria Julie en nous rejoignant.

Mon père s'arrêta devant Léo.

— Après ma fille aînée, te voilà avec ma cadette ! C'est une blague, n'est-ce pas ?

Il se retourna vers Julie, comme s'il attendait une réponse de sa part.

— On va tout vous expliquer, leur dis-je. Vous voulez bien vous asseoir ?

Mes parents se regardèrent, puis finirent par s'exécuter.

— Tu veux que je leur dise ? m'interrogea Léo.

Mais, avant que j'aie répliqué, ma sœur prit la parole.

— Je ne suis pas vraiment sortie avec Roméo, déclara-t-elle. Je lui ai demandé de jouer mon petit ami, parce que je ne voulais pas être la seule célibataire de la famille.

Ma mère écarquilla les yeux. Quant à mon père, il garda une expression impassible.

— J'étais au courant, continuai-je, enfin pas au début, mais j'ai fini par le découvrir. Et si j'ai quitté Benoît c'est parce que j'étais tombée amoureuse de Roméo pendant votre anniversaire de mariage.

— Et moi de Camille, termina Léo.

— Eh bah..., murmura ma mère, stupéfaite.

— Il y a autre chose que vous devez savoir, reprit Léo avec sérieux. Je ne m'appelle pas Roméo Courtois mais Léo Genier. Je ne suis pas médecin, mais actuellement plombier. Même si je finis ma formation pour travailler dans l'aide à la personne. Et j'étais également accompagnateur jusqu'au mois de mai.

— « Accompagnateur » ? répéta ma mère.

— Son second travail à côté de la plomberie était de passer du temps avec des femmes sans coucher avec elles, expliqua Julie d'une voix posée. Il avait un site Internet, et c'est comme ça que je l'ai contacté et lui ai demandé de devenir mon copain le temps d'un week-end.

— Tu l'as payé ? l'interrogea mon père, consterné.

— J'aurais dû, oui, mais Léo a refusé, parce qu'il est tombé amoureux de Camille. Même s'il n'est pas celui que vous pensiez, c'est vraiment un homme bien.

J'étais à la fois surprise et contente que ma sœur le défende autant devant nos parents.

Ma mère soupira tout en observant Julie.

— Je n'arrive pas à croire que tu as été jusqu'à engager un homme pour qu'il se fasse passer pour ton petit copain.

Julie baissa les yeux, visiblement honteuse.

— Le pire dans tout ça, c'est que j'ai aimé jouer la comédie avec Léo. Vous l'appréciiez tous, et pour une fois je n'étais plus considérée comme celle qui va finir vieille fille. Même si vous ne l'aviez jamais dit de cette façon, c'est comme ça que je le ressentais.

— Oh ! Julie !

Ma mère, émue, se leva et vint prendre ma sœur dans ses bras.

— Tu finiras par trouver la bonne personne, affirma-t-elle pour la réconforter. Regarde ta sœur, j'avais toujours pensé que c'était Benoît, et en fait non !

Elle s'écarta doucement de Julie et scruta Léo avec intérêt.

— Je ne saurais dire si je t'apprécie toujours maintenant que je connais toute la vérité, lui avoua-t-elle, mais si Camille a quitté son parfait petit fiancé pour toi c'est qu'elle doit vraiment t'aimer. Alors...

Ma mère se tourna vers mon père.

— On devrait lui laisser une chance de faire partie de notre famille et apprendre à le connaître réellement. Qu'en penses-tu, Philippe ?

Mon père réfléchit un instant, puis finit par hocher la tête.

— Même s'il nous a menti sur certaines choses, son talent pour les échecs et le minigolf reste inchangé. Et, tant que tu rends ma fille heureuse, comme je peux le voir sur son visage, alors tu es toujours le bienvenu chez nous.

Aux anges, je courus enlacer mon père.

— Merci, papa. Je t'aime.

— Je t'aime aussi, ma chérie.

— Et moi, je n'ai pas droit à un câlin ? dit ma mère d'un ton plaintif.

— Et moi aussi, j'en veux un ! ajouta Julie.

— Et moi ? fit également Léo, hésitant.

Tout le monde rigola, et une atmosphère agréable et festive nous absorba tous aussitôt.

— Bon, si on allait déjeuner ? nous proposa alors ma mère.

Évidemment, vu les bons petits plats qui nous attendaient, personne ne s'y opposa. En revanche, il y avait une dernière chose que je devais dire à mes parents avant de passer à table.

— Hum, au fait, maintenant que vous avez de nouveau accepté Léo parmi nous, vous devez aussi savoir qu'il y aura probablement une seconde personne à accueillir chez les Dupont...

— Tu es enceinte ? s'exclama ma mère, un énorme sourire sur le visage.

— Non, lui dis-je d'un air désolé, mais Léo a un fils de huit ans qui s'appelle Mathis. Et c'est la dernière révélation de la journée, promis !

Je guettai la réaction de mes parents, car cela commençait à faire beaucoup d'aveux d'un coup.

— Eh bien, bredouilla ma mère, je serai ravie de rencontrer ce petit Mathis ! N'est-ce pas, Philippe ?

Mon père soupira.

— Je crois que je vais avoir besoin d'un bon verre de vin ! Tu bois avec moi Ro… Léo ?

Mon petit ami acquiesça.

Ce repas de Noël serait sans aucun doute étrange, mais j'étais heureuse que mes parents aient plutôt bien réagi vis-à-vis de Léo et de son fils. Il leur faudrait probablement plusieurs soirs pour se faire à la situation et appeler Léo par son vrai prénom. Enfin, même s'ils continuaient à utiliser accidentellement Roméo, j'étais certaine que mon petit ami ne s'en formaliserait pas.

Celui-ci s'approcha de moi et me glissa à l'oreille :

— Si ton père essaye de me tuer à l'alcool, sache que je t'aime, OK ?

Je souris, amusée, et lui répondis :

— Je t'aime aussi, mais je serais contente de pouvoir manger ta part de bûche.

Léo rigola, puis m'embrassa tendrement sur la joue.

En effet, même si Benoît avait partagé un bout de ma vie, il n'avait jamais été la bonne personne pour moi. En revanche, il y avait de grandes chances pour que Léo soit le bon. Parce que chaque minute passée à ses côtés me comblait de bonheur. Finalement… C'était peut-être vraiment mon Roméo à moi.

Bonus

Cinq mois plus tard

Julie

Et nous y revoilà. L'anniversaire de mariage de mes parents.

Mais, contrairement à l'année dernière, ce séjour à Avignon serait bien différent.

— Julie, je crois que Camille est arrivée, tu peux aller lui ouvrir ! cria ma mère depuis la cuisine.

Je piquai une olive sur la table à manger, puis m'exécutai.

C'était bien Camille, accompagnée de Léo et de son fils. Contrairement au reste de la famille, j'avais déjà eu la chance de rencontrer Mathis quelques mois auparavant. Lui et moi avions passé un après-midi entier à repeindre le salon de l'appartement de Camille pendant que cette dernière et Léo installaient de nouveaux meubles. Mathis avait adoré repeindre les murs en gris, et quiconque aimait la peinture me plaisait instantanément.

— Salut, Mathis ! lui dis-je avant même de saluer ma sœur et son copain. Ça va ?

— Ouais ! Hum, ça sent bon, on mange quoi ?

— Ah ça, c'est un secret ! répondis-je. Mais, si tu me promets de ne pas faire de bruit, je peux t'emmener espionner la chef cuisinière !

Mathis fit semblant de tirer une fermeture Eclair sur sa bouche.

Je levai les yeux vers Camille et Léo.

— Vous m'excusez, mais une mission m'attend, leur dis-je avant de prendre la main de Mathis.

Il me suivit silencieusement jusqu'à la cuisine.

Ma mère était de dos et sifflotait l'air d'*All I Want for Christmas Is You* de Mariah Carey. Très adapté au mois de mai !

Mathis m'entraîna sous la table pour se cacher.

— Et maintenant ? m'interrogea-t-il en épiant ma mère.

En toute discrétion, je réussis à piquer un toast au saumon et à l'avocat sur le plan de travail, puis à retourner sous la table.

Mathis l'observa avec appétit. Je le lui donnai, et il l'avala presque aussitôt.

— C'est trop bon ! s'exclama-t-il.

— Qui est là ? demanda ma mère.

Oups.

Ma mère s'abaissa et nous aperçut.

— Philippe, on a des intrus dans la maison ! cria-t-elle.

Mathis me regarda, mi-amusé, mi-paniqué.

— Vite ! Cours ! lui dis-je en le poussant vers la porte.

Ma mère s'élança à ses trousses, sa spatule à la main.

— Reviens là, petit voleur de nourriture !

Je m'esclaffai, puis profitai de leur absence pour chiper un second toast, pour moi. Ils étaient vraiment réussis, comme toujours.

On sonna à nouveau à la porte, et je devinai qu'il s'agissait probablement des derniers invités. Quelqu'un s'occupa de les faire entrer, car j'entendis rapidement des bribes de conversation depuis le hall.

J'allai rejoindre le reste de la petite famille et souris aussitôt en découvrant Anna dans les bras de son père. J'étais déjà allée la voir sur Paris quelques semaines après sa naissance, mais elle avait bien grandi depuis !

— Ah, Julie, te voilà !

Charlotte s'approcha de moi et m'enlaça affectueusement.

— Alors, où est ton beau prétendant ?

Je souris.

— Dans le salon, avec mon père, répondis-je.

— Allons-y ! déclara-t-elle en m'entraînant avec elle, j'ai hâte de le rencontrer, mais rassure-moi, ce n'est pas encore un escort que tu as engagé, hein ?

— Qui sait, plaisantai-je.

Lorsque nous pénétrâmes dans la pièce, nous trouvâmes Bastien et mon père en train de faire une partie d'échecs. C'était toujours le test. Si l'un des petits copains de ses filles savait un minimum jouer, alors mon père l'apprécierait. Et si ce n'était pas le cas… La question ne se posait pas, car j'avais, je l'espérais, suffisamment entraîné Bastien avant de venir.

— Je ne vais pas aller les déranger en pleine partie, murmura Charlotte. En tout cas, il est plutôt charmant !

« Charmant » ? Personnellement, je trouvais que ses cheveux noirs bouclés et sa barbe épaisse le rendaient incroyablement sexy. Ou peut-être avais-je cette impression, car je commençais un peu à tomber amoureuse de lui ?

— Ça fait trois mois que vous êtes ensemble, c'est ça ? me questionna Charlotte.

J'acquiesçai.

Trois mois. C'était loin d'être énorme mais, pour ma part, il s'agissait de ma plus longue et sérieuse relation. Et également du premier homme que je présentais réellement à mes parents.

— Et il travaille à la galerie d'art avec toi, c'est ça ?
— Oui, il est agent de sécurité.

Et, si je n'avais pas fait attention à lui au début, j'étais heureuse d'avoir un jour perdu les clés d'une salle dans la galerie et qu'il me les ait rapportées. Ne sachant comment le remercier, je l'avais invité à boire un verre, et il avait bien sûr accepté.

Bastien était loin de ressembler à Léo, que ce soit physiquement, au niveau du métier, mais surtout par rapport à ses goûts. Il avait beau travailler dans une galerie d'art, c'était un domaine qui ne l'intéressait pas du tout. En plus de ça, il avait une passion pour l'équitation, et j'étais phobique des chevaux depuis que j'avais six ans. Sans parler du fait qu'il adorait les documentaires animaliers et qu'il détestait mes émissions de télé-réalité. Autant dire que c'était la merde pour trouver quelque chose que nous voulions tous les deux regarder quand nous étions ensemble.

Enfin bref, plusieurs choses nous opposaient, et pourtant on avait fini par se mettre ensemble. Jusqu'à présent, Bastien était le seul homme avec qui je me sentais moi-même et, surtout, j'étais heureuse à ses côtés.

— Hé, Charlotte ! appela Paul derrière nous. Ce gosse est aussi fan que toi des films de Miyazaki !

Nous nous retournâmes, et Charlotte fixa Mathis avec émerveillement.

— Et Makoto Shinkai ? lui demanda-t-elle avec espoir.

Mathis hocha la tête.

— Ce sont de vraies œuvres d'art !

— OK, j'adopte immédiatement cet enfant, déclara Charlotte. Où est Léo ?

Mathis l'observa un peu bizarrement.

— Non, merci, j'ai déjà une maman !

— Et moi, un enfant, ça me suffit, ajouta Paul.

J'éclatai de rire.

— Tiens, d'ailleurs, où est Anna ? s'enquit Charlotte en regardant autour de nous.

— Avec Catherine et Lucille, la rassura Paul. Elles sont en train de la combler de bisous et de câlins.

— Anna va finir traumatisée, soupira Charlotte.

— J'ai gagné ! s'exclama brusquement Bastien.

Sérieusement ? Je l'avais entraîné suffisamment pour qu'il se débrouille, mais de là à battre mon père et son expérience !

Je fixai Bastien, incrédule. Mon petit ami se contenta de hausser les épaules. Il avait l'air de ne pas y croire lui-même.

— Un coup de chance, marmonna mon père en se levant.

Non, avec mon père, la chance n'existait pas. Il avait probablement dû le laisser gagner parce qu'il était mauvais, c'était la seule explication possible. Devais-je le dire à Bastien ? Oui, mais pas tout de suite. Ce serait amusant qu'il croie qu'il était doué et se vante devant tout le monde qu'il était devenu le roi des échecs alors que ce n'était pas le cas.

— Hé, Charlotte ! appela ma mère. La petite a dessiné Paul !

Ma mère et tante Lucille nous rejoignirent dans le salon, une feuille à la main. J'aperçus un gribouillis de couleur sur le papier et m'esclaffai.

— Très ressemblant ! approuva Charlotte.

— Elle a dit que c'était « Baba », annonça Lucille.

Paul leva les yeux au ciel.

Soudain, je sentis une main se poser dans le creux de mes reins. Le doux parfum de Bastien m'enveloppa instantanément.

Je tournai la tête vers lui et l'embrassai sur la joue.

— Alors, comme ça on est un génie des échecs ? le taquinai-je.

Bastien me scruta avec intérêt.

— Il s'est foutu de ma gueule, c'est ça ?

J'aurais aimé le berner plus longtemps, mais son expression déçue me fit sourire.

— Ouais, désolée, trésor.

Il soupira.

— Au moins, j'aurai essayé...

J'observai mon père, qui était en train de faire connaissance avec le petit Mathis.

— S'il ne t'a pas mis dehors, c'est que tu as passé le test. Bienvenue dans ma famille.

Bastien sembla rassuré.

— Ça veut dire qu'on va pouvoir inaugurer ton lit deux places ce soir, chuchota-t-il près de mon oreille.

Un frisson d'excitation me traversa.

En effet, ce séjour serait bel et bien différent... Mais je n'allais certainement pas m'en plaindre !

Remerciements

Merci à vous, lecteurs, qui avez lu ce livre. J'espère sincèrement que vous avez passé un très bon moment en compagnie de mes personnages.

Je souhaiterais également remercier ma maison d'édition et toutes les personnes ayant contribué à la publication de cette histoire.

Merci aussi à mes meilleures amies qui ont toujours cru en moi et qui me soutiennent et me conseillent dans l'écriture.

Alana.

Vous avez aimé *I Will Be Your Romeo* ?
Découvrez les autres romans d'Alana Scott

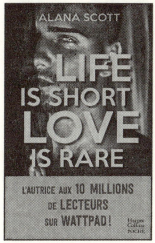

Tournez vite la page
pour découvrir un extrait de
Life is Short, Love is Rare !

Chapitre 1

Robin

Bidart.

Et son petit village basque. Ses longues plages de sable fin. Ses chemins de randonnée surplombant l'océan Atlantique. Ses surfeurs débutants qui essaient de tenir debout sur une planche tandis que d'autres, plus expérimentés, tentent de saisir la meilleure vague.

Bidart. Et son camping quatre étoiles « Ocean Village », devant lequel mon taxi venait de me déposer. Il y avait eu des changements depuis mon départ : le parking avait été agrandi, les vieux mobil-homes avaient été remplacés par des neufs, et les allées autrefois en gravier étaient à présent goudronnées.

Un nœud se forma dans mon estomac. À cause de mon immense appréhension de revoir ma sœur et ma mère après six longues années, j'étais étonné de ne pas avoir rendu mon petit déjeuner devant la charmante entrée de notre camping familial.

Mon ventre émit un grognement nerveux. OK, il ne valait mieux pas crier victoire trop vite.

Mon sac de voyage dans la main, je m'avançai d'un pas lent et

Extrait

mal assuré vers la réception. Comment allaient-elles réagir en me voyant ? Aurais-je dû les prévenir de mon arrivée ? Allaient-elles au moins me laisser rester à la maison ?

J'inspirai profondément pour me donner du courage et poussai la porte du bâtiment principal. Le camping s'était bien développé pendant mon absence. Lorsque j'avais dix-huit ans, seulement deux employées travaillaient à l'accueil pendant l'été. Aujourd'hui j'en comptais quatre. Parmi eux se trouvait une jeune fille aux longs cheveux noirs et au visage familier. Assise sur le côté derrière un petit comptoir, au téléphone, elle semblait concentrée et contrariée par ce que lui disait son interlocuteur.

Caché derrière mes lunettes de soleil, je plissai les yeux et tentai de mieux observer son profil.

Non… Ça ne pouvait pas être…

Pourtant, lorsqu'elle secoua la tête, sans jeter le moindre coup d'œil dans ma direction, j'en eus la confirmation.

Naia.

Ma respiration se bloqua durant un instant. Il n'y avait pas de doute, j'avais aperçu le grain de beauté sur sa paupière. Sans parler de ses ravissants yeux en amande semblables aux miens.

— Monsieur ? Je peux vous aider ?

Je mis plusieurs secondes à comprendre qu'un des employés s'adressait à moi. C'était un jeune homme d'une vingtaine d'années tout comme moi, d'origine maghrébine.

— *Do you speak english ?* reprit-il devant mon silence. *Or spanish*[1] *?*

— Non, lui répondis-je enfin d'une voix neutre, je n'ai pas besoin d'aide, merci.

Je regardai à nouveau Naia. Toujours en pleine conversation,

---

1. Parlez-vous anglais ? Ou espagnol ?

Extrait

ma sœur n'avait pas encore remarqué ma présence. Qu'étais-je censé faire ?

Je déglutis nerveusement, puis m'approchai d'elle.

— Monsieur, dit-elle en essayant de garder son sang-froid, je vous l'ai déjà expliqué cinq fois, non, vous ne pouvez pas vous baigner nu dans la piscine du camping… Pourquoi ? Parce que ce n'est pas un camping naturiste, monsieur… Oui, même lorsqu'il n'y a pas d'enfants, c'est inscrit dans le règlement.

Sa mâchoire se contracta, et soudain elle tourna la tête vers moi.

— Bordel de merde ! lâcha-t-elle en écarquillant grands les yeux.

— Salut, petite sœur, fis-je en esquissant un sourire gêné.

Son étonnement fut vite remplacé par de la panique. L'homme qu'elle avait en ligne avait manifestement cru qu'elle s'adressait à elle.

— Toutes mes excuses, monsieur Barban, reprit-elle d'une voix agitée. Non, bien sûr que non, ce n'était pas à vous que je parlais… Écoutez, j'ai une urgence, je vous transfère à un de mes collègues. À bientôt, monsieur Barban !

Naia exécuta une rapide manipulation sur les touches du standard téléphonique, puis raccrocha le combiné en poussant un soupir de lassitude.

— Sans vouloir être méchant, ce monsieur porte bien son nom…

Ma sœur me dévisagea un moment. Son regard se posa d'abord sur mes courts cheveux bruns ébouriffés, avant de descendre sur mon débardeur vert kaki et mon short gris foncé pour s'arrêter sur mes tongs.

C'est vrai que j'aurais pu mieux m'habiller pour des retrouvailles, mais… j'étais dans un camping après tout, non ?

Après avoir fini de m'examiner, elle se leva brusquement.

Bon sang ce qu'elle avait grandi. Certes, je ne mesurais pas plus d'un mètre quatre-vingts, mais Naia faisait presque ma taille maintenant !

— Maman sait que tu es ici ? demanda-t-elle, dubitative.

— Non… Je sais que j'aurais dû l'appeler, mais… je ne savais pas quoi dire.

— Peut-être que tu aurais pu commencer par « Bonjour, maman, c'est moi Robin, ton enfoiré de fils qui ne t'a donné aucun signe de vie en six ans »… En fait, non, ce que tu aurais dû faire, c'était rentrer bien avant aujourd'hui !

Elle avait élevé la voix, et son ton révolté avait attiré l'attention de ses collègues.

— Je suis désolé…

Et je l'étais. Sincèrement.

Ma sœur me fusilla du regard pendant cinq bonnes secondes.

— Maman est dans son bureau, m'informa-t-elle froidement. Je vais aller lui dire que son fils est revenu d'entre les morts afin de lui éviter un AVC, OK ?

Elle fit quelques pas en direction de l'escalier sur sa droite avant de virevolter vers moi.

— Tu sais que j'hésite à te prendre en photo ? Histoire de ne pas passer pour une folle auprès de maman au cas où tu disparaîtrais à nouveau d'ici mon retour !

— Ha, ha ! très drôle, répliquai-je, nullement amusé par son sarcasme.

Naia se retourna et monta à l'étage.

Je dus prendre mon mal en patience pendant cinq bonnes minutes, sous le regard curieux des employés, jusqu'à ce qu'elle revienne me chercher.

Elle me laissa passer de l'autre côté du comptoir et m'accompagna devant la porte du bureau de ma mère.

— Écoute, peu importe la raison pour laquelle tu es réapparu soudainement, cela ne changera rien au fait que tu nous as abandonnées durant la pire période de nos vies. Je ne sais pas si je te le pardonnerai un jour. Et je te préviens, si tu fais souffrir maman encore une fois, je m'occupe de toi, dit-elle seulement avant de retourner en bas.

Je repensai à ce jour. Celui de mon départ, où je m'étais contenté d'une simple lettre laissée sur la table de la cuisine pour leur dire que je ne reviendrais pas.

J'ai besoin d'être seul pendant quelque temps. S'il vous plaît, ne cherchez pas à me joindre ni à me retrouver.
Je vous aime.

Robin

Évidemment, ma mère et Naia avaient tout de même essayé de me contacter durant les jours qui avaient suivi, mais, le cœur serré, je les avais ignorées.

Lire leurs messages et leur répondre aurait pu me faire changer d'avis, et Dieu seul savait à quel point j'avais besoin de fuir ce mal-être qui me rongeait en restant près d'elles. Tout comme moi, elles souffraient, et c'était de ma faute. Je les avais privées d'un père et d'un mari merveilleux. J'étais le pire fils qu'on puisse avoir.

Et en plus d'être responsable de la mort de mon père, j'avais utilisé l'argent qu'il m'avait légué pour partir m'installer secrètement en Polynésie française.

J'avais terriblement honte de mon comportement, mais commencer une nouvelle vie était vitale pour moi. Toutefois, mon passé ne me laissait jamais tranquille bien longtemps. Et s'il ne me rattrapait pas la journée, grâce aux entraînements et compétitions

Extrait

de surf qui réquisitionnaient toute ma concentration, la nuit en revanche, la douleur et la culpabilité me transperçaient toujours comme si on m'enfonçait une lame dans l'estomac.

Sans oublier le message que ma mère m'avait envoyé au bout de plusieurs mois, et qui hantait mon esprit. Je regrettais de l'avoir accidentellement ouvert, mais cela m'avait permis de comprendre qu'elle me laisserait enfin faire ma vie de mon côté.

> *Robin, ce sera mon dernier message, hormis ceux que je t'enverrai pour te souhaiter un bon anniversaire, un joyeux Noël ou une bonne année. Sache que je ne t'en veux pas d'être parti et que je respecterai ta décision. J'espère seulement que tu finiras par rentrer un jour à la maison, et retrouver ta famille qui t'aime plus que tu ne peux l'imaginer.*

Et c'est ce qu'elle avait fait. Plus de messages, plus d'appels. Naia avait quant à elle cessé depuis un moment. Bien que certaines de mes compétitions aient lieu en France, notamment près de Bidart, ni l'une ni l'autre n'était venue y assister.

Cela avait été un soulagement au début, puis j'avais fini par éprouver des regrets profonds. Même si je ne me croyais toujours pas capable de les revoir sans me sentir responsable de la mort de mon père, je m'en voulais de les avoir abandonnées.

Ma relation avec Célia m'avait permis de compenser un peu cette absence et cet amour familial. Mais lorsque la femme que j'aimais m'avait quitté, à cause de mes secrets et de mon refus constant de lui parler de mon passé, cela avait été particulièrement difficile et avait provoqué chez moi une sorte de déclic, me faisant réaliser

Extrait

à quel point j'étais seul. En plus d'avoir perdu Célia, je risquais de perdre définitivement ma mère et ma sœur si je n'agissais pas.

Je fixai la poignée avec une nouvelle sensation d'angoisse, puis je me décidai à entrer.

Contrairement au reste du camping, cette pièce, dans laquelle travaillaient autrefois mes parents, désormais uniquement ma mère, n'avait pas changé d'un poil. Tout était exactement à la même place : le bureau face à moi, sur lequel étaient étalés des monceaux de papiers, le grand placard en bois massif au fond de la pièce, et la photo de notre famille au complet, accrochée sur le mur du fond.

Quand j'aperçus le visage souriant de mon père, mon cœur se serra. Je baissai aussitôt le regard sur ma mère, et réalisai que ce n'était pas la meilleure solution pour éviter d'avoir les larmes aux yeux.

Ma mère était déjà en pleurs.

— Mon chéri, murmura-t-elle d'une voix pleine d'émotion.

Contrairement à Naia, qui avait dû prendre plus de cinq centimètres et était devenue une vraie femme, ma mère était restée la même. Ses cheveux noirs étaient toujours soigneusement coupés en un élégant carré plongeant. Elle portait une longue combinaison noire assortie d'un rouge à lèvres rouge vif et d'une paire de talons compensés. Peut-être que quelques rides étaient venues s'ajouter sur son visage à l'approche de la cinquantaine, mais cela n'enlevait rien à sa beauté.

Ma mère avança vers moi et posa une main sur ma joue. Mon cœur se serra une nouvelle fois dans ma poitrine.

— Je suis désolé, dis-je d'une voix tremblante, je...

— Je sais, me coupa-t-elle.

Elle me sourit, puis me prit dans ses bras.

Extrait

— Je suis tellement heureuse de te voir…

— Moi aussi, maman…

Ma mère me garda contre elle pendant de longues secondes avant de s'écarter doucement, et ce geste d'amour maternel me fit le plus grand bien.

— Est-ce que…

Après avoir jeté un coup d'œil à mon sac de voyage, elle reporta son attention sur moi.

— Est-ce que tu comptes rester un moment ici, avec nous ?

Son ton était plein d'espoir, et je ne pus retenir un sourire, à la fois soulagé et heureux d'être revenu.

— Oui, s'il y a toujours une place pour moi à la maison…

Ma mère essuya une larme qui venait de rouler sur sa joue et me rendit mon sourire.

— Il y aura toujours une place pour toi, mon chéri. Je vais t'accompagner, viens !

En tout cas, une chose était sûre à présent, c'était trop tard pour faire marche arrière. Car les quitter une nouvelle fois me détruirait autant qu'elles.

Pauline

Je refermai la porte du mobil-home et pris le chemin de la plage d'un pas pressé tout en rattachant mes cheveux blond clair en une queue-de-cheval haute.

Comme si devoir se lever à 8 heures du matin pendant les vacances pour aller faire du sport n'était pas suffisant, il fallait en plus que ma mauvaise période du mois arrive en avance et sans

Extrait

prévenir ! La séance de surf que nous avait prévue Alexis avait intérêt à être bien, sinon j'allais certainement l'assommer volontairement avec ma planche.

C'était la première fois qu'Alexis, Romane, Éloïse, Thibaut et moi, meilleurs amis depuis la première, partions en vacances tous ensemble. Nous avions choisi ce camping, car Thibaut y était déjà venu plusieurs fois avec sa famille et qu'il le trouvait plutôt sympa. Nous avions tous travaillé durant les étés précédents pour nous payer ce voyage en groupe. La seule condition que mes parents m'avaient imposée pour pouvoir y aller était d'avoir mon bac, chose faite. J'étais vraiment heureuse d'être là aujourd'hui, mais malheureusement pour moi ce séjour dans le Sud débutait plutôt mal.

Ayant dû faire demi-tour à cause de mes problèmes féminins, je décidai de prendre un raccourci à travers les buissons.

— Maman ! cria une voix lorsque je sortis de l'autre côté.

Je manquai de peu de me faire percuter par une voiturette de golf. Surprise, je trébuchai en arrière avant de tomber sur les fesses près des arbrisseaux.

Le véhicule pila quelques mètres plus loin, et un homme d'une vingtaine d'années à la silhouette élancée descendit du côté passager pour s'avancer dans ma direction. La peau bronzée, vêtu d'un débardeur kaki, d'un short gris foncé et de tongs, c'était clairement un vacancier.

— Est-ce que ça va ? s'enquit-il en retirant ses lunettes de soleil.

Un vacancier plutôt pas mal…

Mal à l'aise, je baissai les yeux sur mon corps pour l'inspecter. Par chance, hormis la petite frayeur que je m'étais faite, je n'avais aucune blessure.

Je regardai à nouveau le beau brun qui m'observait. Une légère

Extrait

inquiétude traversa ses iris marron, probablement à cause de mon silence, alors je m'empressai de hocher la tête.

Soudain, une femme à la belle chevelure sombre, plus âgée et très élégante, descendit à son tour de la voiture. Elle semblait un peu déboussolée, probablement car c'était elle qui était au volant.

— Je suis désolée, dit-elle d'une voix agitée, il n'y avait personne sur la route, j'ai tourné la tête un instant pour parler à mon fils et…

— Non mais aussi, quelle idée de surgir des buissons comme ça ! la coupa brusquement le beau brun en secouant la tête.

Pardon ? Sa mère avait manqué de me percuter de plein fouet, et c'était moi la responsable ? Et où était passé l'homme qui se souciait de mon état il y a encore quelques secondes ?

Je me relevai rapidement et répliquai d'un ton indigné :

— Peut-être que si vous rouliez moins vite, vous auriez eu le temps de me voir !

La femme sembla gênée.

— Mademoiselle, encore une fois je m'excuse et je…

— Peut-être que si tu marchais sur la route comme tout le monde nous n'en serions pas là, l'interrompit une nouvelle fois son fils en me toisant avec agacement.

Même s'il n'avait pas complètement tort, ce gars avait clairement une double personnalité. Je n'avais jamais vu quelqu'un passer du statut « aimable » à celui de « connard » en si peu de temps.

— Robin ! s'exclama sa mère, visiblement outrée du comportement de son fils.

Robin devait bien faire une tête et demie de plus que moi, mais je lui rendis son regard avant de répondre le plus calmement possible :

Extrait

— Les voitures sont limitées à 10 kilomètres/heure dans ce camping. Si vous ne savez pas respecter les réglementations, je crois que même les gens qui marchent sur la route sont en danger avec vous. Enfin bref, essayez juste de ne pas tuer quelqu'un pendant votre séjour, d'accord ?

Mes propos s'adressaient plus à sa mère qu'à Robin, mais je devais avouer que j'étais plutôt fière de ma repartie.

Après leur avoir adressé un faux sourire à tous les deux, je me retournai et repris mon chemin.

— Hé ! fit Robin derrière moi, tu as un peu de terre sur…

Je m'arrêtai aussitôt en devinant la fin de sa phrase. Malgré mon embarras, j'époussetai rapidement le derrière de mon short en jean, puis continuai à marcher d'un pas rapide.

Je ne savais pas si c'était ma période rouge qui m'avait donné le courage de répondre à ce mec de cette façon, mais ce n'était pas dans mes habitudes d'être aussi audacieuse, d'autant plus avec un inconnu.

L'incident avec ce type arrogant et sa mère m'avait probablement fait perdre un temps fou. Il ne s'agissait que d'une séance de surf, et nous étions en vacances, mais je détestais plus que tout être en retard.

J'accélérai l'allure et arrivai finalement sur la plage cinq bonnes minutes plus tard.

Je retirai mes sandalettes pour marcher sur le sable fin. Pas le temps de profiter de cette sensation de bien-être ni de la vue magnifique que j'avais sur l'océan s'étendant devant moi. Mes amis, debout à côté d'un petit pavillon en bois avec une enseigne qui disait « Bidart Surf School », me faisaient de grands signes de la main pour que je me dépêche de les rejoindre.

— Extrait —

Un jeune homme aux courts cheveux blonds était avec eux.
— Ah ! Voilà la retardataire ! me lança-t-il en souriant. On va enfin pouvoir commencer la leçon.
Eh merde.

Composé et édité par HarperCollins France.

Achevé d'imprimer en février 2021.

à Mesnil-sur-l'Estrée (Eure)
Dépôt légal : mars 2021.

Pour limiter l'empreinte environnementale de ses livres, HarperCollins France s'engage à n'utiliser que du papier fabriqué à partir de bois provenant de forêts gérées durablement et de manière responsable.

Imprimé en France